新潮文庫

エミリーの求めるもの

モンゴメリ
村岡花子訳

エミリーの求めるもの

第一章

1

高等学校の年月をうしろにし、永遠の未来を自分の前にして、エミリーがシュルーズベリーからニュー・ムーンの家へと帰ってきたとき、彼女《かのじょ》の日記には、「もうケンブリック茶（訳注　湯に牛乳、砂糖、少量の紅茶を加えた子供用の飲物）とは、おわかれだ」と書かれた。

これは一種のシンボルだった。エリザベス伯母《おば》さんが、エミリーにほんとうの紅茶を飲むことを許したのは――それもおりおりの特別のおふるまいとしてではなく、あたりまえのこととして――それは無言のうちに、彼女の成人を認めたのである。ほかの人たちは、もうしばらく以前からエミリーの成人を認めていた。ことに、いとこのアンドルー・マレーと友人のペリー・ミラーはとっくにそれを認めて、すでに求婚《きゅうこん》までしたのだが、ものの見事にはねつけられてしまった。これをエリザベス伯母さんが知ったとき、もはやエミリーにケンブリック茶ばかりをあてがっているべきではないと悟《さと》った。けれども、そのときでさえ、エミリーは絹のストッキングをはくことを許されるだろうという希望は持てなかった。絹のペチコートは、煽情《せんじょう》的な衣《きぬ》ずれの音は起しても、かくれているものだから許されるかもしれない。

けれども、絹のストッキングとなったら、それは不道徳である。

　こうしてエミリーは、彼女を知っている人々によって知らない人たちに向って、何となく神秘めいた調子で、「あの娘《こ》は書くんですよ」とささやかれた。そしてニュー・ムーンの「ご婦人方」の一人として受入れられた。ニュー・ムーンという所では、エミリーが七年前に来たとき以来、何一つ変らなかった。ここへ来た最初の晩、喜び眺《なが》めたサイドボードの上のエチオピア人の彫刻《ちょうこく》の飾《かざ》りが、壁《かべ》に奇妙《きみょう》なシルエットを投げかけているのもすっかり同じだった。遠い昔《むかし》に生命の全盛《ぜんせい》時代を持った古い家は、それゆえにこそ、今はたいへん静かで、賢《かしこ》く、そしてやや神秘めいていた。またすこしきびしかったけれども、非常に親切だった。ブレア・ウォーターとシュルーズベリーのある人々は、若い娘《むすめ》にとっては無気力な場所であり何の変化もない将来であると言い、せっかく、ミス・ロイアルがニューヨークの「雑誌社の位置」を与《あた》えてくれたのをことわったのは愚《おろ》かなことだと言った。有名になるあんなすばらしいチャンスを投げすてるとは！　けれども、将来どんな自分を作りだすかについて、非常にはっきりした考えを持っていたエミリーは、ニュー・ムーンの生活をつまらないとも、またそこにとどまることをきめたのでアルプスに登るチャンスを失ったとも思わなかった。

　彼女は神聖な権利によって、古代の高貴な話し手《ストーリー・テラーズ》の階級に属していた。数千年も早く生れていたなら、彼女は一族と共にたき火をかこんで、輪の中にすわり、聴《き》き手を魅了《みりょう》しつくしたかもしれない。時代の先端《せんたん》に生れた彼女は、たくさんの人工的な媒体《メディア》を通さなければ、聴き手に届くわけにはいかない。けれども、物語を織りだす材料はあらゆる時代と場所で同じである。生れること、死ぬこと、結婚、醜聞《スキャンダル》――この世界でほんとうにおもしろいことはこれだけである。そこで、彼女は強い決意に燃えて、勢いよく名誉《めいよ》と幸運を求めて仕事を始めた――このどちらでもないあるものをも求めていた。なぜかと言うと、エミリー・バード・スターにとっては、書くことは、もともとこの世の栄えや月桂冠《げっけいかん》を意味してはいなかった。それは彼女が是《ぜ》が非《ひ》でもしなければならないことだった。その美醜《びしゅう》にかかわらず――一つのことがら、一つのアイデアは――それを「書きだして」しまうまでは、彼女を責めさいなんだ。生れつきユーモラスでドラマティックだったので、人生の喜劇や悲劇は彼女を有頂《うちょう》天《てん》にさせ、ペンをとおしてそれを表現させずにはおかなかった。現実とただひとえの幕でへだてられて横たわっている埋《う》もれた、しかし不滅《ふめつ》の夢《ゆめ》が、よみがえりと解きあかしを求めて――そむくことのできない声で――彼女を呼び求めていた。

　エミリーはただ生きていることだけで、青春のよろこびに満たされていた。人生は永遠に楽しく、彼女をさきへさきへとさしまねいていた。前進には苦しい闘《たたか》いがあることは知っていた。たえず彼女に追悼文《ついとうぶん》を書いてもらうことを頼《たの》みに来るくせに、もし耳慣れない言葉を使いでもしたら、たちまち彼女を見くだして、「いやに偉《えら》そうなことを言っている」とそしるブレア・ウォーターの隣人《りんじん》たちをいつもおこらせていることを知っていた。原稿返却《げんこうへんきゃく》の手紙も山と積まれることも知っていた。自分には書けない、いくら努力してもむだだという絶望におそわれる日々のあることも知っていた。編集者が好んで使う「特にわるいというわけではありませんが」という文句が、おそろしく神経にさわって、マリー・バシカートセフ

（訳注　十九世紀ロシアの少女画家。フランス語で赤裸に書かれた日記、および書簡集が高く評価された）のまねをして、人をバカにしたようにカチカチと容赦なく時をきざんでいる居間の置時計を窓から投げつける日もあろうことを知っていた。やって来た、またやろうとしたことが、何もかも失敗に見え——むだでバカバカしいことに考えられる日のあることも知っていた。人生の詩の中にも小説と同じような真実があるという彼女の強い信念にさえも、不信をいだきたくなるような日も来るであろうことを知っていた。あんなにも喜んで聴き入った神々の「おりおりの声」が、人間の耳やペンが届くことのできない完全さと美しさを示すのみで、彼女にはとても得られないものとしてあざけり、侮《あなど》るであろうことも知っていた。

　エリザベス伯母さんは、彼女の書きぐせを許しはしたものの、決して賛成してはいないことも知っていた。シュルーズベリー高等学校での最後の二年間に、エミリーはエリザベス伯母さんをとほうもなく驚《おどろ》かせて、詩や物語で原稿料をかせいだ。そこで許可が得られたのだ。けれども、マレー家にはいまだかつてそんなことをした人はなかった。もう一つには、エリザベス伯母さんには仲間はずれにされることをひどくきらう性質があった。エリザベス伯母さんは、エミリーがニュー・ムーンやブレア・ウォーターとは別の世界を持っていることを、ほんとうに立腹した。星空のように輝《かがや》きわたった王国、そこへエミリーは思うままにはいることができ、どんなに疑いぶかい、憎らしい伯母さんでもついてはいけないのだった。もしエミリーの眼《め》があれほど夢みるような、美しい秘密を追っているかに見えなかったなら、エリザベス伯母さんももう少しエミリーの野心に同情を持ってくれたかもしれない。わたしたちはだれだって、あれほど自分に満足しているニュー・ムーンのマレー一族でさえも、仲間はずれにされるのはきらいなのだ。

2

ニュー・ムーンとシュルーズベリーの年月をエミリーといっしょに歩んできた読者たちは、エミリーがどんな様子をしている娘か、かなりよくおわかりだと思う（訳注『可愛いエミリー』と『エミリーはのぼる』参照）。

はじめて彼女に逢《あ》う人々のために、今、だれの眼にも魅せられたる十七歳《さい》の門出《かどで》と見える姿で、こがね色にはえる秋の海沿いの、菊《きく》の庭を歩いているところを、わたしは描《えが》きたい。あのニュー・ムーンの庭は平和の場所である。ゆたかな官能的な色彩《しきさい》と、不思議な精神的な陰影《いんえい》に充《み》ちた、魅せられた楽園である。松《まつ》とバラのかおりがその中にあった。蜂《はち》のうなりと、風のうめきと、青い大西洋に面した湾《わん》のささやき、そして、その北にあたるところの、のっぽのジョン・サリヴァンの「茂《しげ》み」の中のモミの木々の柔《やわ》らかな歌声が、四六時中絶えなかったのだ。エミリーはそのなかのあらゆる花、あらゆる影《かげ》と音を愛した。そことその周辺に立っているすべての美しい古木——ことに、自分が熱愛している木々——南の隅《すみ》の野生のサクラのひとかたまり、ロンバルディ杉《すぎ》の三人の王女たち、小川の道に立っている一本の乙女《おとめ》のようなアンズの木、庭の真ん中の杉の大木、ずっとさきへ行ったところの銀色のカエデと松の木、もう一方の隅で、いつもにぎやかなそよ風に媚態《びたい》を見せているネムの木、そして

〈のっぽのジョン〉の茂みに並《なら》ぶ一列の頑丈《がんじょう》な、白ブナの木々を愛した。エミリーは木のたくさんあるところに住んでいたことを、いつも喜んだ。長い以前に死んだ手によって植えられ、育てられた、古い、先祖代々の木々、その下陰には、彼《かれ》らの生涯《しょうがい》の喜びや悲しみのすべてが宿っていた。

ほっそりした、若い乙女。黒い絹のような髪《かみ》の毛。灰色を帯びたむらさきの眼、スミレ色の影をその下にたたえていたが、それはエミリーがエリザベス伯母さんのきらう、罪深い時間を過して物語を完成したり、筋の輪郭《りんかく》を作ったりしたあとでは、いっそう暗く、人を惑《まど》わすような具合に見えた。真っ赤な唇《くちびる》の両隅にはマレー一族に共通のしわがあった。ややさきが尖《とが》った耳。たぶん、その口もとのしわとこの耳が、ある人々に小ネコを思わせたのかもしれない。あごとくびの美しい線、いたずらっぽい微笑《びしょう》、ゆっくりと花ひらくかと思っているうちに、突然《とつぜん》パッと咲《さ》く輝き。プリースト・ポンドの口のわるいナンシー・プリースト大伯母さんが賞《ほ》めたことのあるかかと。ふっくらした頬《ほお》のうすいバラ色は、おりにふれてほのかに燃えた。この変貌《へんぼう》を起すものはあまりたくさんはなかった――海から吹《ふ》き寄せる風、丘《おか》に浮《うか》ぶ突然の青い光、ほのおと燃えるケシの花、朝霧《あさぎり》の中を港から出ていく白い帆《ほ》、月光の下に銀色に輝く湾の水、古い果樹園のブルーのつる草。あるいは、のっぽのジョンの茂みから聞えるある人の口笛《くちぶえ》。

これをみんないっしょにして――綺麗《きれい》なのかしら？　わたしには言えない。ブレア・ウォーターの美人コンクールには、エミリーの名は挙げられなかった。けれども、彼女の顔を一度見た人は、決して忘れなかった。エミリーに二度目に逢った人は決して、「お顔はわかっているような気がするのですが――どなただったでしょう！」とは言わなかった。彼女の背後には、数代の美しい女たちがいた。この祖先たちはみんな彼女のパーソナリティーに何かを与えた。彼女は流れる水のしとやかさを持っていた。そのまばゆさと単純さも彼女にうつっていた。一つの思いが浮ぶと、それは強い風のように彼女をゆすぶった。一つの感情は彼女を、まるで嵐《あらし》がバラの花をゆすぶるように震《ふる》わせた。生命力のみちみちた、死ぬなどということはあり得ないように思われる、野生のいきものの一つが彼女であった。実際的な、常識的な一族を背景にして、その前に彼女はダイヤモンドのほのおのように輝いていた。多くの人たちが彼女を好きであり、また多くの人が彼女をきらった。彼女に対してまったく無関心であるということは、だれにもできなかった。

エミリーはまだほんとうに小さかったころ、メイウッドの古い、小さな家に父親といっしょに暮《くら》していた。そこで父は死んだのだが、あるとき彼女は虹《にじ》の終るところを捜《さが》しに出かけたことがあった。期待と希望に胸をとどろかして、長い、ぬれた野道や丘を行った。けれども、走っているうちに、すばらしい虹のアーチはうすれた――かすかになり――消えてしまった。エミリーはわが家がどっちの方向にあるのかもわからない、見知らぬ谷あいに、たった一人でいた。瞬間《しゅんかん》、唇はふるえ眼は涙《なみだ》でいっぱいになった。やがて顔をあげ、からっぽになった空に向って雄々《おお》しく笑った。

「またほかの虹が出てくるわ」と言った。

エミリーは虹を追う者であった。

3

ニュー・ムーンの生活も変った。エミリーはそれに自分を合わせなければならなかった。あるさみしさも耐《た》えていかなければならない。楽しかった七年間の友イルゼ・バーンリはモントリオールの〝文学と表現の学校〟へ行ってしまった。二人の娘は乙女時代の涙と誓《ちか》いで別れた。二度とふたたびまったく同じ立場では相逢えない二人だった。なぜなら、どうかくそうとしてみても、二人の友達《ともだち》が――最も親しい友達でも――親しければ親しいほどかもしれないが――別れていてふたたび逢うときには必ずあの冷たい、大なり小なりの変化があるのだ。どちらの一人も、相手をまったく同じだとは思えない。これは自然のことであり、どうにもならないのだ。人情というものはたえず進むかしりぞくかしている――決して静かに止ってはいない。けれどもこの道理が全部わかってはいても、わたしたちの友達が決して前とまったく同じではないことを発見したとき、何となく戸惑ったような失望を感じない者があるだろうか――よしんば、その変りかたが進歩の方向であるにしても、やはりいくらかの淋《さび》しさはのがれられない。エミリーは、経験の少なさを補う、不思議な「直感」でイルゼが感じないこのことを直感してしまった。そして、考えかたによっては、イルゼはニュー・ムーンやシュルーズベリーの年月には永久に別れを告げてしまったのだと感じた。イルゼは腹をたてたが、エミリー自身は、はねつけながらも一筋の希望は持たせなくもなかったペリー・ミラー、元はニュー・ムーンの〝やとい人〟ではあったが、シュルーズベリー高等学校の模範生《もはんせい》であった彼は現在ではシャーロットタウンのある事務所で働いており、将来にいくつかの輝く法律的名誉を志していた。虹の果てだの神話の金の壺《つぼ》だのはペリーは望まない。彼は自分の願っているものは動かずに待っていることを知っており、必ずそれに到達《とうたつ》しようと決心していた。まわりの人たちも彼に期待しはじめてきた。つまるところ、エーベル法律事務所の書記と、カナダの最高裁判所の席とのあいだのへだたりは、言ってみれば、現在の書記と港のそばのストーブパイプタウンの素足《すあし》の小僧《こぞう》とのへだたりと、同じものだった。

テディ・ケントのほうには、虹を追う者の要素がもっとあった。彼もまた、去ろうとしていた。モントリオールのデザイン学院へいくのだった。彼も知っていた――もう長年知っていたのだ――虹を追う者の歓喜と迷いと絶望と苦痛を知っていた。

彼が発《た》っていく最後の夜、すばらしい北国の長いたそがれを、スミレ色の空の下のニュー・ムーンの庭をそぞろ歩きしていたとき、彼はエミリーに言った。

「よしんばぼくらがそれを捜せないとしても、それを捜すことの中に、見出《みいだ》すことよりも、もっとましのことがあるよ」

「だけど、わたしたちは捜しだすわ」エミリーは〝三人の王女〟の一本の上に輝いていた星を見上げながら、言った。テディの「ぼくら」という言葉が意味するあるものが、彼女にしびれるような喜びを与えた。エミリーはいつも自分に対して正直であった。テディ・ケントは自分にとって世界中のだれよりも値打のある者だという意識に眼を閉じようとはしなかった。けれども彼女は——彼にとって彼女はどんな意味を持っていただろうか？　少しかしら、たくさんかしら？　それとも何でもないのかしら？

彼女は帽子《ぼうし》をかぶっていなかった。そして髪に星のような黄色い小菊のかたまりをかざしていた。その日彼女は服装のことをかなり考えた末に、このプリムローズ色の服にきめた。彼女は自分の姿に満足していた。けれども、もしテディが気がついてくれなかったら、そんなことは何でもないのだ。テディはいつでもエミリーを当然の者として受取った。それはエミリーにとっては恨《うら》めしいことだった。ディーン・プリーストなら気がつくだろう、そして適当な賞め言葉をささげるだろう。

「さあ、ぼくにはわからないね」テディはトパーズ色の眼をしたエミリーのネコのダフィが茂みの中でトラになったつもりでいばって歩いているのを、にらみながら言った。「ぼくにはわからないな。実際にかかってみると、ぼくは——まったく無力の感じだ——ことによると、ぼくには何にも値打のあることはできないかもしれない。少しばかり絵がかけたって——それがなんになるんだ？　夜中の三時に眼をあけてるときには、ことにそう思うよ」

「ええ、わたし、その感じはわかるわ」とエミリーが言った。「ゆうべ、わたしは創作で大苦しみしたのよ、何時間も何時間も苦しんだあげく、自分には何一つ書けないという絶望に達したの——いくらやってみたってむだだってね——ほんとうに値打のあることなんてできっこないっていう結論に達しちゃったの。わたしはその気分で床《とこ》について枕《まくら》を涙でびしょびしょにしたわ。夜中の三時に眼がさめたときには泣くこともできなかったわ。涙は笑いと――野心とも――同じようにばからしいことに思えたの。わたしはまったく自信も希望もゼロになってしまったの。それからね、わたしはうすぐらい明け方のつめたい中で起きだして、新しい物語を始めたのよ。夜中の三時の感じであなたの魂《たましい》をくもらしちゃだめよ」

「困ったことに、三時は毎晩あるんだ」とテディが言った。「あの不気味な時間には、ぼくはきまってあんまり大きな望みを持つと何にも得られないと思っちまうんだ。ぼくがおそろしく望んでいることが二つあるんだ。一つは、もちろん、大美術家になることだ。ぼくはね、自分を卑怯者《ひきょうもの》だとは、絶対に思わなかったよ、エミリー。だけど、今は、怖《こわ》くなった。もし成功しなかったら！ 世間の物笑いになるばかりだ――母はだめだと思ったよと言うだろう。きみも知ってるとおり、母はぼくの行くのがいやでたまらないんだ。出かけていってそして失敗するなんて！ それだったら、行かないほうがましだ」

「そんなことないわ」エミリーは熱情をこめて言った。言いながらも頭のうしろのほうで、テディがそんなにおそろしく望んでいるもう一つのことは、いったい何だろうと考えていた。

「ねえ、テディ、怖がっちゃだめよ。父さんがね、死ぬ晩にわたしと話したときに、わたしにどんなことをも恐《おそ》れちゃいけないとおっしゃったのよ。エマーソン（訳注 アメリカの思想家・詩人。一八〇三―一八八二）だったでしょう、『いつでもあなたが行うことを恐れていることにぶつかれ』って言ったのは？」

「ぼくが思うには、エマーソンは自分がなんにも怖いものがなくなったときに、そう言ったんだね。武装《ぶそう》を解くときには勇敢《ゆうかん》になれるものだよ」

「あなたはわたしがあなたの力を信じていることを知ってるでしょう？」エミリーはやさしくささやいた。

「ウン、知ってる、きみとカーペンター先生。ぼくの将来を信じてくれるのはきみたち二人きりだ。イルゼだってペリーのほうがぼくよりも家へベーコンを持って帰るのは確かだと思っているんだからね」

「だけど、あなたはベーコンを追いかけてるんじゃないわ。あなたは金の虹を追いかけてるんでしょう？」

「けれども、もしぼくがそれを捜せなかったとしたら──そしてきみを失望させたら──それがいちばんつらいんだ」

「あなたは失敗しないことよ。あの星をごらんなさい、テディ──いちばん若い王女の上に光ってるあれよ。琴座《ことざ》のヴェガよ。わたしはあの星が大好き。いちばん好きな星の中の一つよ。あなた憶《おぼ》えてる？　ずうっと前に、イルゼとあなたとわたしが夕方になるとあの古い果樹園にすわって、ジミーさんが豚《ぶた》とじゃがいもをゆでてるのを見ていたときに、あなたはあの星についてすばらしいおはなしを作ってわたしたちに聞かせてくれたわ──それから、この世へ来る前に、あなたがあの星の中で生きていたときのことを話してくれたでしょう、憶えてる？　あの星の中には明け方の三時はなかったのよ」

「なんと気楽な、苦労のない子供だったんだろう、ぼくらは」と、テディは、苦労に押しひしがれた中年男が、青春の無責任時代をなつかしく思い返しているような、さびしい声で言った。

エミリーは言った。

「あなた、約束《やくそく》してくださらない？　あの星を見るたびに、わたしがあなたを信じていることを——あなたの将来を信じていることを——思い出してほしいの——ほんとうに」

「きみはね、あの星を見るたびに、ぼくのことを考えてると約束してくれない？」とテディが言った。「それよりもね、ぼくたちはあの星を見たらお互《たが》いのことを考えよう——いつでも。どこにいても、そしてぼくらが生きている限りね」

「約束するわ」エミリーは胸をときめかせて言った。彼女はテディがあのような眼で自分を見るのを愛した。

ロマンティックな契約《けいやく》だ。何を意味しているのだろうか？　エミリーは知らなかった。ただテディが出立《しゅったつ》するのだけは知っていた——人生は急にからっぽで冷たくなったことを——のっぽのジョンの茂みの木々の間でためいきをする湾からの風がひどく悲しげであることを——夏は過ぎて秋が来たことを知った。そして虹の終るところにあった黄金の壺は、はるか遠い山の上に行ってしまったことを、彼女は知った。

なぜ星についてあんなことを言ったのだろう？　なぜ、たそがれとモミのかおりと秋の夕《ゆう》映《ば》えが、人にバカバカしいことを言わせるのだろう？

第二章

1

一九──年 十一月十八日

ニュー・ムーン

きょう、わたしの詩の連作『天《あま》がけりゆく黄金《おうごん》』を掲載《けいさい》したマークウッド誌の十二月号が到着《とうちゃく》した。このことは日記の中に書いておく値打があると思う。なぜなら、この詩には独立の一ページが与《あた》えられ、挿《さ》し絵入りであったからである。──わたしの詩がこんなふうに重く扱《あつか》われたのははじめてである。それはたいした作品ではないのかもしれない──カーペンター先生はわたしが読んで聞かせたときには、フフンと鼻のさきで笑ったきりで、いっさい批評はなさらなかった。カーペンター先生は決して賞《ほ》め言葉の真似《まね》みたいなことでお茶をにごすことはなさらない。けれども最も恐《おそ》ろしい沈黙《ちんもく》で評価を示される。しかしわたしの詩はひどく立派だったので、普通《ふつう》の読者はその中に何か深い意味があるのではないかと思うかもしれない。あれに挿し絵をつけようというインスピレーションを受けた編集者に祝福あれ。彼《かれ》はわたしにかなりの自信をつけてくれたのだ。

けれども、挿し絵にもわたしはたいして感心はしなかった。画家はわたしの心持をまったく理解していない。テディだったらずっとよくやってくれただろう。テディはデザイン学院ですばらしい成績をあげている。そしてあの星はキラキラと毎晩かがやいている。それを見るとき、彼はほんとうにわたしのことを考えてくれるかしら？　だいいち、星を見るのかしら？　ことによると、モントリオールの電燈《でんとう》の光は煌々《こうこう》とかがやいて星の光なんか消してしまうんじゃないかしら。テディはイルゼによく会うらしい。あの他人ばかりの大きな都会で二人が知り合っているということはすばらしいと思う。

2

一九――年　十一月二十六日

きょうはかがやかしい十一月の午後だった――夏のように柔《やわ》らかく、秋のように美しく。わたしは池のそばの墓地にすわって長いあいだ読書した。エリザベス伯母《おば》さんはここはひどく気味のわるい場所だと思っている。そしてローラ伯母さんに、わたしには薄気味《うすきみ》のわるい性質があると話した。わたしにはその場所が少しも気味わるくない。ブレア・ウォーターの方から、そよ吹《ふ》く風に乗って、甘《あま》い野生の匂《にお》いが運ばれてくる美しい場所である。年を経た、古い墓がわたしをかこんで、静かな平和な空気がみちみちている――こまかいシダの葉におおわれた、小さな青い土の盛《も》りあがりがそこここに見えた。わたしの家の男たち女たちがそこに眠《ねむ》っている。勝利者であった男たち女たち――敗北者だった男たち女たち――けれど彼らの勝利も敗北も今は同じである。わたしはそこでは元気も出なければ気も沈《しず》まない。刺《とげ》も歓喜も同じように消えていく。わたしは古くなった、赤い砂石の墓標が好きだ。ことに、メアリー・マレーの「わたしはここにいる」という墓標が好きだ――その墓銘《ぼめい》の中へ彼女《かのじょ》の夫が生きていたときに隠《かく》していた憎《にく》しみを全部書き加えたのが好きだ。彼の墓は妻の墓のすぐ隣《となり》にある。二人とも、もうとっくに恨《うら》みを忘れて許しているにちがいない。たぶん、月の暗い晩に夫婦は地上へ帰ってきて、碑文《ひぶん》を読んで大笑いをしているかもしれない。こまかい苔《こけ》のついたその墓銘もだんだんにぼんやりしてくる。いつの日にか、それはすっかり碑文をおおってしまって、古い墓石の上はただ青と赤と銀色のしみだけになってしまうだろう。

3

一九――年　十二月三十日

すばらしいことがきょう起った。わたしは気持よく興奮した。マディソン誌がわたしの創作を取ってくれた。それは確かに感嘆符に価《あたい》する!!!　カーペンター先生に叱《しか》られさえしなければ、わたしは傍点《ぼうてん》をめちゃめちゃにつけたいところだ。傍点どころじゃない、全部大文字にしたいところだ。あの雑誌に載《の》るのは容易なことではない。それをわたしが知らないとでも言うのか！　わたしはそれに幾《いく》たび投稿《とうこう》したことだろう。けれども骨折り損のくたびれ儲《もう》けで、得たものは「まことに遺憾《いかん》至極《しごく》に存じますが」だけだったではないか。しかし、やっとのことでその扉《とびら》をわたしの前にひらいてくれた。マディソン誌に掲載されるということは、アルプスへの道のどこかにいるという、はっきりした、まちがいのない証拠《しょうこ》である。編集長はあれがかわいらしい物語だと評してくれるだけの親切を持っていた。

親切な人だ！

彼は五十ドルの小切手を送ってくれた。わたしは、やがてルース伯母さんとウォレス伯父《おじ》さんにシュルーズベリーの学資を返せるようになるだろう。エリザベス伯母さんは例によってうさん臭《くさ》げに小切手を眺《なが》めていたが、今度だけははじめてこの小切手をほんとうに銀行が現金にしてくれるかしらとは言わなかった。ローラ伯母さんの美しい青い眼《め》が誇《ほこ》らしさでかがやいた。ローラ伯母さんの眼はほんとうに文字どおりかがやく。ローラ伯母さんはヴィクトリア女王時代に生れている。次のエドワード国王時代の人の眼は、キラキラ光り相手を魅《み》するけれども、決してかがやかない。どういうものか、わたしはかがやく眼が好きだ——ことに、わたしの成功を喜んでかがやくのが好きだ。

ジミーさんの意見としては、マディソン誌はアメリカ中のあらゆる雑誌を全部いっしょにしたのよりもっと値打があるとのこと。

ディーン・プリーストはわたしの“A Flow in the Indictment”を好きかしら？　そして好きだと言うかしら？　あのひとはこのごろでは、わたしの書いたものは、いっさい賞めない。わたしはぜひそうさせたいと思う。あのひとの賞めるのこそは、カーペンター先生のを抜《ぬ》かしたら、たった一つの値打ある賞讃《しょうさん》だと思う。

ディーンは奇妙《きみょう》だ。どういうわけだかわからない不思議なわけから、彼はだんだん若くなっていく。三、四年前は、わたしはあのひとをずっと年をとっているように思った。今は中年に見える。もしこのままでいけば、やがて若者になってしまう。わたしが考えるのに、これはわたしの心のほうがだんだんに成長して、彼に追いついていくということらしい。エリザベス伯母さんは、相も変らず、わたしたちの友情を喜ばない。伯母さんはプリースト家の者は全部きらいだ。けれども、わたしはディーンの友情なしではやっていかれない。それはわたしの生活の塩みたいなものだ。

4

一九――年一月十五日

きょうは暴風だった。わたしが特別よくできたと思った原稿を四つもことわられたあとなので、昨夜はねむられなかった。ミス・ロイアルが予言したとおり、今になってわたしはチャンスをつかんでニューヨークへ行かなかったのは、大ばかだったと感じた。赤ん坊《ぼう》は夜なかに眼がさめると、いつでも泣くけれど無理もない、わたしだって泣きたいもの。そのときには何もかもが心を痛めつけて、銀色の裏のついた雲なんかひとかけらもありはしない。わたしは午前中ずっと憂鬱《ゆううつ》で気が引きたたなかった。そして午後の郵便をこの無風状態からのたった一つの救いとして待ちわびた。郵便というものへの期待には、何とも形容のできない魅力と不安がある。何をそれが持ってくるだろうか？　テディからの手紙――テディはすばらしく愉快《ゆかい》な手紙を書く。それとも薄い封筒《ふうとう》にはいった小切手かしら？　また返送原稿在中をものがたる厚い手紙かしら？　それともイルゼからのなつかしい走り書きかしら？　想像は一つもあたらなかった。又々いとこのビューラ・グラントがデリー・ポンドから手紙をよこしたのだ。わたしの書いた「習慣のおろか者」というのが、カナダの農村向けの雑誌に転載されたのだが、彼女はわたしがその物語の中に自分のことを書いたと言って大立腹で送ってきたのだ。ひどく腹をたてた手紙なのだが、それがきょう到着した。ビューラが言うには、「いつもあなたのためよかれと考えている古くからの友人にあんまりひどい仕打ちだ」とのこと。「新聞などで笑いものにされるのには慣れていないのだから、以後決して自分の利口さをひけらかすためにわたしをジャーナリズムに利用してもらいたくない」というきびしいお小言だった。又々いとこのビューラは独特の書きかたを持っている。手紙の中には何だか申しわけないと思わせる個所《かしょ》もあるが、また一方にはわたしを激怒《げきど》させる個所もある。わたしはあのストーリーを書くとき、又々いとこのビューラのことを考えもしなかった。ケイトおばさんという人物はまったくの想像である。もしかりにビューラのことを考えたとしても、それを物語の中に入れようとは絶対にするはずがない。彼女はあまりにもまぬけで平凡《へいぼん》でストーリーの人物なんかには向きもしない。そしてケイトおばさんは、わたしのうぬぼれかもしれないけれど、いきいきしていて気が利《き》いてユーモラスな老淑女《ろうしゅくじょ》である。厄介《やっかい》なことにビューラはエリザベス伯母さんにも手紙を書いた。そこでわたしたちは家族会議をひらいた。エリザベス伯母さんはわたしの無罪を信じない——ケイトおばさんなる人物はビューラそっくりだと断言し——丁寧《ていねい》にわたしに頼《たの》んだ(伯母さんの丁寧な頼みというのは恐ろしい)——これからの作品では自分の親戚《しんせき》を道化《どうけ》役のように描《えが》かないようにと、くれぐれも言うのだった。

エリザベス伯母さんは最も威厳《いげん》ある、堂々たる口調で宣言した、「マレー家の人間としては絶対にしてはならないことです——友人の癖《くせ》を書いてそれで金儲けをするなんてことはね——もってのほかです」

これもミス・ロイアルの予言の一つが的中したことになる。ほんとうに彼女の言うことは何もかも正しかったのだろうか？　わたしがニューヨーク行きを断わったことは間違《まちが》いだったのかしら——

けれども、いちばんの打撃《だげき》は、「習慣のおろか者」に笑いころげたいとこのジミーさんから来た。

「老いぼれのビューラなんか気にしなくてもいいよ、小猫《こねこ》ちゃんや」と彼はささやいた。

「あれは立派だったよ、よくできてた。ケイトおばさんの中に実によく出ていたよ。一ページも読まないうちに、わしにゃわかったね。鼻でわかったよ」しまった！　わたしは不幸にもケイトおばさんに長い、垂れさがった鼻をつけたのだった。たしかに又々いとこのビューラの鼻は長くて垂れさがっている。今日までのある時代に、何にもはっきりした証拠なしに絞首刑《こうしゅけい》になった人もいくたりかある。みじめな泣き声をたてて、又々いとこのビューラさんのことなんか全然考えなかったといくら言ってみても役にはたたない。ジミーさんはただうなずいてまた笑った。

「そうだろうとも。まあ静かにしておくのがいちばんいいよ。こんなことは騒《さわ》ぎたてないほうがいいんだ」

これについていちばんいやなことは、もしケイトがほんとうに又々いとこのビューラ・グラントのとおりだとすれば、わたしはまったく自分のしようとしていたことに失敗したのだということである。だけれど、この日記を書きはじめたときよりずっといい気持になった。自分のなかにあった怒《いか》りと悔《く》いと反逆を全部吐《は》きだした。これが日記というものの主たる役目だと、わたしは思う。

5

一九――年　二月三日

きょうはすばらしい日だった。三つも原稿が採用になった。そのうえ、一人の編集者は、もっと物語を送って見せてもらいたいと言った。どういうものか、わたしは作品を送ってみてくれと編集者から言われるのをきらうのだ。頼まれもしない原稿を送るより、いやなことだ。送れと言われて送ってみても、結局は返送されてきたときのなさけなさといまいましさといったら、勝手に何千マイルもさきの編集室の机の上へ原稿を送りつけるよりはるかにひどい。

そこで、わたしは「ごらんにいれる」ような作品は書けないと決めた。それはおそろしい努力を必要とするのだ。つい最近、一つやってみたのだ。「若い人」の編集者がわたしに、ある一定の線に沿った作品を書くようにと頼んできた。わたしは書いた。ところがそれは返されてきて編集者はわたしの原稿の欠点を示して書き直すように依頼《いらい》した。わたしはやってみた。書き直し、また書き直し、書き改め、付け加えたり入れかえたり、ありとあらゆることをして、とうとうわたしの原稿は、赤と黒と青のインキのクレイジー・パッチワークみたいになってしまった。結局、わたしは台所のストーブのふたをあけて、元の話もそれを直したのも全部つっこんでしまった。

これからはわたしは自分の書きたいことを書く。そして編集者諸君は――勝手にしろ、だ。

今夜は北極光が光り、かすんだ新月が出ている。

6

一九――年　二月十六日

わたしの「冗談《じょうだん》の値打」がホーム・ジャーナルにきょう載った。けれども、表紙の目次にはわたしの名は出ていないで、〝その他〟の中に含《ふく》まれていた。そのかわりには「乙女《おとめ》時代」誌には〝よく知られている人気作家の一人〟として来年度の寄稿家の中に名が出ていた。ジミーさんはこの編集者の言葉を六ぺんぐらい読んだだろうか、そして仕事をしながら〝よく知られている人気作家〟という言葉をしきりに繰返《くりかえ》していた。ジミーさんは角《かど》の店へ行って新しい日記帳を買ってきてくれた。わたしは自分でノートを買ったことがない。ジミーさんが感情を害するからだ。わたしの机の上に積み重ねられている日記帳を、彼は畏《おそ》れと尊敬をもって眺《なが》め、その中にはすばらしい文学が、あらゆる形容や人物によって代表されたものがひそんでいるとかたく信じているのである。

わたしはいつでもディーンにわたしの創作を見せて読んでもらっている。彼はいつでもそれを何にも言わずに返してくれるか——何にも言わないよりもっとひどい——あっさり賞めて返してくれる。ディーンの眼から見て値打のあるものを書きたいというのが、わたしにとって一種の強迫観念《きょうはく》になってしまった。それができたら大勝利だ。けれどもそれができなければ、そしてそれまでは、何もかもだめだ。なぜならば——ディーンはわかるからだ。

7

一九——年　四月二日

ニュー・ムーンへときどき出かけてきたことのあるシュルーズベリーの一青年を、春の季節がうかれあがらせた。彼はマレー家が賛成する求婚者《きゅうこんしゃ》ではなかった。それどころか、もっと大切なことは、E・B・スターが好む人でもなかった。わたしが彼といっしょに音楽会へ行ったので、エリザベス伯母さんはたいへんな不機嫌《ふきげん》だった。わたしが帰ってくると、まだ起きていて、ちゃんとすわっていた。

わたしは言った。

「ねえ、エリザベス伯母さん、わたし、かけおちしなかったでしょう？　絶対、そんなことしないわ、約束《やくそく》しますよ。もし、わたしがだれかと結婚したければ、伯母さんにお話しします。そして伯母さんのご機嫌のいかんにかかわらず結婚しますわ」

エリザベス伯母さんがこれで安心して眠《ねむ》りについたかどうかは、わたしは知らない。
お母さんはかけおちした——おやおやおやおや！——そしてエリザベス伯母さんは大の遺伝論者だ。

8

一九——年　四月十五日

今夜、丘《おか》へのぼって月光の中に浮《うか》ぶ〈失望の家〉のまわりをぶらついた。〈失望の家〉は三十七年前に建てられた——と言うよりも、一部分建てられた——そこへ決して来なかった花嫁《はなよめ》のために建てられたのだ。起るべくして、ついに起らなかったことの、弱々しい、捨て去られた亡霊《ぼうれい》になやまされながら、それはそのまま未完成な、棒でささえられた形で立っている。わたしはいつもこれを見ると堪《たま》らなく悲しい。決して見ることのなかったその家のめしいた眼と——思い出をさえも持たないことのために。家庭の灯火《ともしび》はそこからは洩《も》れたことはない——たった一度だけ、ずっと以前に一筋の火の光が洩れただけで。あの木立の茂《しげ》った丘をうしろにして、そのまわりいっぱいのえぞ松《まつ》の小枝《こえだ》におおいかくされるようにして、こぢんまりと立っていたその家は、どんなにでも楽しい家庭になり得たのだ。人なつこい、温かい小さい家にもなり得たのだ。そして、善意に満ちた、小さな家にもなり得たのだ。トム・センプルが角に建てている新しい住宅などとは似もつかぬ心あたたまる家になったことだろう。トム・センプルのは、癪《しゃく》にさわる家だ。小さな眼で、肘《ひじ》をいかつく張り出して、小《こ》面《づら》が憎い。まだ住まないうちから、家というものが、いかに性格を持ち得るかというのは奇妙な話だ。ずっと前に一度、テディもわたしも子供だったころ、わたしたちはこの〈失望の家〉の窓板をはずして、そこから中へのぼってはいったことがあった。そして暖炉《だんろ》に火をたいた。それからそこへすわって、わたしたちの生活の計画をたてた。わたしたちは、その家で生活を共にするつもりだった。たぶんテディはそんな子供らしいナンセンスはすっかり忘れてしまっただろう。彼はよく手紙をくれるし、手紙は愉快なことでいっぱいでいかにもテディらしい。そして、わたしの知りたい彼の生活の小さなことまで、すっかり話してくれる。けれども、最近では、どうも彼の手紙は個人的ではなくなったように思われる。わたしに書くのと同じように、イルゼにも書ける種類の手紙だ。

かわいそうな、小さな〈失望の家〉よ。たぶん、おまえは永久に失望しているであろう。

9

一九──年　五月一日

春ふたたび！　この世のものでないような、金色のポプラの若葉。銀色とライラック色の砂山のむこうに長くつづいたさざなみゆれる湾《わん》。恐《おそ》ろしい、真っ暗な三時の真夜中どきや、淋《さび》しい、失望したたそがれがあったにもせよ、冬は信じられないほど早く過ぎ去った。ディーンはまもなくフロリダから帰省する。

けれども、今年の夏はイルゼもテディも帰ってこない。このことは最近、わたしを一晩か二た晩眠らせなかった。イルゼは沿岸地方へおばさんを訪ねていくそうだ――イルゼのお母さんの姉妹で、今までイルゼのことなんかてんで気にかけてくれなかった人だそうである。テディはニューヨークの会社のために西北警固の警官の一連の物語をイラストレートする機会を得たので、この夏は北辺の僻地《へきち》でそのためにスケッチをしなければならないのだそうである。これはすばらしいチャンスなのだから――たとえば彼がブレア・ウォーターへ帰れないのを少し残念がったとしても――わたしは絶対残念には思わないであろう。けれども、彼は平気だった。

たぶん、ブレア・ウォーターとここでの昔《むかし》の生活は、テディにとっては一編の物語のようになってしまったのであろう。

イルゼとテディが夏休みに帰ってくることの上に、どんなに望みをかけていたかを、今更《いまさら》のように驚《おどろ》いた。その希望が、冬の間のおりおりの不愉快な事件をわたしに堪《た》えさせてくれたのだ。わたしが自分の思いを自由に走らせて、今年の夏はテディの合図の口笛《くちぶえ》が、〈のっぽのジョン〉の茂みのあたりから一度も聞えないのだと考えると――わたしたちが秘密に行きなれた小道や小川のほとりで、一度も逢《あ》えないことを――わたしたち二人にとって特別意味のあることについて、大勢の仲間のなかで、心のおどるような眼と眼を見合せることも今年はないのだと考えると、人生からすべての色彩《しきさい》が消えうせ、残るはただ色あせた屑糸《くずいと》とつぎはぎのみである。

きのう郵便局でケント夫人に逢った――珍《めず》らしいことにわたしに話をするので足をとめた。

わたしを憎《にく》んでいることはいつも同じである。

「テディがこの夏帰ってこないことは、お聞きになったでしょうね？」

「はい」とわたしは短く答えた。

去っていくケント夫人の眼の中には悲しいながらも一種の勝利があった――確かに勝利にはちがいない。テディが彼女のために帰ってくれないのは、非常に悲しかった。けれども、テディがエミリーのために帰ってこないことについては、ケント夫人は大喜びだった。これでエミリーはケント夫人がまったく自分については考えてくれないことを知った。そのとおりだろう。しかし、春ともなれば、そういつまでも憂鬱《ゆううつ》ではいられない。

アンドルーが婚約した！　アディー伯母さんが全面的に賛成している娘《むすめ》と。

「わたしが自分で選んだって、アンドルーよりよくは選べませんよ」エリザベス伯母さんにきょうの午後こう言っていた。エリザベス伯母さんに、わたしのことを当てつけたのだ。エリザベス伯母さんは冷たい様子で、喜んでみせた――そう言ったかもしれない。ローラ伯母さんはちょっとばかり泣いた――ローラ伯母さんは、自分の知っている人が生れたり、死んだり、結婚したり、婚約したり、出たりはいったり、またははじめて選挙をしたりすると、いつでも少しばかり泣くのだ。ローラ伯母さんはちょっと失望せずにはいられなかった。アンドルーはわたしにとってはたしかに安全な夫だったにちがいない。彼の中にはダイナマイトはない。

第三章

1

最初だれもカーペンター先生の病気をそんなに重大に考えなかった。この数年、彼《かれ》はかなりたびたびリューマチの発作《ほっさ》があって寝《ね》ることがあった。それが治ると、またのこのこ起きだして、以前と変らぬ皮肉と不機嫌《ふきげん》さと、毒舌《どくぜつ》をもう少しばかりひどくして、学課を教えた。カーペンター先生の意見によれば、ブレア・ウォーターの学校もずいぶん変ったそうである。彼に言わせれば、そこにはただあばれ者の、腑《ふ》ぬけの、ぐうたらばかりだった。学校中に一人だって、二月（フェブラリー）水曜日（ウェンズデー）を正確に発音できる者はいない。「ぼくはもうくたびれ儲《もう》けの骨折りには飽《あ》き飽きしたよ。ざるの中にスープを作ったって何にもならないものな」と、カーペンター先生は無愛想に言った。

テディとイルゼとペリーとエミリーはもう学校にいない――校内を復活させるようなインスピレーションで力づけていた四人であった。あるいはカーペンター先生は疲《つか》れてしまった――何もかもに――のかもしれない。年から言えば、それほど老いてはいなかったが、放縦な青春時代に、体力をすっかり消耗《しょうもう》してしまった。痩《や》せた、小柄《こがら》な、色あせた妻は一年前の秋にだれにも知られずに死んでいった。彼はこの妻のことをたいして考えてもいなかったらしいが、その葬儀《そうぎ》の後でめっきり弱った。生徒たちは彼の刺《さ》すような舌と、恐《おそ》ろしいかんしゃくの爆発《ばくはつ》にふるえあがった。学務委員会は首をかしげて、学年が終ったら新しい教師を招き入れることを考えはじめた。

カーペンター先生の病気は、例によってリューマチの発作から始まった。次には心臓が悪くなった。彼が強情《ごうじょう》に断わったにもかかわらず、無理に診察《しんさつ》に行ったバーンリ医師は、まじめな顔をして首をひねって、「生きようという意志」を持たないのが困る、と言った。デリー・ポンドのルイザ・ドラモンドおばさんが看病に来た。カーペンター先生はこれにまったく従った――それは喜ぶべき徴候《ちょうこう》ではなかった――もうどうなってもかまわないといったあきらめらしかった。

「勝手にしなさい。それで良心が休まると言うんなら、うろつきまわったらいいだろう。ぼくにかまってさえくれなけりゃあ、何をしようと勝手だ。ぼくは食べさせてもらうのも、甘《あま》やかされるのも、シーツをかえてもらうのもいやだ。だけど、あの髪《かみ》の毛にはがまんならないね。あんまりまっすぐで光ってるんだもの。あれを何とかするように言ってくれ。それにあの鼻だがね、なぜ、ああ四六時中寒そうな鼻をしてるんだい？」

エミリーは毎晩、しばらくのあいだ看護に来た。老教師が逢《あ》いたがったのはエミリーだけだった。あまり話はしなかったが、ときどき眼《め》をあけては、互《たが》いにわかり合ったような笑いを交《か》わした――それはちょうどだれもほかの人にはわからない、二人だけの間の冗談《じょうだん》をわかち合っているようだった。ルイザおばさんにはこの笑いの意味はさっぱり見当がつかなかったので、そこで結果としてはこの微笑のやりとりに反対した。おばさんは満たされない処女の胸に母親らしい気持をたたえた、親切者ではあったが、カーペンター先生の愉快《ゆかい》そうな、いたずら者の妖精《ようせい》じみた笑いばかりはてんで意味がわからなかった。そんないたずらっぽい笑いをたたえているより、自分の霊魂《れいこん》の不滅《ふめつ》性について考えるべきだと思った。いったい、教会員になっているのかしら？　牧師にさえも逢いたがらない。エミリー・スターが来さえすれば大喜びをしている。ルイザおばさんはエミリー・スターについてはひそかな疑いを持っていた。あの子は小説を書くというじゃないか？　自分の小説の中に、母親のまたいとこのことを全部書いたとかいうことも聞いている。たぶんエミリーはこの不信心者の死の床《とこ》にモデルを求めているにちがいない。それこそは、彼女《かのじょ》の興味の根本なのだ。ルイザおばさんは奇妙《きみょう》な気持で、この残忍《ざんにん》な若い娘《むすめ》を眺《なが》めた。まさかわたしのことは小説には入れないだろうと思った。

長い間、エミリーはこれがカーペンター先生の最後だとは考えまいとした。それほどまでに重病の床に横たわっているとは、どうしても考えたくなかったのだ。苦しみもしなければ──不平も言わなかった。彼はたびたびエミリーに、暖かくなれば快《よ》くなると言うので、彼女もそれを信じざるを得なかった。エミリーにはカーペンター先生なしのブレア・ウォーターの生活は考えられなかった。

ある五月の夕方、カーペンター先生は、きわだって快くなったように見えた。眼には昔《むかし》ながらの皮肉の火が燃えた。声は元のとおりしっかりし、気の毒なルイザおばさんをからかった——おばさんには先生の冗談は決してわからなかったが、ただキリスト信徒らしい忍耐《にんたい》をもってそれに堪《た》えるだけだった。病人の機嫌は損じてはいけないと思っていたのだ。先生はエミリーに滑稽《こっけい》な話を聞かせて、屋根の低いその部屋が鳴りひびくまでに二人で笑った。ルイザおばさんは首をかしげた。気の毒に、彼女にはわからないことがたくさんあった。けれども、しろうと看護婦としての経験とそれ相応の知識だけは持っていた。そしてそれによってこの突然《とつぜん》の興奮は決していい徴候ではないことを知っていた。スコットランド人がよく言う〝一時治り〟であった。経験の浅いエミリーはこれを知らなかった。カーペンター先生が持ち直したことを喜んで家へ帰った。やがてまもなく学校へ帰って、生徒たちをどなり散らし、夢中《むちゅう》になって読みさしの古典文学を読みつづけながら道をあるき、エミリーの原稿《げんこう》に鋭《するど》いユーモアをまじえた批判を加えるだろう。エミリーはうれしかった。カーペンター先生こそはかけがえのない友人だった。

2

エリザベス伯母さんが午前二時にエミリーを起した。知らせが来たのだ。カーペンター先生が逢いたがっていた。

「先生は——お悪いんですか?」彫刻《ちょうこく》のある柱が四隅《よすみ》に立っている、高い、黒い寝台《しんだい》からすべりだしながら、訊《たず》ねた。

「臨終だよ」とエリザベス伯母さんが短く答えた。「バーンリ先生が朝までは持たないとおっしゃるんだよ」

エミリーの表情にエリザベスを打つものがあった。

「そのほうがいいんじゃないの、エミリー？」と、いつにないやさしさで言った。「年をとって疲れてるのよ。もう奥《おく》さんも死んでしまったしさ――来年は学校もクビになるんだよ。ほんとうに淋《さび》しい老年だもの。死ぬことが最上の友なんだよ」

「わたしは自分のことを考えているのよ」と、エミリーは泣きじゃくった。

暗い、美しい、春の夜を、エミリーはカーペンター先生の家へ急いだ。ルイザおばさんは泣いていたが、エミリーは泣かなかった。カーペンター先生は眼をあけて、彼女を見て微笑《びしよう》した――昔のとおりの、ずるそうな笑いだった。

「涙《なみだ》はごめんだ」と、彼はささやいた。「ぼくの死の床に涙は禁物だ。ルイザ・ドラモンドには台所で泣いてもらってくれ。それも金儲けの一方法だ。もう彼女に何にもしてもらいたいことはないからね」

「わたしにできることがありますか？」とエミリーが訊ねた。

「ぼくが逝《い》ってしまうまで、ぼくの見えるところにすわっていてくれ。それだけだ。去っていくのはいやだ――一人で。たった一人ぼっちで死んでいくことを考えたことはない。ぼくの死ぬのを待っている女いたちは、何匹《びき》台所にいるかね？」

「ルイザおばさんとエリザベス伯母さんと、二人きりです」と、エミリーは思わず笑いたくなるのをおさえて答えた。

「ぼくがあんまり——話をしなくても、かまわないでくれ。ぼくは話しつづけてきた——一生涯《しょうがい》。もう終った。残ってない——いきが。何か考えるとしたら——きみにいてもらいたいということだけだ」

カーペンター先生は眼を閉じて沈黙《ちんもく》におちいった。エミリーは明け方と共に白みそめてくる窓に、頭を黒いかたまりのように押《お》しつけて無言ですわった。ときどき吹《ふ》き起ってくる幽《ゆう》霊《れい》のような風の手が、髪の毛をなぶった。開いた窓の下の寝台のあたりから六月の百合《ゆり》のかおりがしのび寄った。それは言い知れずなつかしい、古い年月の失われた香気《こうき》のように、音楽よりも美しく、身につきまとうかおりであった。遥《はる》かかなたには、まったく同じ高さの、二本の黒モミの木が、明け方の光に照らされた銀色の空に向って立っていた。それはあたかも、銀色の霧《きり》に包まれた土手から突《つ》き出ているゴシック風の天主教会堂の二本の塔《とう》のようであった。その間から、新月のように美しい青い月がかすかに照っていた。月の美しさはこの不思議な看護をしているエミリーにとって慰《なぐさ》めであり、刺激《しげき》でもあった。何が過ぎ——何が来ても、このような美は永久のものである。

ときどき、ルイザおばさんが老人を見にはいってきた。カーペンター先生はおばさんのいる間は眼を閉じていたが、出ていくときを待って眼をひらき、エミリーに向ってウィンクした。エミリーは思わずウィンクを返しながらも、少しばかり自分に驚《おどろ》いた。マレー一族の血には、瀕死《ひんし》の病床でのウィンクなどには呆《あき》れ返るだけのきびしさは含《ふく》まれていた。エリザベス伯母さんは何と言うだろう、考えるだけでも恐ろしい。

「ちょっと愉快だね」と、カーペンター先生は二度目のウィンクのやりとりのあとで言った。「うれしいよ――きみがそこにいるから」

午前三時に、彼はやや平静を失った。ルイザおばさんがふたたびはいってきた。「引き潮になるまでは死ねませんからね」ルイザおばさんはエミリーに、厳粛《げんしゅく》な顔をしてささやいた。

「そんなくだらない迷信《めいしん》のむだ口はやめるんだ」カーペンター先生は大きな声で、はっきり言った。「潮があげてこようと、引いていこうと、死ぬときには死ぬよ」

すっかり怖《こわ》がったルイザおばさんは、今、先生は意識がもうろうとしているからと言って、エミリーに任せて部屋を出た。

「ありふれたことを言って許してくれ」と、カーペンター先生は言った。「あの女を追い出したかったんだ。あのとしよりに――ぼくの死ぬのを――見ていられたくないんだ。あの女に――話のたねを――これから先の一生、やることになるもの。待つことは――恐ろしいものだ。それにしても――あれはいい人物だ――あんまり――善人で――飽き飽きしちまう。悪意というものを持っていない。どういうものか――人間は――幾分《いくぶん》の――悪を――性格の中に必要とするんだな。それは――味を生かす――塩の――ひとつまみだ」また沈黙が。それから重々しい調子で加えた。「困ったことに――コックが――ひとつまみの塩を――大づかみにしすぎるんだ。経験のないコックが――あとでは賢《かしこ》くなるが――幾代かの永遠の後だ」

エミリーは今度こそ彼の意識が〝もうろう〟としていることを感じた。けれども、彼はエミリーに微笑を向けた。

「ここにいてくれてうれしい――小さな同志よ。ここにいるの、いやじゃないだろう――どうかね？」

「いやなもんですか」とエミリーは言った。「マレー一族の者が、『いやではない』と言ったときにはそれにちがいありません」

またしばらく沈黙。それからカーペンター先生はまた言葉を続けた。今度は、だれに語るともなく、ただ自分で独り言を言うようだった。

「出ていくんだ――暁《あかつき》のむこうへ出ていくんだ。明けの明星《みょうじょう》を過ぎて。恐ろしいことだと思っていた。恐ろしくはない。おかしなことだね。これからの数分間に――ぼくがどんなにたくさん学ぶかを考えてごらん、エミリー。生きているだれよりも賢くなるんだ。いつでも知りたかったんだ――知りたかったんだ。察してるというだけじゃあ、いやだったんだ。好奇心はもう終った――人生に対する。ただ好奇心は――死に対してだけだ。ぼくは真実を知るんだ――エミリー、もうほんの数分間で、ぼくは――真実を――知るんだ。もう想像じゃない。もし、ぼくが――考えてみるだけだが――もう一度若ければ。それがどんな意味か、きみには――わからない。若いきみには――その意味はわからない。若いきみには――わからないんだ――もう一度若くなるということが――どんな意味か――今、若いきみには見当もつかないんだ」

声は落着きのないささやきに沈《しず》んだ。けれども、やがてもっとはっきりしてきた。

「エミリー、約束《やくそく》してくれ――きみはきみ自身を――喜ばせる以外には――だれをも喜ばせるためには書かないと――約束してくれ」

エミリーは一秒間躊躇《ちゅうちょ》した。いったい、こんな約束の意味は何であろう？

「約束してくれ」カーペンター先生はせきこんでささやいた。

エミリーは約束した。

「それでいい」カーペンター先生は安堵《あんど》の息をついた。

「その約束を守りなさい――それできみは――大丈夫《だいじょうぶ》だ。すべての人を喜ばせようとしてもだめだ。批評家を――喜ばせようとしてもだめだ。自分の帽子《ぼうし》がいちばん似合う。自分の帽子をかぶって生きるんだ。リアリズムの騒《さわ》ぎで――動かされては――いけない。おぼえていなさい――松林《まつばやし》は――豚小屋《ぶたごや》と同じように――真実だと――いうことを、そして松林のほうが、住むにはずっと楽しいことをね。きみは必ず到着《とうちゃく》する――目的の地へ、いつか、きっと着く。きみは大作家となるべき根を――きみの手に持っている。それから、何もかも――世界に向って――言うんじゃない。それが――われわれの――文学の――欠点だ。神秘と――沈黙の――魅力《みりょく》を――失っちまったんだ。もう一つ、きみに言いたいことがあったんだ――何か普通《ふつう》のことがあったんだが――思い出せない」

「思い出そうとなさらないでください」と、エミリーはやさしく言った。「お疲れになるわ」

「疲れちゃあいない。もう――疲れるなんてことは――すっかり――済んじゃった。ぼくは死にかかっている――ぼくの生涯は――失敗だった――ねずみのように哀《あわ》れだ。だが、エミリー、結局――おもしろい一生だったよ」

カーペンター先生は眼を閉じて、死そのもののような顔をしたので、エミリーは驚いておもわずからだを動かそうとした。彼は痩せおとろえた手をあげた。

「いや、あの女を――呼ばないでくれ。あの泣き女を呼ばないでくれ。きみだけ、ニュー・ムーンの小さいエミリーだけ。利口な小さな娘のエミリーよ。ぼくがあの子に言いたかったことは――何だっけ？」

一、二秒ののちに、彼は眼を開いて、大声で、はっきりと言った。

「戸をあけて――戸をあけてくれ。『死』を待たせてはいけない」

エミリーは小さい戸口へ走って、それを広くあけた。灰色の海からの強い風が吹きこんだ。ルイザが台所から走ってきた。

「潮が引いてきました――それといっしょに死ぬんです――もう逝ってしまった」

けれどもまだだった。エミリーが彼に顔をさしよせると毛むくじゃらの眉《まゆ》の下の鋭い眼がもう一度ひらいた。カーペンター先生はウィンクをしようとしたが、できなかった。

「ぼくは――思い出した――傍点《ぼうてん》を――気をつけろ――ということだった」

言葉の終りに、いたずらっぽい笑いが残ったかしら？　ルイザおばさんは、確かにあったといつも断言していた。意地の悪いカーペンター先生は笑いながら、ボーテンとかいうことを最後の言葉として死んだ。もちろん、彼はうわごとを言ったのだとは思うが、ルイザおばさんは、あきらめの悪い死に方だといつも言った。こんな経験はあまり持たなかったことを喜んでいた。

3

彼女は夢中で家へ帰り、自分の部屋で、古い友のために我をわすれて泣いた。闇《やみ》か――日光の中か――知らないが、笑いと冗談ではいっていくとは、何という勇気ある魂《たましい》であろうか？　どんな欠点があったにもせよ、カーペンター先生は卑怯者《ひきようもの》ではなかった。彼が去ったのちの彼女の世界は冷たい場所であることを知っていた。闇の中でニュー・ムーンを出ていったのは、もうずっと長い以前のことのように感じられた。心の中に、今や自分の生涯の別れみちの一つへ来たと感じた。カーペンター先生の死は何も表面には彼女に変化はもたらさなかった。けれども、それはある道標のようなもので、後年、それを振返《ふりかえ》って、「あの道標をとおりすぎてから、何もかも変った」と言えるようなものであった。

今まで、何事もそのときどきの出来心のようなものに動かされて暮《くら》してきた。何カ月も何年も静かに、変化のない歩みをつづけた後に、突然、〝低い天井の過去〟とわかれて、ある魂の〝新しい館《やかた》〟にはいり、過去のいかなるときにもなかった広々とした境地にはいったのである。しかし、最初は、いつでも変化への恐怖《きようふ》と、損失を感じるのが常であった。

第四章

1

カーペンター先生の死んだ年は、エミリーのために静かに暮《く》れた——静かに、あるいは楽しくさえも、過ぎた——単調すぎるという気持を押《お》し殺しはしたが、とにかく静かに暮れた。イルゼもなく、テディもなく、カーペンター先生は他界の人である。ときどき、ペリーがあらわれた。もちろん、夏はディーンがいた。ディーン・プリーストには女の子は一人も付いていなかった。もしいたとしたら、その娘《むすめ》はいつもおき去りにされて淋《さび》しいことだったろう。エミリーとディーンは、遠い昔《むかし》、エミリーがけわしい土手の下のマルヴァーン湾《わん》に落ちて、ディーンに助けられて以来の仲よしだった（訳注『可愛いエミリー』参照）。ディーンがかすかに足をひきずったり、肩《かた》が曲っていたり、あるいは緑色の眼《め》のかがやきがおりおり薄気味《うすきみ》のわるい感じを顔にあたえても、そんなことは何でもなかった。結局、世界中にディーンほど好きな人はほかにはなかった。こう考えると、エミリーはいつでも〝好き〟に傍点《ぼうてん》をつけた。カーペンター先生の知らないことがいくつかあったのだ。

エリザベス伯母《おば》さんはどうもディーンをあまり歓迎《かんげい》しなかった。どのみち、プリースト家の人たちにはだれに対してもたいした好意は持たなかったのだ。マレー一族とプリースト一族の間には気分的に相容《あいい》れないものがあるらしく、ときどき二つの氏族《クラン》の間に結婚《けっこん》の交流があっても、なかなかのりこえられなかった。

「プリースト一族だって、ヘン！」
痩《や》せた、美しくないマレー一族の手を振《ふ》って、根から枝《えだ》まで全部をけなすのだった。「プリースト家がねえ、ヘン」

「マレーはマレー、プリーストはプリースト、そして二つは相会うことは決してない」と、エミリーは、ディーンがあるとき、絶望をよそおって、なぜおばさんたちは自分をきらいなのかと訊《き》いたときに、恥《は》ずかしげもなく、いたずらっぽく、キプリング（訳注　イギリスの作家・詩人。一八六五―一九三六）の句を転用した。

「あそこのプリースト・ポンドにいるきみの大伯母さんのナンシーは、ぼくを大きらいだよ」とディーンは、気むずかしげに言った。こういうとき、彼《かれ》の表情にはおりにふれて、妖《よう》精《せい》がおもしろがっているような様子があらわれた。「それからローラ伯母さんとエリザベス伯母さんは、ぼくを遇《ぐう》するに、マレー一族が、大切な敵に対するときの冷たい礼儀《れいぎ》で遇するよ。ぼくにはわけはわかってるがね」

エミリーは顔を赤くした。エミリーにもまた、なぜローラ伯母さんとエリザベス伯母さんが、以前よりも冷たく礼儀正しくなったかがわかりかけてきたのだ。彼女《かのじょ》はその疑いを持ちたくなかった。そのことが胸にはいってくると、いつもそれを追い出して、心の戸をかたくとざした。けれどもその考えは心の戸口でささやいてどうしても追い払《はら》えなかった。すべてのこと、すべての人と同じように、ディーンも一夜のうちに変ったように見えた。そしてこの変化は何を意味する——何を思わせる——のだろうか？　エミリーはこれに答えることをしなかった。答えとして出ることは、あまりにばかばかしかった。そしてあまりに不愉快《ふゆかい》だった。

ディーン・プリーストは友人から恋人《こいびと》に変りつつあるのだろうか？　ナンセンスだ。とほうもないナンセンスだ。不愉快きわまるナンセンスだ。彼女はディーンを恋人としてはほしくなかったけれど、友人としては夢中《むちゆう》にほしかった。彼の友情を失うことはできない。彼の友情は実に貴《とうと》く、刺激《しげき》的で、すばらしくて、不思議だった。何でそんな悪魔《あくま》じみたことが、始まったのだろうか？　エミリーのとりとめのない考えがここまで来ると、いつでもここでとまった。この〝悪魔じみた〟ことが、今や始まろうとしているか、あるいはすでに始まっているのではないかと思って、ぎょっとした。

考えかたによっては、ディーンが十一月のある夕方何気ない様子で言ったことで、ほっとした。

「ぼくもそろそろ毎年のとおり移住のことを考えなけりゃならないな」

「この冬はどこへいらっしゃるの？」

「日本へ。まだ一度も行ったことがないからね。特別に今行きたいこともないけれど、ここにいたって仕方がないもの。冬中、居間でおばさんたちの聞いてるところで話していたいかい？」

「いいえ」と、エミリーはちょっとふるえる真似《まね》をしながら笑いで答えた。

彼女の思い出したのは、ある秋の夜、ひどい嵐《あらし》で庭へ出られなかったとき、エリザベス伯母さんが編物をし、ローラ伯母さんがレース編みをしているテーブルのそばで、話をしたことだった。それは実に不愉快だった。いったいなぜだろう？　なぜ庭にいるときのように自由に、気分に任せて、へだてなく話し合えなかったのだろう？　これへの答えは、すくなくとも、どんな意味からでも性の問題ではない。ディーンとエミリーの話したことが、エリザベス伯母さんの理解できないことであり、したがって同意しないことばかりだったからであろうか？　あるいはそうであったかもしれない。その理由は何であろうとも、ディーンと心ゆくばかりの話をするためには、世界の反対側に彼がいたほうが、いいのである。

「だからね、まあ行ったほうがいいのさ」と、ディーンは、この庭に立った、妙《たえ》なる、長身の、白い乙女《おとめ》が、彼がいなくなったら淋しいと言うのを待った。彼女は毎年秋に彼が去っていくとき、そう言った。けれども、今度は言わなかった。言えなかったのだ。

ふたたび問おう、なぜ？

ディーンは優《やさ》しさと悲しさと情熱を思いのままに眼にあらわすことができた。今はこの三つの感情の混然と入りまじった表情で彼女を見ているようだった。彼がいなくては淋しいとエミリーにぜひ言ってほしかった。今年の冬また出ていくことのほんとうの理由は、彼女をしてどんなに彼なしでは淋しいかを知らせたかったからだ——ディーンなしでは生きられないことを知らせたかったのだ。

「エミリー、ぼくがいなかったら淋しいかい？」

「あら、それはもちろんよ」と軽く答えた——あまりにも軽く答えた。ほかの年にはもっと正直で本気だった。ディーンはこの変化を必ずしも残念には思わなかった。けれども、その背後にある心持のありかたについては何にも察することはできなかった。彼女は彼が長い間かくそうとし、狂《くる》ったようになっておさえつけていたあるひとつのことに——気がつきはじめたので変ってきたにちがいない。それがどうしたのだ？　あの軽さは、彼女がディーンのいなくなるのを淋しがるということを認めたくないのを意味しているのであろうか？　それとも、あまりに見えすいたことを悟《さと》られたくないという、女の直感であろうか？

「今年の冬はあなたもテディもイルゼもいないでとてもやりきれないから、わたしは考えないようにしているのよ」とつづけた。「昨年の冬はひどかったわ。そして今年は——わたしにはわかってるのよ——もっとひどいわ。でも、仕事があるからどうやら過せるけれど」

「そうそう、きみの仕事がね」と、答える調子には、いつもエミリーが例の落書きのようなものを〝仕事〟と言うときに、出てくる甘《あま》やかしたような、ばかにしたようなものがあった。かわいらしい子供は機嫌《きげん》をとらなければならない。はっきり言葉に出してそうとは言わなかったけれども、感じ易《やす》いエミリーの心には、鞭《むち》のように響《ひび》いた。そして突然《とつぜん》に、彼女の仕事と野心は——すくなくともその瞬間《しゅんかん》だけは——ディーンが考えているように、子供っぽい、つまらないものに見えた。彼にはわかっているはずだ。それだからつらいのだ。ディーンの意見は尊重しなければならない。彼女は心の奥深《おくふか》いところで、自分はディーン・プリーストが立派だと認めてくれることをしなければ自分を決して信じることのできないのを知っていた。

「ぼくはどこへでも行く先々へ、きみの写真を持ってくよ、スターさん」とディーンは言った。スター（星）というのは、ディーンがエミリーを呼ぶのに好んで使った名であったが、それは彼女の苗字《みょうじ》のスターと空の星とをもじったのではなく、彼女がいつも彼に星を思わせたからだと言った。「ぼくはきみがあの古い見はらしの窓のそばにすわって、きみの美しい蜘蛛《くも》の網《あみ》を作っているところを見るだろうよ――この古い庭の中をあちこち散歩していたり――〈きのうの道〉を歩きまわっているところや――海を眺《なが》めているところなんか、みんなこの写真で思い出すよ。いつでもブレア・ウォーターの美しさを思うときには必ずきみがその中にいるだろうよ。あらゆる美は、結局、美しい女性の背景でしかあり得ないんだもの」

〝美しい蜘蛛の網〟――ああ、それがそこにあった。エミリーが聞いたのはそれだけだった。ディーンが彼女を美人だと思っていると言ったことさえ耳にはいらなかった。彼女は途切《とぎ》れ途切れに訊《たず》ねた。「わたしの書いてるものは蜘蛛の網でしかないと思うの、ディーン？」

「スター、それよりほかに何だって言うんだい？　きみはどう思ってるんだ？　ぼくはきみが書くことで楽しめるのを喜んでいるよ。そういう種類の趣味を持つのはいいことだ。それでいくらか稼《かせ》げるんなら、こういう世の中ではなおさらいいことだ。しかし、ブロンテ（訳注　十九世紀イギリスの女流作家。シャーロットとエミリーの姉妹）やオースティン（訳注　イギリスの女流作家。一七七五—一八一七）になることを夢《ゆめ》みて――やがて現実にさめたときに青春を夢のために空《むな》しくしちまったと気がつくのがいやなんだ」

「わたしはブロンテやオースティンになろうとは思っていないわ。だけど、あなたは昔はそんなことおっしゃらなかったわ、ディーン。あなたはわたしがいつか何かできるだろうと考えてらしったじゃないの」

「われわれはお客に来た子供に怪我《けが》はさせたくないよ」とディーンが言った。「だけどねえ、子供の夢を成熟してまで持ちつづけるのは、愚《おろ》かなことだよ。人生の事実と直面するんだ。きみは夢のように美しいことを書くよ、エミリー。それはそれでいいんだから、それで満足するんだね、そして生涯《しょうがい》の最上の年を届きもしない峰《みね》にあこがれたり、とても摑《つか》めないもののために努力したりして、むだに費やさないんだ」

2

ディーンはエミリーを見ていなかった。古い日時計を眺めて顔をしかめながら、言いたくはないけれどそれが自分の義務だからと考えて話している男のような様子をしていた。

エミリーは憤然《ふんぜん》として言った。

「わたしはただ美しい物語を書くだけのことはしません」

ディーンはエミリーを見つめた。彼女は彼と同じ高さだった――少し彼より高かった。ただしこれはディーンの認めないところだが。

「きみはきみ以外の何者になる必要もない」と、彼は低い、余韻《よいん》のある声で言った。「きみのような女性を、このニュー・ムーンはかつて見たことはなかった。きみはその眼で――その笑っている眼で――ペンなどを持ってするより遥《はる》かに大きなことができる」

「あなたはまるで大伯母さんのナンシー・プリーストみたいよ」エミリーが意地悪く、嘲《あざけ》るような口調で言った。

けれど、彼だってエミリーを意地悪く、嘲らなかっただろうか？　その明け方の午前三時、エミリーは大きな眼をあいて、心の苦しみにずっと堪《た》えていた。彼女は二つの憎《にく》むべき宣告と向き合って眠《ねむ》られぬ数時間を過していた。一つは自分には何にも値打のある文筆の仕事はできないということ、もう一つは自分はディーンの友情を失わなければならないということであった。なぜならば、友情以外のものは何にもディーンに与《あた》えられないのに対して、ディーンは決してそれでは満足しないからだ。彼の心を傷つけなければならないのはわかっている。そして、おお、人生があんなに残酷《ざんこく》に扱《あつか》った彼を、なおこの上に、どうして傷つけることができようか？　彼女はアンドルー・マレーに「否《ノー》」と言い、ペリー・ミラーの求婚を何の迷いもなく笑って断わった。けれども今度はまったく事情がちがっている。

エミリーは暗闇《くらやみ》の中でベッドの上に起きあがり絶望の呻《うめ》きを発した。とは言っても三十年あとになったら、何であのときあんな呻きを出したのだろうと不思議に思うかもしれないが、それだからとて今のこの呻きは真実つらいものであった。

「世の中に恋人だの恋だのということがなぜあるんだろう？　そんなものがなかったらどんなにいいだろう」と、彼女は心の底からそう信じて、野蛮《やばん》にも等しいような熱烈《ねつれつ》さで言った。

3

誰《だれ》でも同じだが、エミリーも昼の日光の中では暗闇のときのように、物事を悲劇的に、堪えられなくつらくは感じなかった。厚い小切手と感謝の手紙が、彼女の自尊心と野心をかなりに回復した。あるいはまた、ディーンの言葉にも様子にもなかった意味を彼女が自分ひとりで思い過したのかもしれない。若くても年とっていても、彼女と話したがるあらゆる異性や、または薄ぐらい月夜の庭で彼女に好意を示す男たちが、みんな自分に恋をしているのだと思うような、ばかな娘には、こんりんざい、ならない。ディーンは彼女の父親と言ってもいいくらいの年長者である。

ディーンの感傷抜《ぬ》きのさっぱりした出立《しゅったつ》がエミリーのこの考えを強くした。そして彼女は何の遠慮《えんりょ》もなしに彼のいないのを淋しがることができた。彼のいないのは淋しかった。おそろしく淋しかった。秋の野に降りそそぐ雨はその年はいとも悲しいものだった。同じように湾から忍《しの》び寄る霧《きり》も悲しかった。エミリーは雪と活気がめぐってきたときうれしかった。彼女は夜が更《ふ》けるまで書いていた。とうとうローラ伯母さんは健康のことを心配しだし、エリザベス伯母さんは光熱料金の値上がりを口に出してしまった。エミリーは夜おそくまで起きているために光熱料の余分を払っていたので伯母さんのこの言葉は軽くは聞いていられなかった。彼女はウォレス伯父さんとルース伯母さんにも、高等学校の学資を返済すべく、一生懸命《けんめい》に働いていた。エリザベス伯母さんはこれを奨励《しょうれい》した。マレー家の一族は独立心に富んでいた。一族の中でも通り言葉になっていたことは、マレー家の人たちは大洪水《だいこうずい》のとき自分ら専用の方舟《はこぶね》を持っていたというのである（訳注　旧約聖書にノアの方舟という話が出ている。人間があまりに罪を犯すようになったのでエホバの神がいったん人間を全滅させようと思い、善人ノアに、方舟を作りそこにすべての動物をひとつがいずつ入れ、そして一族も共に洪水を避けるようにと告げたというのである）。混乱した一隻《せき》の方舟なんかには乗らない人々であった。

もちろん、返送されてくる原稿《げんこう》もたくさんあった——ジミーさんがそれを郵便局から持ってくるときは怒《いか》りで口もきけないほどだった。けれども受入れられる原稿の割合はどんどんとあがってきた。新しい雑誌への掲載《けいさい》の一冊一冊がアルプスへの道の一歩前進を意味した。彼女は堅実《けんじつ》に芸術への道を固めていることを知っていた。以前はずいぶん困った恋人同士の会話も今はらくに書けるようになった。テディ・ケントの眼が何かを教えたのだろうか？

もし、じいっと考えてみたら、かなり淋しい生活だった。ずいぶん苦しいときもあった。ことにモントリオールのイルゼからはなやかな行動や雄弁学校での成功や新しく仕立てたガウンのことやらを知らせた手紙が来たときは、ひどかった。長いたそがれどきに、古びた農家の窓から、ふるえながら外を眺めて、丘《おか》の上の雪の野に立つ〈三人の王女〉はどんなに真っ白で冷たくて、淋しく、悲劇的に暗いかと思っているうちに、彼女は自分の星に対する信頼《しんらい》をすっかり失うのであった。彼女は夏を待ちこがれた。ひなぎくの野を、月の出にうるんだり、夕日で紫《むらさき》になる海を、そして友達《ともだち》を。

テディは遥かかなたの人に思えた。二人はいつも文通していた。けれども、手紙の内容は前のようなものではなかった。秋になってから急にテディの手紙はやや冷たく、そしてかなり丁寧《ていねい》になった。この〝いてつき〟のきざしにエミリーの熱もかなりさめた。

4

けれども、彼女には前後の道を照らす歓喜と洞察《どうさつ》のときもあった。彼女の内の創作力が〝決して消えないほのお〟のように燃えるときもあった。自分が神のように感ぜられる稀《まれ》に見る荘厳《そうごん》な数分間で、完全に幸福で、何の不足もなかった。そこにはいつも彼女の夢の世界があり、単調と淋しさからのがれて、何の雲も暗さにも邪魔《じゃま》されない、不思議な、美しい幸福があった。ときどき意識的に、子供時代に返り、大人の世界を話すのはばからしいような、子供らしい冒険《ぼうけん》を楽しむこともあった。

エミリーはひとりでほっつき歩くのが好きであった。ことにたそがれどきや月光のような世にも稀な仲間とだけで歩くのを愛した。

「わたしは月夜には家の中にはいられないんです。遠くへ出ていかなけりゃだめなんです」

彼女のぶらつきに賛成しないエリザベス伯母さんにこう言った。エリザベス伯母さんはエミリーの母親がかけおちしたという記憶《きおく》から絶対にはなれられなかった。まあ、いずれにしても、ほっつき歩きはよくはなかった。ブレア・ウォーターでそんなことをする娘《むすめ》はほかには一人もいなかった。

星の出てくるたそがれどきを丘を越《こ》しての散歩があった——神話と伝説の偉大《いだい》な星座が一つずつ一つずつあらわれてきた。霜《しも》のように冷たい月の出は、心が痛くなるほど美しかった。燃える日没《にちぼつ》の空に向ってきり立つモミの木の塔《とう》、神秘に包まれた杉《すぎ》の木々のかたまり〈明日の道〉の上のそぞろ歩き、みんな美しかった。若々しいみどり色の、花にかすんだ六月の〈明日の道〉ではない。または錦《にしき》の栄光に輝《かがや》く十月の〈明日の道〉でもない。静かな、雪模様の、冬の〈明日の道〉である——魔法に包まれた、白い、神秘的な、沈黙《ちんもく》の場所、エミリーはここをほかのどの好きな場所よりいちばん愛した。人間の来ないあの夢の園《その》の魂《たましい》の喜びは飽《あ》くところがなかった。遥けさを思わせるその魅力《みりょく》は決して色あせなかった。

もし、ものごとを話し合う友が一人いたならば！

ある晩、彼女は自分の涙《なみだ》で眼がさめた。夜更けの月が、霜で凍《こお》った窓ガラスをとおして青く、冷たく照っていた。テディが〈のっぽのジョン〉の茂《しげ》みの中から口笛《くちぶえ》を吹《ふ》いていた夢を見たのだ——子供時代のなつかしい、合図の口笛を。そして彼女は夢中になって庭を越えて茂みまでテディを捜《さが》しに走ったのだ。しかし、テディはいなかった。

「エミリー・バード・スター、あんたが夢のために泣いているところなんか二度と見たくないわ」と、腹だたしげに言った。

第五章

1

その年は、エミリーの静かな道の調子を破るような、特筆大書すべき出来事は、三つしか起らなかった。ローラ伯母さんがヴィクトリア女王時代めいた言葉で言ったのに従えば――エミリーは〝恋愛事件《ラヴ・アフェアー》〟を持った。デリー・ポンドの新しい牧師で、気だてのやさしい、礼儀《れいぎ》正しいジェイムズ・ウォレス青年が、ブレア・ウォーターの牧師館を訪ねてくるようになり、そこからニュー・ムーンにも足を向けた。やがて、エミリー・スターが牧師を愛人に持っているということが知れわたった。さかんにゴシップがたった。そして、エミリーが一も二もなくその人にとびつくだろうという結論にまで達した。牧師とは何事だ！　と首をかしげる人々もあった。牧師の妻としてはエミリーは不適任だ。絶対にだめだ！　だけど、それが世の中じゃないかしら？　牧師が選ぶのが、自分にはいちばん似合わない娘《むすめ》だったりするのだ。

ニュー・ムーンでは意見がわかれていた。ローラ伯母さんはウォレス牧師に関する自分の直感を認めて、エミリーが彼《かれ》を〝とらない〟ことを希望した。エリザベス伯母さんも心の底ではウォレス牧師をすっかり気に入っているわけではなかったが、〝牧師〟という職に眼《め》がくらんでいた。恋人《こいびと》としては何の心配もない人柄《ひとがら》である。牧師は絶対にかけおちはしないだろう。もしエミリーが彼を「得る」ならば、たいへん幸せだと思った。

ウォレス牧師のニュー・ムーン訪問がとだえてしまったことが明らかになったとき、エリザベス伯母さんがエミリーにその理由を問いただすと、驚《おどろ》いたことに、この不敵ないたずらっ子は彼とは結婚《けっこん》できないと断わったというのであった。伯母さんは内心呆《あき》れ返った。

「いったい、どういうわけからなんだい？」伯母さんは氷のような失望で訊《き》いた。

「あの人の耳よ、エリザベス伯母さん、あの耳よ」と、エミリーは面倒《めんどう》くさそうに答えた。

「わたし、自分の子供があんな格好の耳を持ったらいやですもの」

この返答のはしたなさはエリザベス伯母さんを仰天《ぎょうてん》させた──多分それがこの返答の目的であったのだろう。彼女《かのじょ》は伯母さんがこの問題に二度とふれないだろうことを知っていた。ジェイムズ・ウォレス牧師は次の春、西部へ行くのは彼の〝義務〟だと思った。それがエミリーの断わったほんとうの理由であった。

2

それからシュルーズベリーの地方劇団のことがシャーロットタウンのある新聞に、ひどい毒をもってたたかれた。シュルーズベリーの人々はエミリー・バード・スターをその執筆者《しっぴっしゃ》として責めた。エミリーのほかに、だれがあんな気の利《き》いた諷刺《ふうし》と悪魔《あくま》的な毒気を持った筆を使う人があるだろうか？　シュルーズベリーの人たちはみんなエミリー・バード・スターがあの〈老ジョンの家〉の事件について彼らが創《つく》りだした話を決して許していないことを知っていた。これが彼女の復讐《ふくしゅう》の方法だったのだ。マレー一族のやりそうなことではないか？適当な報復の機会が来るまで、恨《うら》みを心に潜《ひそ》めて守っているのである。エミリーは自分の無関係なのを主張したがむだだった。だれがそれを書いたか決してわからなかった。だから、エミリーが生きている限りそれは彼女になすりつけられた。

けれども、一方にはそれは彼女の利益にもなった。それ以来、彼女はあらゆるシュルーズベリーの社交的の集まりに招かれた。人々は彼女を抜《ぬ》かしたら「書かれやしないか」と恐《おそ》れた。何もかもに出ることはできなかった――シュルーズベリーはブレア・ウォーターから七マイル離《はな》れていた。けれども、彼女はトム・ニッケルス夫人のディナー・ダンスに出て、それから六週間の間、そのパーティーが彼女の全生涯《ぜんしょうがい》の流れを変えたと思った。

鏡の中のエミリーはその夜、たいへんよく見えた。エミリーは幾年来《いくねんらい》ほしがっていたドレスを手に入れた――一つの作品の稿料《こうりょう》の全部をそれに使って伯母さんたちを驚かせた。絹で――一つの光の中ではブルーで、ほかの光の中では銀色で、霧《きり》のようにレースがついているのであった。エミリーは、テディがかねがねその服を彼女が手に入れたら、そのドレスをまとった彼女を〝氷の乙女《おとめ》〟として絵を描《か》こうと言っていたことを思い出した。エミリーは彼女の右隣《みぎどなり》の男は食事の間中〝滑稽《こっけい》な話〟というのをしゃべりつづけていた。エミリーはいったい何のために神はこんな人間を創ったのかと不思議に思いつづけた。

ところが、左側の隣人《りんじん》だ！　彼は少ししか口はきかなかったが、眼にものを言わせた。エミリーは唇《くちびる》よりも眼が語る男のほうが好きだと思った。けれども彼はこれだけは言った。彼女はその服で、まるで「青い夏の夜の月光」のようだと。エミリーを参らせたのはこの文句だと思う――あの童謡《どうよう》の中の不幸せながちょう（訳注　マザーグースにでてくる）のように――エミリーの心を射抜いたのは。よく整えられた文句の魅力《みりょく》にはエミリーは抵抗できなかった。その宵《よい》が終らないうちに、エミリーは生れてはじめてもの狂《ぐる》わしく、そしてロマンティックに、最もの狂わしい、そして最もロマンティックな恋におちいってしまった。〝詩人の夢《ゆめ》みた恋〟と彼女は日記にしるした。青年も――彼の美しい、ロマンティックな名をアイルマー・ヴィンセントといったが――狂おしくエミリーを恋した。彼の「愛するレディよ」という言い方は彼女を魅了《みりよう》した。彼はニュー・ムーンを離れなかった。実に美しく求愛した。彼の「愛するレディよ」という言い方は彼女を魅了した。彼は文字どおりニュー・ムーンを離れなかった。彼が「美しい手は美しい婦人の持つべき魅力の一つだ」と言って、彼女の手を見たときには、その夜自分の部屋へ帰ったとき、彼の眼がいとしんだその手にキスした。彼が歓喜に満たされて彼女を「霧とほのおで創られたもの」と呼んだときには、うす暗いニュー・ムーンに霧を降らせたり、ほのおを燃やしたりした。全然感じないエリザベス伯母さんが、いとこのジミーさんにドーナツを作ってあげなさいと、堪《たま》りかねて言ってしまった。彼が彼女はオパールのように――外は乳白で内は真っ赤な火だと言ったとき、彼女は人生はいつでもそんなものだろうかと怪《あや》しんだ。

「そして一度はわたしもテディ・ケントを好きだと考えたなんて」と、自分自身に驚いた。書きものも怠《なま》けている。そしてエリザベス伯母さんに屋根裏にある古い占い箱《うらなばこ》を持ってきてもいいかと訊《たず》ねた。伯母さんは快く許した。新しい求婚者のことを見ると、すべて上乗《じようじよう》だった。家柄よし――社会的地位上――事業有望。すべてのしるしは上等だった。

3

それから、ほんとうに恐ろしいことが起った。エミリーは恋におちたのが突然《とつぜん》であったとおりに、突然さめてしまったのだ。ある日は恋をしており、その次の日はさめていた。それだけのことである。

彼女も呆れ返った。信じられない。以前の魅力がまだあるのだと信じようとした。胸をとどろかせ、夢み、顔を赤くしようとした。何と暗っぽい色の眼をした恋人だろう――なぜそれに早く気がつかなかったのだろう――その眼は牛の眼のようだということになぜ前に気がつかなかったのだろう？――その眼は彼女を退屈《たいくつ》にさせた。確かに退屈にさせた。ある夕方、彼が例の花のようなスピーチをしている最中に、エミリーはあくびをした。何にも新しい内容がないのだ。

彼女は自分の恋の物語にまったく恥《は》じ入って、ほとんど病気になった。ブレアの人々は彼女がだまされ、捨てられたと思ってあわれんだ。それよりもっとよく事情を知っていた伯母さんたちは失望して、機嫌《きげん》がわるかった。

「移り気――移り気なんだよ、スター一族の持ち前でね」とエリザベス伯母さんが言った。エミリーには何の抗弁もできなかった。何と責められても仕方がないと思った。あるいは移り気かもしれない。移り気にちがいない。あんなに栄光ある火がたちまちにして消え去り灰になってしまうとは！　火花一つ残らなかった。ロマンティックな思い出さえ残らない。エミリーは日記の中の〝詩人の夢みた恋〟というところを意地悪く消してしまった。

彼女は実際長い間非常に不愉快《ふゆかい》だった。自分には深みというものがないのかしら？　あの不滅《ふめつ》のたとえばなしの中にある浅い土に落ちた種のように、それほど浅薄《せんぱく》な人間で、恋でさえもそれほど軽く済んでしまうのであろうか（訳注　新約聖書にあるキリストの種まきのたとえ）？　彼女はほかの娘たちはこのようなばかばかしい、嵐《あらし》のような、ふわふわした恋をすることは知っていたが、自分はまさかそんなことはないと思っていた――あるはずがないと思った。美しい顔となめらかな声と大きな黒い眼と立派な言葉のトリックにかかって、あのように足をすくわれようとは！　一口にして言えば、エミリーはこの上もないばかものに自分をしてしまい、マレー家の誇《ほこ》りはそれに堪《た》えられないのだ。

そのうえに青年はシュルーズベリーの娘と、六カ月もたたないうちに結婚した。彼が結婚したことや、どのくらい早く結婚してしまったか、そんなことをエミリーはちっとも気にかけなかった。けれども彼のロマンティックな熱愛はただ表面的なことでしかなかったことを意味しているのが、このばかばかしい事件になおさら絶望的ないやさを加えた。アンドルーにしても実にあきらめが早かった。ペリー・ミラーにいたっては失恋《しつれん》など気にはかけなかった。テディは彼女を忘れてしまった。いったい、自分は男性の中に永続する深い情熱を持たせることはできない性格なのだろうか？　確かにディーンはいた、けれどディーンでさえも冬ごとに彼女を残して去っていき、だれでも来あわせた求婚者が彼女を求めるままにしているではないか。

「わたしはそんなに上すべりの人間なんだろうか？」あわれなエミリーは、烈《はげ》しい自責の念で自分を追究した。

彼女は心ひそかな喜びでふたたびペンをとりあげた。けれども、しばらくのあいだは彼女の創作の中の恋愛のシーンは皮肉で野獣的《やじゅう》であった。

第六章

1

テディ・ケントとイルゼ・バーンリは短い夏休みをとりに帰省した。テディは二年間の美術奨学金《しょうがくきん》を得てパリで二年研究することになって、二週間の後にはヨーロッパへ向けて航海することになっていた。このことはテディの手紙の中に書いてあった。エミリーはそれに対して友人として姉妹としての祝いの返事を書いた。どちらの手紙にも虹《にじ》の金も、琴座《ことざ》のヴェガもなかった。けれどもエミリーはテディの帰省を半ば恥《は》ずかしく、半ばなつかしい思いで待っていた。もしかしたら——そんなことが望めるかしら？——行きなれた森や出逢《であ》いの場所で顔と顔を合わせたら——この説明のできない二人の間の冷たさも、湾《わん》の上に太陽がのぼるにつれて海の霧《きり》が晴れるように消えてしまうかもしれない。テディだって彼女《かのじょ》と同じく恋《れん》愛《あい》あそびはあったにちがいない。けれども彼《かれ》が帰ってくるとき——彼らがもう一度互《たが》いの眼《め》を見交《みか》わすとき——〈のっぽのジョン〉の茂《しげ》みの中に彼の合図の口笛《くちぶえ》を聞くとき——けれども、彼女は二度とそれを聞かなかった。彼の帰りが予定されていた日の夕方、彼女は新しい

〝パウダー・ブルー〟のガウンを着て苔《こけ》むす庭を歩いて合図に耳をすました。こまどりの鳴きごえの一声ごとに、彼女の頬《ほお》は上気し、胸ははずんだ。そこへローラ伯母さんが露《つゆ》を踏《ふ》んで夕闇《ゆうやみ》の中からあらわれた。

「テディさんとイルゼさんがみえてるよ」

エミリーは立派な、固苦しい、堂々としたニュー・ムーンの客間へ、青ざめた顔をして女王のようによそよそしい様子で入っていった。イルゼは昔《むかし》ながらの嵐《あらし》のような愛情で、エミリーをだいた。けれどもテディは、エミリーと同じくらい冷たい儀礼《ぎれい》的な握手《あくしゅ》を交わしただけだった。テディ？　もうそんな呼びかたはできない。未来のローヤル・アカデミー会員フレデリック・ケントである。このすらりとした、気どった青年は皮肉な、冷たい眼をしていて、あらゆる子供らしいことは捨て去ったという印象を与《あた》えるのである。あらゆるばからしい幻《まぼろし》や遊び友達《ともだち》にした田舎《いなか》の娘《むすめ》たちよ、さようならである。

この結論ではエミリーはテディに対して公平ではなかった。けれども彼女は今、だれに対しても公平ではあり得なかった。自分がばかにされた人間はエミリーと同じ気分である。エミリーは今また、ばかなことをしているのだ——もう一度。特別にパウダー・ブルーの服を着て、たそがれの庭を夢《ゆめ》みるように歩きまわり、彼女のことはすっかり忘れはてた恋人《こいびと》からの合図を待っているのだ——憶《おぼ》えているにしても少年時代の学校友達としてであり、その人に対しての礼儀《れいぎ》からきちんと訪問してきたのである。ありがたいことに、テディはどんなにエミリーがくだらないことをしたか知らなかった。決してそんなことに気づかないように注意のうえにも注意しよう。ニュー・ムーンのマレー一族の者なら快く人をもてなし、しかも相手を近づけないように適当な距離《きょり》を保つことはできるのである。自分のものごしは立派なものだったと、エミリーはうぬぼれていた。まったくはじめての客に向うように、しとやかに丁重《ていちょう》であった。繰返《くりかえ》してテディのすばらしい成功の祝いを言うのだが、真実の興味は全然持っていなかった。気をつけて言葉を選んで、礼儀正しく彼のほうから彼女の仕事について訊《たず》ねる。彼女は彼の写真を幾枚《いくまい》か雑誌で拝見したと言う。彼は彼女の創作をいくつか読んだと言う。こういう具合に会話は交わされたが、一分たつごとに二人の間の溝《みぞ》は拡《ひろ》がっていくばかりだった。エミリーは彼女自身をこんなに遠くテディと離れていると感じたことはなかった。この二年間の不在の間に、こんなに完全にテディが変ったかと、ほとんど恐怖《きょうふ》に似た感じで眺《なが》めた。イルゼが昔ながらの気の早さと刺激《しげき》の強い話で、ここにいる二週間の派手な遊びの計画や、いろいろさまざまな問いを出したり、いつも同じ笑いの化身であり、あらゆる因襲《いんしゅう》や伝統を無視した化粧《けしょう》や服装《ふくそう》を平気でしていなかったら、その座は実にさんたんたるものになっていただろう。普通《ふつう》では考えられない服だった、青みがかった黄色。ウェストに大きなピンクの牡丹《ぼたん》の花をつけ、もう一輪を肩《かた》につけていた。ピンクの花輪をつけた、大きな大きな真珠《しんじゅ》の耳飾《みみかざ》りが耳からぶらさがっていた。イルゼでなかったらとてもこんなものは似合わなかった。

　この服装の中で熱帯の千の泉の化身のように見えたし、異国情調で、挑発的《ちょうはつ》で美しかった。実に美しかった。エミリーはイルゼの美を、羨《うらや》みの心からでなく、完全に打ちのめされた気持で新しく認めた。彼女の輝《かがや》く金髪《きんぱつ》とこはく色の眼の光とくれないのバラのような頰の愛らしさと比べたら、エミリーは青白く、暗く、何のとりえもないにちがいない。もちろん、テディはイルゼを恋している。彼は最初にイルゼに逢いにいった。エミリーが庭で彼を待っていたとき、イルゼといっしょにいたのだ。それもよし、結局、たいしたちがいはないのだ。ちがいがあるはずはないではないか。彼女は今までと同じように親しくつきあえばいいのだ。そしてそのとおりにした。復讐《ふくしゅう》を含《ふく》んだ親しみであった。けれどもテディとイルゼが――いっしょに――笑いながらふざけながら、〈明日の道〉を通り過ぎて去ったあとで、エミリーは自分の部屋へあがっていき、はいると鍵《かぎ》をしめた。そして次の朝まではだれにも逢わなかった。

2

イルゼの計画した華《はな》やかな二週間がつづいた。ピクニック、ダンス、ジャンボリー（訳注底抜けに陽気な集会）と次から次へとつづいた。シュルーズベリーの社交界は、売り出そうとしている若い芸術家は優遇《ゆうぐう》すべきものだと決定し、そのとおり優遇した。それはまったくの賑《にぎ》やかさの旋《せん》風《ぷう》のようなもので、エミリーもほかの人たちといっしょにそのなかでてんてこ舞《ま》いをつづけた。ダンスの足どりはエミリーより軽い人はなく、打てばひびくような冗談《じょうだん》の受け答えであった。しかもその間中、ずっと、かつて読んだことのある怪談《かいだん》のなかの不幸な怨霊《おんりょう》が、心臓の代りに、真っ赤に燃えさかる石炭のかたまりを胸に持っていたという、そのような感じを底深く、表面の誇《ほこ》りと秘められた苦痛のいだきつづけていた。その間中、テディが近くいるときは、表面の誇《ほこ》りと秘められた苦痛の底深く、万事《ばんじ》が終ったという感じがあった。けれども、始終注意してテディと二人きりにならないようにしたし、テディもまた彼女と二人になるような機会は決して作らなかった。彼の名はたびたびイルゼの名と並《なら》べられた。そして落着きはらって、いろいろのからかいを受けているので、一般《いっぱん》に「二人の間は具合よく進行している」という印象をあたえた。エミリーはもしそうならばイルゼが自分に話すはずだと思った。けれどもイルゼはたくさんの失恋物語をいとも気軽に話したのだが、ただの一度もテディの名を口に出さなかった。それはそれでエミリーにとっては特殊《とくしゅ》な意味を持っているように思えた。イルゼはペリー・ミラーのことを訊ね、あい変らずばかかと言ったので、エミリーは腹だたしげに弁明した。

「あのひとだっていつか知事になるかもしれないわ」とイルゼはばかにした調子で言った。「あのひとはね、悪魔《あくま》のように勉強するし、何でも頼《たの》めばもらえるものだったら絶対に頼まずにはいないわ。だけど、あんた、ストーブパイプタウンのにしんの樽《たる》の匂《にお》いがしないこと?」

ペリーはイルゼに逢いに来て、自分の仕事について少しばかり余計に自慢《じまん》しすぎたためにイルゼからさんざんにひやかされ、ばかにされて、とうとう二度とは来なかった。何もかもひっくるめて二週間はエミリーにとって悪夢《あくむ》のようなものであり、テディの出立《しゅったつ》の日が来たときには、心から感謝できると思った。テディはある雑誌からスケッチを頼まれていたので、帆船《はんせん》でハリファックスまで行った。満ち潮になる一時間前、ミラー・リー丸がストーブパイプタウンの波止場《はとば》に碇《いかり》をおろしている間に、別れの挨拶《あいさつ》に来た。彼はイルゼといっしょではなかった。「そのはずだ」とエミリーは考えた。なぜならイルゼはシャーロットタウンへ訪問に出かけていた。けれどもディーン・プリーストがいたので、テディと二人きりになる心配はなかった。ディーンは二週間の旅行のあとで自分の巣《す》へ帰ってきた。ダンスや氏族《クラン》の親《しん》睦《ぼく》会には出なかった。いつもうしろのほうにいると、みんなが言っていた。エミリーといっしょに庭に立っていたディーンの顔には勝利と所有の色があり、それはテディの眼をのがれなかった。華やかさが幸福だとは信じないディーンは、この二週間の間にブレア・ウォーターで行われた劇について、ほかの人々よりも深くそれを見きわめ、幕がおりたときに満足を感じた。陰《かげ》にかくれた、古い、子供らしい、よもぎが原のテディとニュー・ムーンのエミリーとの事件はついに終りを告げた。それが何を意味していても、あるいは意味がまったくなかったにしても、ディーンはもはやテディを競争者とは見なかった。

エミリーとテディは昔の学校友達が互いに幸福を念じ合いつつもそれほどに真剣《しんけん》でもないような気持で、温かく握手して互いの将来に幸福を祈《いの》って別れた。「栄えて、そして首くくりでもしなさい」と、マレー家の先祖の一人がよく言ったものだが、そのくらいいい加減なものである。

テディは非常に立派に去っていった。彼は芸術的な退場をする才能を持っていた。けれども立ち去るときに、ただの一度も振返《ふりかえ》らなかった。エミリーはテディが来たために切れたディーンとの討論にすぐ戻《もど》った。彼女のまつげは長くて眼にかぶさるほどだった。ディーンは下手な読心術で彼女の考えを——察してはならない——察するべきではない——何を？　察することは何があるだろう！　何もない——絶対に何もない。それでもエミリーはまつげを伏《ふ》せていた。

その夕方、ほかに約束《やくそく》のあったディーンが三十分後に去ったとき、エミリーは静かに庭の桜草《さくらそう》のあいだをしばらく散歩した。その姿は見るからに自由な乙女《おとめ》の冥想《めいそう》の化身であった。「物語の筋ができたんだな」台所の窓から彼女の姿をちらりと見たいとこのジミーさんは、誇らしげに言った。「どうしてああ巧《うま》くできるものか、わしにゃわからない」

3

たぶん、エミリーは小説の筋を考えていたのかもしれない。けれども夕闇《ゆうやみ》が濃《こ》くなってくると、夢のようなおだまきの果樹園の平和の中を抜《ぬ》けて——〈きのうの道〉に沿い——緑の牧場を越《こ》え——ブレア・ウォーターを過ぎ——そのむこうの丘《おか》を越え——〈失望の家〉の前をとおって——深いモミの林に出た。そこで、銀色のブナの木の株の上からライラック色とバラ色に燃える港の全景が楽しめた。エミリーは少し息切れがしていた——終りには走るようにしてここへ着いたのだ。後《おく》れただろうか？　遅かったら、どうしよう？

ミラー・リー丸は日没《にちぼつ》の光の中で夢の船のようであった。紫色《むらさきいろ》の陸をはなれ、そして遥《はる》かかなたの妖精《ようせい》の国の、霧に包まれた港をさして出ていった。エミリーは立って船のゆくえを見ていた。やがてそれは波止場を横切り、かなたの湾の中にはいった。ただもう一度テデイを見たいという心の飢《う》えだけを意識して——船がやがて夜のとばりに包まれてしまうまで、そこに立って眺めた——もう一度、ただもう一度テディを見たかったのだ。本当に言うべきだった「さよなら」を言いたかったのだ。

テディは去ってしまった。ほかの世界へ。どこにも虹も見えない。そして、琴座のヴェガはどこへいってしまったのだろうか？　それはただうずまき、火を吐《は》く、信じられないほどの遠さにある太陽よりほかの何ものでもない。

彼女は足もとの草に横たわって、冷たい月光の中で泣いた。それはやさしいたそがれから突然《とつぜん》に変ったきびしい月光であった。

彼女の苦痛の中には、信じられないという悲しみもあった。こんなことがあっていいものだろうか？　あの気の抜けた、冷たい、礼儀正しい「さよなら」だけで、テディが去るなんていうことは考えられない。何にもほかに意味がないとしても、この年月の仲間ではないか。ああ、どうしたら今夜の明け方三時を過すことができようか？

「わたしは仕方のないばか者だわ」と、荒《あら》っぽくささやいた。「テディはわたしを忘れてしまったんだ。わたしは何でもないんだ。それもそのはず。わたしだって、あのアイルマー・ヴィンセントを恋していると想像していた数週間の間、テディのことを忘れていたじゃないの。もちろん、だれかがそれをテディに話したにきまってるわ。あのくだらない事件のためにわたしは自分のほんとうの幸福をなくしてしまった。わたしの自尊心《プライド》はどこへいってしまったの？　自分を忘れてしまった男のためにこんなに泣くなんて恥ずかしいわ。だけど——

だけど――だけど、笑ってばかりいなけりゃならなかったこの恐《おそ》ろしい二週間のあとで、泣くのはとても気持がいいわ」

4

エミリーはテディが去ってから、夢中になって仕事をした。眼の下に紫の陰が濃くなり頰のバラが褪《あ》せるまで、長い夏の日々も夜々も書きまくった。これではエミリーの健康がもたないと心配したエリザベス伯母さんは、はじめてジャーバック・プリーストと親しいのを許した。彼ならば夕方エミリーを机の前からひっぱりだして、新鮮《しんせん》な空気の中での散歩や話につれだすことができたからである。この夏、エミリーはウォレス伯父さんとルース伯母さんへの最後の借金を〝potboilers〟（訳注　金もうけのための作品）で返済した。けれども、借金返済ばかりでなく、ほかのこともあった。最初の淋《さび》しさの苦悩《くのう》が落着いたあとで、夜なかの三時にエミリーはある荒れた冬の夜に、イルゼとペリーとテディと彼女が、「デリー・ポンドの道の老ジョンの家に降りこめられ」それから起ったさまざまの悪い噂《うわさ》とそれにともなう苦しみのことを思い出した（訳注　『エミリーはのぼる』参照）。そしてその夜テディのしたある意味深い、派手な挨拶から心に〝浮《うか》びあがった〟物語の筋があったのを思い出した。あのときの烈《はげ》しい歓喜がよみがえってきた。テディの挨拶には意味があったとそのときは考えたのだった。そんなことはもうすべて終ってしまった。だけど、物語はどこかにあるのではないだろうか？　あの翌日、そのあらすじは日記に書いておいたはずだ。エミリーは静かな夏の夜の月光の中でベッドから飛び起きた。ニュー・ムーンの由緒《ゆいしょ》あるローソクを一本つけ、古い日記帳の中を捜《さが》した。そら、あった。『夢を売る人』。エミリーはそこにすわってそれを読み終った。おもしろい。それは彼女の空想力を刺激し、創作欲を目ざめさせた。これを書こう——今、すぐ始めよう。部屋着をねまきの上に羽織って、鋭《するど》い湾の風を防ぎながら、彼女はひらいた窓辺《まどべ》にすわって書きはじめた。ほかのすべてのことは忘れられた——すくなくともそのときだけは——烈しい、何もかもを取りこむ創作の喜びに完全に捉《とら》えられた。テディはただかすかな記憶《きおく》でしかなかった——恋は吹《ふ》き消されたローソクだ。創作以外には何にもない。人物は彼女の手によって生かされ、意識の中にむらがり、いきいきと、惑《まど》わすように、また迫《せま》ってくるようだった。機知と、涙《なみだ》と、笑いがペンからほとばしり出た。彼女はまったくほかの世界に生き、かつ呼吸していた。ニュー・ムーンに帰ったときにはローソクの火は燃えつくし、机の上は原稿《げんこう》で散らかっていた——彼女の本の最初の四章である。彼女の本！　何という魔術と歓喜と恐れとそして意外がその中に含まれているだろう。

何週間もの間、エミリーがほんとうに生きているのは、書いているときだけのような状態だった。ディーンは彼女が不思議に喜ばしそうだったり、手の届かない遠い人のようであったり、気の抜けたようだったり、そらぞらしかったりするのを見た。エミリーとしては実につまらない会話をしており、そして彼女の肉体は彼のそばにすわっていたり、いっしょに歩いていたりしても、魂《たましい》はどこにいただろうか？　彼がどうしてもついていかれない遠いどこかにいた。それは彼を離れてしまっていた。

5

エミリーは本を六週間で書きおえた——ある朝、明け方に書きあげた。エミリーはペンを投げだし、窓ぎわへ行って、青ざめた、疲《つか》れた、しかし勝利感に満ちた顔を朝の空に向ってあげた。

木立の茂《しげ》った〈のっぽのジョン〉の茂みから音楽が流れているようだった。向うには暁《あかつき》のくれないに包まれた牧場とニュー・ムーンの庭が、魅《み》せられた静けさの中に横たわっていた。丘の上をわたる風のおどりは彼女の存在の中の音楽とリズムに応《こた》える、何かの愛すべきもののように感じられた。丘、海、陰、すべてが茂みの妖精のような声をはりあげて、彼女に理解と賞讃《しょうさん》を送っていた。昔ながらの湾は歌っていた。

微妙な涙が眼《め》にのぼってきた。彼女は本を書いた——何という幸福だろう！　この瞬間《しゅんかん》で、何もかもつぐなわれた。

書きおえた——完全に！　それはそこにある——『夢を売る人』——彼女の最初の本だ。たいして偉《えら》い本ではない——ただ自分自身のものだ——正真正銘《しょうめい》、彼女のものである。彼女が生命を与えたもの。もし彼女が生命を与えなかったら、決してこの世に存在しないものである。そしてそれはよくできていた。それは自分にわかっていた——いいと感じた。火のような情熱を持った、デリケートな物語、ロマンスのある直感、ペーソスとユーモアの交錯《こうさく》。創作の歓喜がまだはなれない。ページを繰《く》ってみた——ここかしこ拾い読みした。ほんとうにこれを自分が書いたのかしらと。彼女は虹《にじ》の尖端《せんたん》の真下にいた。魔術のプリズムのようなものに触《ふ》れることはできないだろうか？ とにかく、彼女の指は黄金の壺《つぼ》を握《にぎ》っている。

エリザベス伯母さんが例によって落着きはらって、役にもたたないノックなどということはまったく度外視してはいってきた。

「エミリー」と呼びかけた。「あなたはまた徹夜《てつや》をしたんですか？」

エミリーはあの不愉快《ふゆかい》な、精神的なつきとばしを受けて地上へ戻った――それはつきとばしと言うよりほかはない――〝病気になるようなつきとばし〟である。ぐっと胸にこたえるようなものである。彼女は叱《しか》られた生徒のように立った。そして『夢を売る人』はたちまちにして、書き散らしの反古《ほご》紙でしかなくなった。

「わたし――わたし、時間のたつのがわからなかったんです、エリザベス伯母さん」と、エミリーは口ごもりながら答えた。

「もうちょっとものがわかってもいい年ごろですよ」と伯母さんは言った。「わたしはね、今では――もうあなたの書くのには、何とも言いません。あなたはそれで生活ができるようです。淑女《しゅくじょ》らしいやりかたで生活費が取れるらしいからね。けれどもこんなようなやりかたをしていたら、自分の健康を自分でこわすことになります。あなたの母さんが肺病で死んだことをお忘れかえ？ とにかく、きょうは豆むしりをしなけりゃいけません。もう、むしるときだからね」

エミリーはすっかりしおれきって原稿をまとめた。創作は終った。きょうこの本を出版してくれるところを捜すという事務的な仕事が残っている。エミリーは原稿をタイプした――とはいってもタイプライターはペリーがせり売りで彼女のために買ってきてくれた古タイプで、キャピタル文字はすべて半分しか打てず、〝in〟という言葉は絶対に打てないという代物《しろもの》であった。エミリーは半分しか打てていない大文字を全部直し、〝in〟をペンで入れた。そしてある出版社へ送った。出版社ではそれを送り返した。タイプで打った手紙が添《そ》えてあった。「小社の閲読者《えつどくしゃ》は玉稿を拝見し、幾分の価値は認めましたが、出版するほどには考えません」というのであった。

この「かすかな賞讃に添えた断わり」は、エミリーを打ちのめした。それは印刷された拒《きょ》絶《ぜつ》の手紙以上だった。その夜の三時のことなど話にならない！　否《いな》、それについて話さないのが、慈悲《じひ》なのである。その夜だけでなく、それにつづいた幾夜も幾夜もの三時なのである。

〝野心《アンビッション》！〟エミリーはくやしそうに日記に書いた。「お笑いぐさだ！　わたしの数々のアンビッションはどこへいってしまったろう？　成功という文字の書かれようとする美しい白紙があなたの前にあるというのが、人生ではないか。あなたは望みと力があり、その冠《かんむり》を得られると感じるのが、人生ではないか？　わたしもかつては、そう感じるのがいかなることか知っていた」

これらすべてはエミリーがまだどんなに若かったかを示している。そうかと言って苦痛が苦痛でないわけではないが、わたしたちはみな後の年になって世がすべては過ぎ去るものだと悟《さと》ったときにはなぜあんなに苦しんだのかと思うのである。とにかく彼女は不愉快な三週間を過した。それから元気を回復して、彼女の創作をまたほかのところへ送った。今度の出版社はもし数カ所の書き換《か》えを承知するなら出版すると言ってきた。元のままではあまりに〝静か〟すぎると言うのだ。もっと〝爆発的に〟しなければならない。そして結末のところはあれでは絶対にいけない云々《うんぬん》。

エミリーはこの手紙をずたずたに引きさいた。彼女の小説の手足を切ったり、下品に変えたりしようと言うのか？　そんなことをさせていいものか、決して！　それを言いだすこと自身がはずかしめだ。

三番目の出版社が印刷した断わりといっしょに返送してきたときには、さすがにエミリーも自分の作品に自信を失った。彼女はそれをしまいこんで、さてむずかしい顔をしてペンをとりあげた。

「さあ、短編なら書けるんだから、それを続けなけりゃあ」

とはいっても、本は頭からはなれなかった。しばらくしてから、またそれを出して、ふたたび読み返した——冷たく、批評的に、最初にできあがったときの酔《よ》わされたような喜びからも、また拒絶の手紙を受取ったときの悲痛な思いからも、どちらにも支配されずに、まったく冷静に読み返した。それでも、やはりそれはよく思われた。あるいは彼女がはじめ想像したような不思議な物語ではなかったかもしれない。けれども依然《いぜん》としてすぐれていた。それが何だと言うのだろう？　作家というものは、どんな人でも自分の作品を正しく評価することはできないと、聞かされている。カーペンター先生さえ生きていてくださったら！　先生ならほんとうのことを語ってくださるだろう。エミリーは突然に、恐ろしい決意をした。ディーンに見せよう。彼の落着いた、冷静な意見を聞いて、それによって動こう。それはむずかしいことだ。作品を他人に見せるのはむずかしい。ことにディーンに見せるのはむずかしい。ディーンのようにあらゆるものを読んでいる人には見せにくい。けれども、彼女は自分の作品の価値を知らねばならない。そして、ディーンなら、それがいいか、わるいか、真実を、話してくれるだろう。彼はエミリーの書くものについて何も考えなかった。けれどもこれは別だ。何かの値打を見ないだろうか？　もし、だめだったら——

6

「ディーン、わたしはあなたの正直な意見を、この作品について聞きたいの。あなたねえ、わたしのこの物語をよく読んで、どう考えるか、はっきり、わたしに話してくださらない？　わたしはおせじはいや——とって付けたようなはげましもほしくないの——真実が聞きたいのよ——ありのままの真実を」

「それは確かな話かい？」と、ざっくばらんにディーンは言った。「ほんとうのありのままの真実に堪《た》えられる人ってないものだよ。何とかとりつくろわないと人には話せないものだよ」

「わたしは真実がほしいのよ」エミリーは強情《ごうじょう》に言った。「この本は」と言ってちょっと息がつまったようだったが、またつづけた。「この本は三度出版社から断わられたのよ。もしあなたが何かいいところをこの中に見てくださるのだったら、わたしはこれからも出版社を捜します。あなたがだめだとおっしゃるんなら、焼いてしまおうと思うの」

ディーンはエミリーがさしだす小さな包みをしげしげと見た。なるほど、夏中彼女を自分から引きはなしたのはこれなんだな——まるで吸いこんでしまったように——すっかり占領《せんりよう》してしまって。ディーンの血液の中の黒い血が——プリースト家特有の何につけても第一位を占《し》めたいという妬《ねた》みが——突如《とつじよ》としてその毒を出した。暁の湖水のように紫と灰色の、星のような眼をした彼女の冷たい、美しい顔を見た。そしてその包みの中にあるものを憎《にく》んだ。が、それを持って帰って、三日のちの夜返しに来た。エミリーは青ざめた顔を引きつらせて、庭で待っていた。

「どうだった？」

ディーンは良心に責められて彼女を見た。このうすら寒いたそがれの中で、何と彼女は象牙《ぞうげ》のように白く美しいことだろう！

「『友の傷には真実を語れ』だ。ぼくがもしこれについて嘘《うそ》を語ったら、ぼくはきみの友人とはなり得ないよ、エミリー」

「だから——これはだめだと言うのね」

「きれいな、かわいい物語だ、エミリー。きれいで現世ばなれがしていて、まるでバラ色の雲みたいだ。蜘蛛《くも》の網《あみ》——蜘蛛の網でしかない。全体の構想があまりにもコジツケだ。お伽《とぎ》噺《ばなし》はやらない。そしてきみのこの作品はあまりにも読者の信頼《しんらい》にたよりすぎてる。それから人物がみんな人形みたいだ。きみにはリアルな物語は書けない。生活というものを知らないんだもの」

エミリーは手を握りしめ、唇《くちびる》を噛《か》んだ。一言も口をきく勇気はなかった。普通《ふつう》の声で話せるとは思わなかったからだ。彼女はエレン・グリーンから父はもう生きられないと聞かされた晩以来、こんな気持がしたことはなかった。つい数分前まではあんなに調子よく打っていた心臓は鉛《なまり》のようになり、重く冷たかった。彼女はディーンから離《はな》れてむこうへいった。彼は足をひきずりながら静かにあとに続いた。

「スター、許してくれ。真実を知るほうがよくはないかい？　月に着こうとするのはやめたまえ。それは絶対にだめだ。いったい、何のために書こうとするんだ？　何だってすべてもう書きつくされているじゃないか」

「いつかわたしはあなたに感謝するかもしれません」と、声を落着かせるように努力して言った。「今夜はわたしはあなたを憎みます」

「それは公平なことかね？」ディーンは静かに言った。

「もちろん、公平ではないわ」と、エミリーはのぼせて答えた。「あなたがわたしを殺したときに、あなたに対して公平になれと注文できる？　おお、わたしがあなたに頼《たの》んだのはほんとうです——これはわたしのためになることは知ってます。恐ろしいことはいつでもためになるんでしょうね。幾度《いくど》も殺されるような思いをしてしまえば、気にならないでしょうが、最初のときはだれだって——身がちぢむわ。帰ってちょうだい、ディーン。すくなくとも、一週間は戻《もど》らないでちょうだい。一週間たてばお葬式《そうしき》は済んでるでしょうよ」

「これがどんな気持をきみに与《あた》えたか、ぼくにはわからないと思うのかね、スター？」と、ディーンは同情ぶかく訊《たず》ねた。

「わかりません――まったく。あなたは同情は持ってくださるわ。わたしは同情はほしくないの。わたしはただ自分を埋《う》めるときがほしいの」

帰ったほうがいいと知ったディーンは、去った。エミリーは彼が見えなくなるまで見送っていた。それからディーンがさんざんけなしたあとで石のベンチの上に置いていった原稿をとりあげて、自分の部屋へ持ち帰った。暮《く》れていく光の中でそれをもう一度読み返した。一句一句が彼女の前に飛びだした――機知に富み、いきいきと、美しく。いいえ、これはただ作者のおろかしい愛情であり、母が子に対するような迷いである。作品にはそんな長所は一つもない。ディーンがそう言ったではないか。そして本の中の人物。いかに彼女は彼らを愛したことだろう。何とリアルに彼らは見えるだろう。これをみんな焼いてしまうのは恐ろしい。けれども、リアルなところのない彼らなのだ。ただの〝あやつり人形〟なのだ。あやつり人形なら、焼かれたって平気だ。エミリーは秋の夜の星空を見上げた。宵《よい》の明星《みょうじょう》が青く輝《かがや》いていた。おお、人生はみにくい、残酷《ざんこく》な、意味のないものだ！

エミリーは小さな暖炉《だんろ》に近づき、『夢《ゆめ》を売る人』を火床《ひどこ》に置いた。マッチをすって、そこにすわって、いささかの震《ふる》えもない手をそのひとすみの上にかざした。ほのおはバラバラのページに勢いよく、残忍《ざんにん》に燃えついた。エミリーは胸の上に手を組んで、以前、エリザベス伯母さんに見られるのがいやで〝小遣帳《こづかいちょう》〟を焼いたときのことを思い出しながら、のぼせた眼で、それを眺《なが》めた。数分間のうちに原稿はうずまく火となった――それからまた数秒間ののちには、真っ黒になった紙の上にところどころ白く残った幽霊《ゆうれい》のような文字を浮《う》き出させて――それは燃えきった灰のかたまりになって、彼女を責めるようにそこにつもった。ああ、なぜあんなことをしたのだろう？　どうして自分の本を焼いてしまったのだろう？　それが何のいいところもなかったとしても、なお、それは自分のものではないか。焼きすてたのは悪かった。彼女は非常に自分にとって貴《とうと》いあるものを滅《ほろ》ぼしてしまった。昔《むかし》のイスラエルの母親たちが子供をモロクの神（偶像《ぐうぞう》）に捧《ささ》げるために火の中をとおらせたときにどんな感じがしただろう――いけにえを捧げなければならぬという気持に迫られてしたことではあってもーーその興奮が済んだときの悲しみはどんなものだったろう？　エミリーはそれがわかるような気がした。

あんなにすばらしく彼女に見えた本――それが灰よりほかには何にも残っていない――少しばかりの、見る影《かげ》もない、黒い灰だけだ。そんなことがあり得ようか？　その一ページ一ページにかがやいているように見えた機知と笑いと魅力はどこへいってしまったろう――あのページの中に生きていた愛すべき人々は？　――月光が柳《やなぎ》の枝《えだ》の間に編みこまれているように、彼らの間に編みこまれた、すべての秘密の喜びはどこへいってしまったろう？　灰よりほかには何も残らない。エミリーはがまんのできない悲痛で飛びあがった。彼女は逃《に》げなければならない――どこでもかまわない、どこかへ。いつもはあんなに好きだった自分の部屋、なつかしい、気楽な部屋が牢獄《ろうごく》のように思われた。出なければ——どこかへ——幽霊のような霧《きり》の降る、冷たい、自由な秋の夜へ——壁《かべ》や囲いからはなれて——あの火床《ひどこ》の中の小さな灰のかたまりから逃げて——殺された本や人々の怨《うら》めしそうな眼からのがれなければならない。彼女は部屋の戸をあけて、無我夢中《むちゅう》で階段へ走った。

7

ローラ伯母さんは死ぬときまで、あの仕事のバスケットを階段の上に置いたことについて自分を責めていた。それより以前には一度もそんなことをしたことはなかった。それを自分の部屋へ持っていこうとしていたときに、突然エリザベスが台所から何かの置き場所を訊ねた。ローラはバスケットを階段の上の一段目に置いて急いでその品物をとりに走った。ほんの一分間のことだった。けれどもその一分間でエミリーの運命のためには十分であった。泣きはらした眼をしたエミリーはバスケットにつまずいて落ちた——長い、長いニュー・ムーンの階段をまっさかさまに落ちた。一分間の恐《おそ》れ——一分間の驚《おどろ》きの——死ぬような冷たさの中へ飛びこんだ——次は燃えるような熱さの中へ——それから高く飛んでいる心地《ここち》——底の知れない深みへ落ちた——刺《さ》すように烈《はげ》しい足の痛み——それきりあとはわからなかった。ローラとエリザベスが駆《か》けてきたときには、ただ絹の服のかたまりが、ローラ伯母さんのつくろいかけていたつくろいものと、そのほかの裁縫《さいほう》道具がまわりに散らばっていた。そしてはさみが痛々しく足に突《つ》き刺さっていた。

第七章

1

十月から次の年の四月までをエミリー・スターは、寝床《ねどこ》の中か、そうでなければ居間のソファーの上で、静かな雪の野原に立つ、冬の木々の冷たい美しさや、白い、長い山々の上の空のちぎれ雲を眺《なが》めながら——ふたたび自分は歩けるようになるのか、あるいはみじめに足をひきずってしか動けないのかを、しきりに考えた。彼女《かのじょ》の脊椎《せきつい》に何か不明の故障ができていて、これについて医師たちの意見が一致《いっち》しなかった。一人の医師はほうっておいても自然に治ると言った。二人の医師はそれとはちがって心配した。けれども足については四人の医師がみんな同意見だった。落ちてきたはさみがひどい傷を二カ所につくった——一カ所はかかとに、一カ所は足の裏に。そこへ敗血症《はいけつしょう》が起った。数日もの間、エミリーは生と死の間をさまよった。次には同じように恐《おそ》ろしい死と脚部《きゃくぶ》切断の間をさまよった。エリザベス伯母《おば》さんがそれを阻止《そし》した。医師たちがエミリーの命を助けるには、足を切断するよりほかはないと言ったとき、伯母さんはむずかしい顔をして、マレー一族が理解している神の意志は、人間の手足が切断されることではないと言った。またその位置から動かされるべきではない。ローラの涙《なみだ》もジミーの願いもバーンリ医師の命令もディーン・プリーストの承諾書《しょうだくしょ》もエリザベス伯母さんを微動《びどう》だにさせなかった。エミリーの足は切断されてはならない。また切られもしなかった。やがてエミリーが満足なからだで回復したときの伯母さんの得意さとバーンリ医師のまごつきさ加減は見ものであった。

切断の心配は終った。ただし、足をひきずるようになるかならないかは、まだわからなかった。冬中、エミリーはこの問題で苦しんだ。

「どっちでもわかりさえすれば、わたしはがまんができるんだけど、もし、どっちかがわかればたぶんわたしには決心がつくと思うわ。だけど、ここにこうやってすわってて、いったいよくなるのかどうかと、毎日ぼんやり考えているのには、とても堪《た》えられないのよ」と、ディーンに言った。

「君はよくなるにきまってるよ」と、ディーンは荒《あら》っぽく答えた。

その冬中、ディーンがいなかったらエミリーはどうして暮《くら》したか見当がつかなかった。ディーンはエミリーといっしょにブレア・ウォーターにいるために、その冬の大事な旅行をあきらめた。エミリーといっしょにすわってはさまざまの話をし、気がくじけようとする彼女をはげましたり、完全な理解のうちに無言ですわっていてやったりした。彼《かれ》と共にいるときには、エミリーはまかり間違《まちが》ったら一生涯《しょうがい》の不自由な生活にも堪えられるような気がした。けれども、長い夜中、痛みよりほかには何にもわからないときには、事情は一変した。苦痛の何にもないときでも、風が古いニュー・ムーンの軒《のき》を鳴らし、小山の上を行きかう雪の幻影《げんえい》を追いかけたりしているときの夜々はわびしかった。たまに眠《ねむ》ると夢《ゆめ》をみた。夢の中ではいつでも階段をのぼっていたが、決して上まで届かなかった――奇妙《きみよう》な小さな笛《ふえ》の一つは高く、一つは低い音色が――彼女ののぼるのにつれて響《ひび》いていた。あの恐ろしい、しつこい夢におそわれるより、眼《め》をあけて横になっているほうがよかった。おお、何という恐ろしい約束《やくそく》だろう！　かつてエミリーは天国には夜がないと聖書に書いてあるのは、すばらしい夜とは思わなかった。夜がないなんて？　星でちりばめられた、柔《やわ》らかいたそがれがないなんて？　白い月光の清らかさがないなどとは？　ビロードの影《かげ》と闇《やみ》の神秘がないとは？　たえず変化している暁《あかつき》の美しさがないなどとは？　夜は昼と同じように美しいもので、空は夜がなかったら完全ではないのに。

けれどもこの恐れと苦痛の数週間の間にエミリーは、昔《むかし》のパトモス島の先覚者（訳注　使徒の一人、聖ヨハネのこと。この島に流された）の心を味わった。夜は恐ろしいものだった。けれども、彼女自身はそうは思わなかった。マレー一族に共通の誇《ほこ》りと沈黙《ちんもく》の下にひそめている反逆と絶望と恐れとをだれも知らなかった。ディーンでさえも――幾分《いくぶん》は察したかもしれないが――実際は知らなかった。

人々はエミリー・スターは勇気があり、忍耐《にんたい》強く、かつ不平を言わないと感心した。

彼女は必要なときには微笑した。けれども決して声を出しては笑わなかった。ディーンでさえも、どんなにおもしろおかしいことを言ってもエミリーを笑わせることはできなかった。「わたしには笑うということは二度と来ないのよ」と、ひとりごちた。笑いのときだけでなく、創作のときも終ってしまったようだった。もはや書けなかった。〝ひらめき〟が来ないのだ。あの恐ろしい冬の間中、一度も美しい虹《にじ》はあらわれなかった。見舞客《みまいきやく》は絶えなかった。ありがたくない客だった。ウォレス伯父さんとルース伯母さんはエミリーが二度と歩けるようにはならないと思いこんでおり、来るたびごとにそう言うのだった。それでも、そのほうが、ときが来れば必ずよくなると言いながら、そんなことを自分たちは信じていない人々よりもましだった。もともと、エミリーにはディーンとイルゼとテディよりほかにはほんとうに親しい友人というのはなかった。イルゼは毎週手紙を書いてくれるのだが、その中ではぼんやりと、よくなるだろうと言うのだった。テディは彼女の怪我《けが》を聞いたときに一度手紙をよこした。親切な、同情に満ちた、上手な言いまわしの手紙だった。エミリーは、これは親しい知合いならだれでも書ける手紙だと思った。様子を知らせるように言っていたが、返事は出さなかった。ほかにはどこからも手紙は来なかった。ディーンよりほかにはだれも友達《ともだち》はいなかった。ディーンは決して彼女を失望させなかった——この後も失望させないだろう。暴風《あらし》とくもりの日々が代る代るやって来る間に、エミリーの心はだんだんとディーンに近よっていった。あの苦しい冬の間に、エミリーはひどく年をとり、賢《かしこ》くなったように見えた。とうとうディーンとも同等の立場で会えるようになった。ディーンがいなかったら、生活はなんの色彩《しきさい》も音楽もないむなしいものになっただろう。彼が来ると——すくなくともそのときだけは——荒野《こうや》に花が咲《さ》きいでて、喜びのバラと、数千の希望とまぼろしと夢の小花の花輪をそこにふりかけるであろう。

2

春になると、エミリーはよくなった——あまりに急に、あまりに早くよくなったので、三人の医者の中のいちばん楽観的であった人でさえ驚《おどろ》いてしまった。確かに初めの数週間は、松葉杖《まつばづえ》にすがって歩いていたが、やがてそれなしで歩けるときが来た——一人で庭を歩き自分の眼で飽《あ》くことなく美しい世界を眺めた。何と人生はふたたびうれしくなったろう！　足の下に感じる青い土は、何とここちよかったろう！　彼女は苦痛と恐れを、脱《ぬ》ぎすてた衣《ころも》のようにうしろへ残した。そして喜びを感じた——喜びとは、必ずしも言えない、けれども、いつかもう一度喜びを感じることのできる可能性をつかんだのだ。

海の風が、長くつづいた青い野原の上を吹《ふ》きわたっている朝、取戻《とりもど》した健康とこころよい気持を感じるのはいいことであり、病気をした甲斐《かい》のあることだった。海の風ほどいいものは地上にほかにはない。ある意味では、人生はぼろや屑《くず》ばかりかもしれない。すべては変り過ぎ去る。たとえば、それにしても、三色スミレと夕日の雲はやはり美しい。エミリーはもう一度、以前のように、ただ生きていることの喜びを感じた。「まことに光はうるわしく、そして眼に太陽を見るのは楽しい」と、彼女は夢みるように詩の文句を引用した。

昔の笑い声が返ってきた。ニュー・ムーンにエミリーの笑い声が初めて聞えた日、その冬のあいだに灰色の髪《かみ》の毛が真っ白に変ったローラ伯母さんは、自分の部屋へ飛んでいって、ベッドのわきにすわって、神に感謝の祈《いの》りを捧《ささ》げた。ローラがひざまずいているとき、エミリーは世にも美しいたそがれの月の下で、ディーンに神のことを話していた。

「この冬の間には、わたしは神様はわたしを憎《にく》んでいらっしゃると思ったときもあってよ」と、エミリーは言った。

「そうかな?」と、ディーンはあっさり言った。「ぼくはね、神はわれわれに関心は持っているけれど、愛してはいないと思う。ぼくらが何をするか、見るのは好きだろうな、困って縮んでしまうのを見ておもしろがってるかもしれないと思うよ」

「なんて恐ろしい神の意識なの、あなたは」エミリーは身ぶるいして言った。「まさか、あなた、ほんとうにそんなこと考えてるんじゃないでしょう?」

「なぜなんだい? 考えたっていいじゃないか」

「だってそれじゃあ神は悪魔《あくま》よりひどいわ――ただ自分の楽しみしか考えない神、悪魔なら悪魔で、わたしどもを憎んでいるから仕方がないけど」

「冬中、きみを肉体の苦痛と精神的な苦しみで悩《なや》ましたのは、いったいだれなんだ?」と、ディーンが訊《たず》ねた。

「それは神様じゃないわ――神様はあなたをわたしのところへよこしてくだすったのよ」と、エミリーはしっかりと言った。彼女はディーンを見なかった。彼女は五月の美に輝《かがや》く〈三人の王女たち〉に向って顔をあげた――それは冬の苦痛で青白くなっている白バラの顔だった。わきには、ジミーさんの心の誇りである大きなスパイリアが、雪のような白さで層をなし、彼女のために美しい背景を作っていた。

「ディーン、わたし、あなたがしてくだすったことを、どうして感謝したらいいでしょう――去年の十月以来、あなたがわたしにとってどんなにいい友達だったかということについてよ？　わたしには言葉で言えないわ。でも、わたしがどんなふうに感じているか、わかっていただきたいのよ」

「ぼくは幸福をつかみとるよりほかには、何にもしなかったんだよ。きみのために、なにかするということが、どんなに幸福だったか、きみにはわかるかい、スターよ――何とかきみを手伝ってあげることが――きみが苦痛を訴《うった》えて、ぼく以外には与《あた》えることのできないものを求めてくるのを見るのは、どんなに幸福だったろう――ぼくが淋《さび》しかった幾年かの間に、自分で学んだことを、きみに話してあげたんだ。そうしてね、決して実現できないあることを夢みるのは幸福だったよ――それは実現すべきでないことを、ぼくは知ってるんだ――」

エミリーはちょっと震《ふる》えた。けれど、なぜたじろぐのか――なぜ、固く決心したことを、しりぞけるのか？

「ディーン、あなたは、夢がほんとうにならないことを、そんなに確かに知ってるの？」

第八章

1

エミリーがディーン・プリーストと結婚《けっこん》すると宣言したときの、マレー一族の騒《さわ》ぎは一とおりではなかった。ニュー・ムーンでは問題はなかなかむずかしかった。ローラ伯母《おば》さんは泣き、ジミーさんは首をかしげてあるきまわり、エリザベス伯母さんはひどく不機嫌《ふきげん》だった。けれども最後には、みんなこれを受入れる決心ができた。それよりほかに方法があったろうか？ もうこのときには、エリザベス伯母さんにもエミリーはすると言ったことは必ずするということがわかってきた。

「わたしがもし、ストーブパイプタウンのペリーと結婚するとでも言いだしたら、伯母さんはもっと騒ぐでしょう？」エリザベスが言いたいだけのことを言ってしまうと、エミリーはこう答えた。

「もちろん、それはそうだよ」と、エリザベス伯母さんはエミリーが出ていったあとで言った。「つまるところ、ディーンは生活もちゃんとする力はあるし――プリースト一家だってちゃんとした家だものね」

「だけど実に――実にプリースト家らしいじゃないの。それにディーンはエミリーよりずっと、ずっと年上なんですもの。それにあの人の曾祖父《ひいじい》さんっていうのは頭がおかしくなったんですよ」と、ローラがためいきをついた。「万が一にもディーンの子供たちが」と、ローラが言うのをエリザベスはきびしくたしなめた。

「ローラ！」この一言で話題はこれぎりになった。

その夕方、ローラ伯母さんはエミリーに訊《たず》ねた。「あんたはディーンを確かに愛してるのかい？」

「ええ――まあね」

ローラ伯母さんは両手を伸《の》ばして、いつにない熱情を見せて言った。

「まあね、だなんて。愛するというのは、たった一つの感情でしかないのよ」

「そんなことないわ、ヴィクトリア女王時代のおばさんたちの中でいちばん好きなおばさんに申上げますわ。そんなことないのよ」エミリーの調子は浮《う》き浮きしていた。「愛しかたは十色も二十色もあるのよ。わたしは一つか二つの愛しかたはもうやってみたのよ。ところが、だめなの。でも、ディーンとわたしのこと心配なさらないでちょうだい。わたしたちは完全に理解しています」

「わたしはただあんた方二人が幸せになるようにと祈《いの》るだけよ」

「わたし、幸せになるわ――現に、今も幸せよ。もうわたしはロマンティックな夢《ゆめ》ばかりみている人間じゃないのよ。この冬で、もう、ロマンティックなところはすっかり卒業したわ。わたしは結婚に完全な伴侶《はんりょ》というものを求めているの。わたしにとって完全な伴侶となる男と結婚しようとしているわ——そして彼《かれ》もわたしが与《あた》えるもので完全に満足しています——真実の愛情と、ほんとうの道づれ、これをわたしは与えるのよ。わたしはこれが幸福な結婚の土台だと信じてるの。ディーンはわたしを必要としています。わたしはあの人を幸福にしてあげられます。今まであの人はほんとうに幸福にはならなかったのよ。おお！　自分が幸福を手の中に持っていて、それを持ちつづけていられると知ることは、なんて幸福なことでしょう。ちょうど値段のつけようのない、貴重な真珠《しんじゅ》を持っているようなものですわ。それを待ちこがれている人に捧《ささ》げるのは幸せですわ」

「あんたはまだ若いよ」と、ローラは言った。

「若いのはわたしのからだだけよ。わたしの魂《たましい》は百歳《さい》にもなってるわ。この冬でわたしはほんとうに年をとって賢《かしこ》くなりました。伯母さんにもおわかりでしょう？」

「ええ、わかってるよ」と、言ったものの、ローラ伯母さんは、この年とっているという感じと何でもわかっているという自信こそは、エミリーがまだ若い証拠《しょうこ》だと知っていた。年をとって分別のある賢い人々は、決して自分たちが賢いとは思わない。いくら魂が老いているとか何とか言ってみたところで、この神秘をたたえた眼《め》をした、輝《かがや》くような、すんなりした姿のエミリーがまだ二十歳《はたち》にもならず、ディーン・プリーストが四十二歳だという事実を消し去りはしなかった。十五年のうちに——けれどローラはそれは考えまいとした。

そして、つまるところ、ディーンはエミリーを連れ去りはしない。このくらいの年のへだたりがあっても幸福な結婚はいくらもあったのだ。

2

だれ一人として、この婚約を賛成はしなかった。数週間のあいだ、エミリーはあまりいい心持ではなかった。バーンリ医師はひどく腹をたてて、ディーンに食ってかかった。ルース伯母さんはわざわざやって来て、大さわぎを演じた。

「エミリー、あいつはわるいものだよ」

「そうじゃありません」と、エミリーは腹だたしげに言った。

「とにかく、わたしたちとは考えがちがうんだから」この一言がマレー一族の者にはすべてを解決する言葉でもあるかのように、ルース伯母さんは断言した。

今は幸福に、そして非常に似合った結婚をしているにもかかわらず、自分の息子《むすこ》をエミリーが拒絶《きょぜつ》したことを、いまだにおこっているアディー伯母さんは、エミリーにひどいあたりかただった。彼女《かのじょ》はエミリーをつくづくかわいそうに思うような様子を見せるようにした。アンドルーをなくした失望から脚《あし》の悪いジャーバック・ディーンで満足しなければならなくなったとは、と言うのだった。もちろん、そうあからさまには言わなかったが、いっそはっきり言ったほうが遥《はる》かにましだった。エミリーには伯母の当てつけは完全にわかった。「もちろん、ディーンは若い人より金持さね」と、アディー伯母さんは認めた。

「それに、おもしろいわ」と、エミリーが加えた。「たいていの若い男っていうのは、退屈《たいくつ》ね。若い男って、世間は自分たちをすばらしい人間だなんて思わないことに気がつかないのよ。お母さんが自分たちをすばらしいと思うとおりに、世間も見ていると思うらしいのね」

　これで両方とも五分五分だった。

　プリースト家でも、たいして喜んではいなかった。あるいは、金持のおじの財産がこのようにして希望の指の間からほかへすべっていくのが気に入らなかったのかもしれない。彼らはエミリーがディーンの富のために結婚するのだと言っていた。マレー一家はエミリーがこれを聞くようにした。エミリーはプリースト家の人たちがたえずエミリーの陰口《かげぐち》をいっているように感じた。

「わたし、あなたの氏族《クラン》には絶対なじめないわ」と、ディーンに腹だたしげに言った。

「だれもそんなことをきみに頼《たの》みはしないよ。きみとぼくはね、二人きりの生活をするんだ。プリーストだろうがマレーだろうが、そんな氏族《クラン》のしきたりなんか無視して、ぼくらは自分の思うとおり歩き、話し、呼吸し、考えるんだ。もしプリースト家の者たちが、きみをぼくの妻として喜ばないとすれば、マレー家の人たちは、ぼくをきみの夫としてもっといやがるにきまってる。かまうもんか。もちろん、プリースト家の者たちはきみがぼくを好きで結婚するとは信じられないだろうよ。きみはどうしてできたんだい？　ぼく自身だって信じられないんだ」

「でも、今は信じてるでしょう、ディーン？　ほんとうに、わたしは世界のだれよりもあなたのことを考えてるのよ。もちろん――わたし話したでしょう――わたしはあなたを、甘《あま》ったるい、ロマンティックな小娘《こむすめ》みたいに、愛してはいないけど」

「きみはだれかほかの人を愛してるかい？」ディーンは静かに訊ねた。彼がこういう問いを出したのははじめてだった。

「いいえ。もちろんよ――あなた知ってるじゃありませんか――わたしは一つか二つの、失《しつ》恋《れん》の真似《まね》ごとみたいなものはあったわ――ばかばかしい、女生徒の感傷ね。ずっと昔《むかし》のことよ。去年の冬は一生涯《しょうがい》みたいだわ――あのおろかしさからわたしを何百年もというくらい分けてしまったのよ、ディーン」

ディーンは自分が持っていたその手にキスした。まだエミリーの唇《くちびる》には触《ふ》れていなかった。

「スター、ぼくはきみを幸福にすることができるんだ。それはわかっている。年をとっていて――脚が悪いけど、ぼくはきみを幸福にすることができる。ぼくの星よ、ぼくは今まできみを待ってたんだ。きみはいつでもぼくの星だったんだよ、エミリー。すばらしく美しい、手の届かない星のように思えたんだ。それが今は自分のものになったんだ。きみを抱《だ》いて、きみを胸にかざすことができるんだ。きみだってやがてぼくを愛してくれる――ぼくに単なる親しみ以上のものをくれるにきまってる」

ディーンの声にこもっていた熱情はすこしエミリーを驚《おどろ》かせた。彼女が与えることのできるものよりもっと多くのものを要求しているように、それは見えた。それに、雄弁《ゆうべん》学院を卒業して夏の講演旅行へ出かける前の一週間だけ帰省したイルゼは、もう一つ何となくエミリーの気にかかることを言って立ち去った。

「考えかたによっては、ディーンはまったくあなたのための人よ。賢くて、魅力的《みりょく》で、プリースト一家の者としてはそれほど自分の偉《えら》さについてうぬぼれてないからね。だけど、あなたはからだも心も完全にあの人のものにならなけりゃならないのよ。ディーンは自分以外の何者でも間にはいることは許さないわ。絶対に所有しなけりゃ承知しないのよ。それをあなたがかまわなけりゃ――」

「わたし、そんなこと、かまわないわ」

「あなたの創作は――」

「ああ、わたしはやめちゃったのよ。病気以来、全然、ペンに興味がなくなっちゃったの。わたしはね、病気をしてみて、書くことなんかたいした問題じゃないとわかったのよ――どんなにたくさんのほかの必要なことがあるかということがわかったの――」

「あなたがそんな感じを持っている限りは、ディーンといっしょにいて幸福よ。ヘイ、ホー」イルゼはためいきをついて、ウェストにとめてあった真っ赤なバラをめちゃめちゃに散らした。「あなたの結婚についてこんなふうに話してると、自分がひどく年とって賢いような気がするのよ、エミリー。考えかたによっては――実にくだらないことなのよ。きのうはわたしたちは女学生だったでしょう。きょうはあなたは婚約してるじゃありませんか。あしたは――あなた、おばあさんになるでしょうよ」

「あなた――あなたのまわりにだれか適当な相手はいないの、イルゼ？」

「しっぽをなくした狐《きつね》の言うことをお聞きなさいよ（訳注　イソップ寓話にでてくる話）。もう結構よ。それに

――人間ってものは正直がいいわね。わたしは自分に向って正直でありたいの。わたしにはペリー・ミラーよりほかにはだれも好きな人はないのよ。ところが、彼はあなたに夢中《むちゅう》だったじゃないの」

　ペリー・ミラーとは！　エミリーは自分の耳を信じることができなかった。

「イルゼ・バーンリ！　あなたはいつでもあの人のことを笑ったり、おこったりしてたじゃないの――」

「もちろんよ。わたしはあの人を好きで好きでたまらなかったの、だからあの人がばかな真似をすると、めちゃくちゃに腹がたったのよ。わたしはあの人のことを誇《ほこ》らしく思いたいのに、あの人はその反対にわたしを始終恥《は》ずかしがらせてばかりいたわ。わたし、腹がたって腹がたって、椅子《いす》の片脚《かたあし》でも嚙《か》み切ってしまいたいようなときがあったわ。もし好きでなかったら、どんなばかな真似をしたって平気じゃないこと？　わたしにはどうしても〝バーンリの甘さ〟があるのよ。人間って変らないものね。わたし、今でも彼のところへ飛んでくわ――にしんの樽《たる》もストーブパイプタウンも何もかも飛び越《こ》えてよ。これがわたしの本心よ。だけど心配しないでちょうだい、彼がいなくても、人生は楽しいのよ」

「たぶん――いつか――」

「夢をみるのおよしなさいよ。エミリー、わたしのために縁《えん》むすびはやめてちょうだいよ。ペリーはわたしのことなんか考えてくれたことはないし、これからもそうでしょうよ。わたしはあの人のことは思わないことにするの。高等学校の最後の年に、わたしたちが笑った、あの古い詩は何だったかしらね——くだらないって笑ったじゃないの？

世の始めから世の終りまでに
最初か最後の何《いず》れかであなたは
あなたの人に逢《あ》う。
けれど、始めから終りまで
自分の男を持ち、貸しもしなければ借りもしないのが、娘という娘の願うところ、
そしてこればかりは神々も与えることのできないものだ。

さて、来年はわたし、卒業よ。それから何年かの間は、仕事があるわ。まあ、いつかは結婚もするでしょうね」

「テディじゃなかったの？」

「いいえ、テディじゃないわ。テディはわたしのことなんか何とも思ってはいないわ。大体、あの人は気《き》が利いてるけど、自分のこと以外にはだれのことも考えないらしいわ。エミリー、まったくそのとおりよ」

「そんな、そんなことないわ」と、腹だたしげな答えだった。これはがまんがならなかった。

「まあね、それで喧嘩《けんか》したって始まらないわ。だけど、我儘《わがまま》だってかまわないじゃないの？どのみち、わたしたちの生活の外に出ていってしまった人よ。だれかがあの人をつかまえる

でしょうよ。あの人は頂上まであがるわ——モントリオールではあの人は評判よ。将来恐《おそ》るべき人物だってね。すばらしい肖像《しょうぞう》画家になれるでしょう。ただ自分の描《えが》くあらゆる顔にあなたを入れるあのくせさえ直せばね」

「そんなことないわ。あの人そんなことしなくてよ——」

「しますよ。わたしはそのことではどのくらい喧嘩したかしれないわ。もちろん、そんなことないって言うわ、たぶん自分では気がつかないのね。あるいは過去の潜在《せんざい》意識に動かされるのかもしれないわ——心理学者の言葉を借りればね。そんなことどうでもかまわないわ。今、言ったとおりね、わたしもいつか結婚はすることとよ。仕事に飽《あ》きたらね。今はとても楽しいのよ——けれど、いつか飽きたらね。わたしはあなたがしているとおり、黄金の心と銀のポケットで、センスのある結婚をするわ。見たこともない男との結婚の話なんかしているのおかしいわね。この瞬間《しゅんかん》に、その人は何をしているでしょう？　ひげそり？　それとも悪態をついてるかしら？　それともどっかの娘さんにふられて失恋の苦しみをしているかしら？　でもね、結局、彼はわたしと結婚するのよ。そして、結構幸福になるわ。あなたとわたしは盛《さか》んにゆききして——わたしたちの子供たちを比べるのよ——わたしの心の友よ、あなたの長女にイルゼという名をつけてちょうだいね——そして——そしてとにかく女性であるってことはたいへんなことね、そうじゃない、エミリー？」

エミリーの長年の友人の金物屋のケリーも一言口を入れなければいられなかった。老ケリーの口をおさえることはだれにもできなかった。「あんたはジャーバック・〝プレースト〟と婚礼《こんれい》するってほんとかね？」

「そのとおりよ」エミリーは老ケリーにジャーバックと言わずにディーンと呼んでもらうことはできないとあきらめていた。けれども、ジャーバックと聞くたびに妙《みょう》な気がした。

老ケリーは顔をなでた。

「あんたは婚礼のことを考えるにはまだ若すぎるよ――それも人もあろうに〝プレースト〟家の男とさ」

「だって、あなたはわたしがスイート・ハートを持つのがおそいって、しょっちゅう言ってたじゃないの？」エミリーはすかさず答えた。

「嬢《じょう》ちゃんや、冗談《じょうだん》は冗談だ。だけど、これは冗談じゃない。ばかはやめるんだ、そうそう、それがほんとうだ。そしてもう一度考え直してもらいたいね。結ぶのがえらくやさしいものがあるんだが、さて、ほどくとなると、まったく別の話だということがあるもんだ。わしゃいつでも〝プレースト〟のだれかと婚礼はしちゃならねいと、言ってたじゃないか。わしはばかだった――もっと早く知ってるべきだった。あそこの人と婚礼することについては、あんたに言っとくべきだった」

「ケリーさん、ディーンはプリースト一家の者とはちがってるのよ。わたしは幸せになるわ」

老ケリーは白髪《しらが》あたまを強く振《ふ》った。

「もしそうだったら、嬢ちゃんは〝プレースト〟の一族の中のたったひとりの女だよ、グレンジの大奥《おおおく》さんだってそうじゃなかったんだからな。だけど、大奥さんは喧嘩が好きだったんだ。だけど、嬢ちゃんにゃ、そんなことはできないよ」

「ディーンとわたしは喧嘩しないわ――とにかく毎日はね」

エミリーはおもしろくなった。老ケリーの暗い予感には少しも悩《なや》まされなかった。彼をからかうのが楽しくなった。

「そりゃあね、何でもあの人が思うとおりにさせりゃあいいんだ。思うようにならなかったらたいへんだ。〝プレースト〟一家の者は、何でも自分たちの思うとおりにならなけりゃあ、機嫌《きげん》が悪いんだ。それから、ディーンのやきもちっていうのが一とおりじゃないんだ――あんたはディーン以外の男とは口もきけないよ。〝プレースト〟一家の者たちはみんな亭主関白《ていしゅ》だ。エーロン・プレーストのかみさんなんかどんな小さな頼みごとでもあるときには、亭主の前に土下座《どげざ》したもんだ。うちのおやじが、しかと自分の眼で見たんだよ」

「ケリーさん、あなた、ほんとうにわたしのディーンがわたしにそんなことさせると思うの？」

老ケリーの眼はちょっとおどった。「そうだな、マレーの膝《ひざ》はそれには少し固すぎるかもしれないな。だけんど、ほかにもあるんだ。あんたは、ディーンのおじさんのジムは機嫌がわるいときはこんりんざい口をあかないし、かみさんが気にさわることを言ったら、必ず、『このばか者めが！』とどなるってこと知ってなさるかね？」

エミリーは答えて、

「だけど、ほんとにばかだったかもしれないわ」

ケリーは、

「そりゃそうかもしれない。だけど、礼儀《れいぎ》に外れてやしないかね？　まあ、それはあんたに任せるがね。ディーンのおやじさんっていうのは、むしゃくしゃすると、かみさんに皿《さら》を投げつけるそうだね。こりゃほんとうのことなんだ、わしが話してることは。もっとも機嫌のいいときはなかなかおもしろい人物だがね」

「そういう気だてはね、一代ずつおいて伝わるっていうわね。たとえばそうでなかったにしても、わたしなら平手打ちを食らわせるわ」

「かわいい嬢ちゃんよう、皿の一、二枚投げつけられるよりもっとひどいこともあるんだよ。皿なら平手打ちも食らわせられるが、平手打ちを食らわせたくてもできないものもある。嬢ちゃんは知ってるかね」と、ここで思いっきり低い声になって、「嬢ちゃんは知ってるのかね、〝プレースト〟一家の者は、おんなじ女房《にょうぼう》といつまでもいっしょにいるのに飽きてくるんだっていうことだよ」

エミリーはエリザベス伯母さんがいつもきらう彼女の特有の微笑《びしょう》の一つを老ケリーに与《あた》えた。

「おじさん、あなたほんとうにディーンがわたしに飽きると思うの？　わたしは美人じゃないことよ、だけどつき合っておもしろい人間なことは確かよ」

老ケリーは分別ありげな顔をした。

「嬢ちゃんや、あんたの口はキスにはよさそうな格好してるよ。まあ、あんたは今のところは心がきまってるな。だけんど、わしは神様があんたにゃあ、ちがった道を考えていなさると思うよ。どのみち、末はよくなるように願いますだよ。だけんど、あの人はあんまりものごとを知りすぎてるよ、ジャーバック・〝プレースト〟はなあ、あんまり世間を知りすぎているよ」

老ケリーは馬車を走らせた、もう何を言ってもエミリーには聞えないところまで来ると、

「いやな話だ、地獄《じごく》の話みたいだ、あのへんな奴《やつ》がなあ、めっかちの猫《ねこ》みたいな顔してるくせにさ！」

エミリーは去っていく老ケリーの馬車を見送って数分間そこに立ちどまった。ケリーはエミリーの武装《ぶそう》の中の一カ所を突《つ》いたが、その打ちどころは確かなものだった。まるで彼女の心の中を、墓地からの風が吹《ふ》いてとおったように、寒気がしてきた。突然《とつぜん》に、長い長い昔、大伯母さんのナンシーがカロライン・プリーストにささやいた古い話が、記憶《きおく》によみがえってきた。ディーンは、人々の言うところによれば、黒ミサの儀式を見たそうであった。

エミリーは記憶をふるい落した。あれはみんな嘘《うそ》だ――ばかばかしい妬《ねた》みから出た噂《うわさ》で、広く世間に出ない人たちが妬《ねた》みから言いだしたものだ。けれど、とにかくディーンはあまりに世間を知りすぎている。彼の眼《め》はあまりに多くを見すぎた。ある意味では、それがいつでもエミリーにとっては魅力だったのだ。けれども、今はそれが彼女をおびえさせた。彼女はいつも感じてはいなかったか――現に、今も感じてはいないか――ディーンはいつも彼自身

の世間と人間に対する一種不思議な知識をもとにして笑ってはいないか——彼女の知らない知識——知り得ない知識——そしてもっと掘《ほ》りさげれば、知りたくない知識を持っているのではないか？　彼は真実の熱情と理想というものを失いはてていた。それはエミリーがどんなに追い出そうとしても彼女の心の底には深く植えつけられていた。その瞬間、彼女はイルゼと同じく、妻になるのはいやだと思った。

「ケリーおじさんとくだらない話をしたから、こんな気持になったんだわ」とエミリーは腹だたしく思った。

エミリーの婚約に対しては許可はちゃんとした形式の言葉では与えられなかった。が、何となくそれは認められた。ディーンは生活力を持っている。経済力があるのだ。プリースト一族にはすべて必要な伝統がそなわっていた。ディーンの祖母の一人はシャーロットタウンの舞踏会《ぶとうかい》で英国皇太子と踊《おど》ったこともあった。つまるところ、エミリーが無事に結婚するのを見るのは安心であった。

「エミリーはわたしたちからあんまり遠くは離《はな》れないからいいね」と、ローラ伯母さんが言った。伯母さんはそれさえかなえば、ほとんどどんなことでもがまんするのであった。この色あせた古い家から、たった一つのはなやかなものを、どうして失えようか？

年とったナンシー大伯母さんの手紙には、「エミリーに、プリースト家には双子《ふたご》がうじゃうじゃ走りまわってると、伝えてください」と、書いてあった。

けれども、エリザベス伯母さんはエミリーにはこれを話さなかった。

バーンリ医師がいちばん不服を唱えていたのだが、これも、エリザベス伯母さんが屋根裏の物置部屋にしまってあったふとんを乾《ほ》しており、ローラ伯母さんがテーブルクロスのヘムステッチを始めていると聞いては、おとなしくなってしまった。

「エリザベス・マレーが結び合わせた二人は、だれもひき離すべきではない」と、彼はあきらめた。

ローラ伯母さんはエミリーの顔を両手でかこんで、「神様があなたを祝福してくださるように、かわいい子よ」と言った。

「ヴィクトリア女王中期らしいわね。でも、わたし、うれしかったわ」と、エミリーはディーンに言った。

第九章

1

一つの点でエリザベス伯母《おば》さんは固くゆずらなかった。エミリーは二十歳《はたち》になるまでは結婚《けっこん》してはならない、と言った。秋の結婚につづく瀬戸内海のむこうの日本の庭での冬を夢《ゆめ》みていたディーンは、伯母さんのこの言葉を渋々《しぶしぶ》承知した。エミリーもまた、早い結婚を望んでいた。心の奥《おく》の奥には――それは自分で見きわめようともしなかったが――早く結婚を済ませて不動のものにしてしまったほうが、いいという考えがあったのだ。

けれども、たびたび自分の心に話したように、彼女《かのじょ》は幸福だった。たぶん、ときどきは暗い瞬間《しゅんかん》はあったろう。落着かない思いが正面にあらわれて彼女をじっと見つめた――これは、羽根の折れた幸福だ――彼女が夢みていたような自由な翼《つばさ》で飛び翔《か》ける幸福ではない。けれど、と、彼女は自分に語った。それは永久に失われたものだと。

ある日ディーンが少年のような興奮を顔いっぱいにみなぎらせてあらわれた。

「エミリー、ぼくは出かけていって、いいことをしてきたよ。きみはそれに賛成するかな？もし、しなかったらどうしたらいいだろう？」

「あなた、何してきたの？」

「ぼく、家を買ったんだ」

「家ですって！」

「そう、家だ。ぼく、ディーン・プリーストは土地の持主だ――家と庭と五エーカーにわたる杉林《すぎばやし》を持っているんだ。けさまでは自分のものと呼べる土地のひとかけらも持っていなかったんだ。何とかして自分のものと呼べる土地をほしいと思いつづけてきたぼくが、とうとう望みをかなえたのだ」

「どの家を買ったの、ディーン？」

「フレッド・クリフォードの家だ――とにかく法律的な約束《やくそく》ではフレッドが自分のものだと

言ってた家だ。ほんとうはわれわれのものだったんだ――だけど、ほんとうはぼくらのものだった家だ、世界のはじまりからね」

「それは〈失望の家〉？」

「そうそう、そんな名前を以前きみはつけていたね。だけど、もうこれからはそんな名前は嘘《うそ》になるよ。それは――もし――エミリー、ぼくのしたことにきみ、賛成してくれるかね？」

「賛成するかですって？　あなたってかわいい人ね、ディーン。わたしはあの家が大好きなのよ。見た瞬間に好きになるっていう家ねえ。そういう家ってあるものよ。魔法《まほう》がいっぱいかかってるのね。全然そんなところのない家もあるのよ。わたしはあの家にちゃんと主人ができるようにと、いつでも願ってたわ。だれだったか、あなたがあのシュルーズベリーのおそろしく大きな家を買うんだって言ってたのよ。わたし、それがほんとうかどうか、あなたに訊《き》くのが怖《こわ》かったのよ」

「エミリー、今きみが言ったことを取消しなさい。そんなことはないと知ってたはずだよ。きみはもっとよくぼくを知ってるんだ。もちろん、プリースト一族の者たちは、あの家をぼくに買わせたがってたよ。ぼくが買わないってんで、姉なんか涙《なみだ》を流してたよ。とても安く買えたんだ――豪華《ごうか》な邸《やしき》だったがね」

「そう、豪華という言葉の持っているあらゆる意味から〝豪華〟な家よ――だけど、役にたたない家よ――大きすぎるからとか、豪華すぎるからとか言うのでなくて、とにかく役にたたないわ」

「そのとおり、まさにそのとおりだ。ちゃんとした女性ならだれでもそう感じるね。きみが喜んでくれるのは、実にうれしいよ、エミリー。きのうはね、どうしてもすぐあのフレッドの家をシャーロットタウンで買わなけりゃならなかったんだ——きみと相談するひまがなかったんだ——ほかに買手がいたんでね。そこでフレッドに電報を打ったんだ。もちろん、きみがいやだったらまた売ることができるからね。だけど、きみは好いてくれるだろうと感じたんだ。ねえ、われわれはすばらしい家庭を作ろうよ。ぼくは家庭がほしいんだ。いろいろの住いは持ったけれど、家庭は持ったことがない。きみのために、あれをすばらしく綺麗《きれい》にするよ。スターよ——王の宮殿《きゅうでん》に輝《かがや》くにふさわしい、ぼくのスターよ」

「わたしたち、すぐ行ってみましょうよ。あの家がどんなになるのか、あの家に話してやりたいわ。やっとこさで、ほんとうに人の住む家になるんだって話してやりたいの」と、エミリーは言った。

「ぼくたち、すぐ出かけて、中へはいってみよう。フレッドのねえさんから鍵《かぎ》はもらってあるから。エミリー、ぼくは空まで届いて月を取った気持だよ」

「あら。わたしは膝《ひざ》いっぱいの星を拾ったわ」エミリーはにぎやかに叫《さけ》んだ。

2

彼《かれ》ら二人は——つる草でいっぱいの果樹園を通りぬけ、〈明日の道〉に沿い、牧場をすぎ、黄金色《こがねいろ》のシダの小径《こみち》を通り、銀色がかった灰色になった長い草の生えた垣《かき》の隅《すみ》に野生のときわ木や春菊《しゅんぎく》のかたまりの咲《さ》いているところを越《こ》えていった。それから、モミの林のそばのあぶなっかしいせまい道へ出ると、二人ならんではとても歩けないので、一人ずつ歩いた。空気はザワザワとしてささやくような音でいっぱいだった。

小径の終りには、なだらかな勾配《こうばい》のある野原があった。先の尖《とが》ったモミの木立が所々にかたまっていて、風に吹《ふ》かれて美しい風景を作っていた。その上には、丘《おか》の光と高地の妖気《ようき》に包まれ、大きな夕日の雲をかぶって、一軒《けん》の家が——彼らの家が——あった。有名なアルザス山脈のように青く、ロマンティックなデリー・ポンドの山々とそのむこうに星の形をした草花の牧場のある、にぶい金色の鉢《はち》のようなブレア・ウォーターを見おろす、三方を囲んだ森のうしろの神秘の家。家と景色のあいだに、とは言っても景色をかくすのではないけれど、すばらしいロンバルディ杉の列が立っていた。

二人は山をのぼって、囲いのしてある庭の前まで行った。その庭は、開拓民《かいたくみん》時代に建った丸太小屋の跡《あと》にできた家よりもずっと古いものであった。

「この景色なら、ぼくはいっしょに住めるね」ディーンは昂然《こうぜん》として言った。

「実際、かわいい場所だ！　エミリー、ここはリスが始終来るんだよ。それから、あそこいらにはウサギも出るしね。きみは、リスやウサギが好きなんだろう？　春になると、いっぱいにスミレが咲くんだ。あのモミの若木のうしろに苔《こけ》のむした、低い土地があって、五月になると、スミレがいっぱい咲くんだ——スミレだよ！

『エミリーの眼《め》のまぶたより
　エミリーの呼吸より美しい』

ぼくはエミリーっていうのは、シセリア（訳注　ギリシア・ローマ神話で、美と愛の女神アフロディテのこと）やジュノ（訳注　ギリシア・ローマ神話で主神ゼウスの妻。結婚の女神）より美しい名前だと思うよ。あそこの小さな門を注意して見てもらいたいんだ。あれはたいして必要じゃないんだ。あれは森のむこうのあの蛙《かえる》のいっぱいいる沼《ぬま》だけに通じるものなんだ。だけど、しゃれた門じゃないか？　ぼくはああいう門が好きなんだ――わけのわからない門がね。望みにあふれてるじゃないか。むこうに何かすばらしいものがありそうでね。どのみち、門というものは神秘的だよ――迷わせるんだ――それは一種のシンボルなんだ。それから、港のむこうのどこかから聞えてくるたそがれの鐘《かね》はいいじゃないか。夕《ゆう》暮《ぐれ》の鐘というものは魔術の響《ひび》きを持っているんだ――〝はるかな、はるかな、妖精の国〟（訳注　妖精の住む優美で魔術的な魅力に満ちたところ）から響いてくるようでね。ずっとむこうのほうにはバラもあるんだよ――花の咲くのに合わせた古い歌に似合う古風なバラの花なんだ。かわいいエミリーよ、きみの白い胸に当てるのに十分の白さを持ったバラだよ。その柔《やわ》らかな、雲のようなきみの髪《かみ》の毛に挿《さ》すのに恥《は》ずかしくない紅《あか》いバラだ。エミリー、今夜はぼく、少し酔《よ》ってるのを知ってるかい――いのちの酒で酔ってるんだ。だから、すこし変なことを言うかもしれない」

エミリーはたいへんに幸福だった。美しい、古い庭は、眠《ねむ》たい、まばたきする光の中で、彼女に親しい友として話しかけているようだった。この場所の魅力《みりょく》に、彼女はまったく身を任せてしまった。〈失望の家〉をなつかしげに見あげた。何とかわいい、思慮《しりょ》ぶかい家であろう！ 古い家ではない——それが好きだった——古い家は知りすぎていた——その敷居《しきい》をまたいだ多くの足やその窓から眺《なが》めた多くの悲痛や熱情の眼にとりつかれていた。この家は彼女と同じく無知で無邪気《むじゃき》である。幸福を待ち望んでいる。それは幸福になる権利を持っている。彼女とディーンはここで起らなかったことの数々の亡霊《ぼうれい》を追い出してしまおう。自分のものとして家庭を持つのはどんなに幸福なことであろう！

「あの家は、わたしたちがそれをほしがっているのと同じように、わたしたちをほしがっているのよ」と、エミリーは言った。

「ぼくはきみの声がそのように柔らかで、低いときが大好きなんだ、スター」と、ディーンが言った。「そんな調子で、絶対に、ほかの男に話しちゃいけないよ、エミリー」

エミリーはディーンがほとんど彼女にキスしかけるほどの媚態《びたい》で彼を見た。彼は決して彼女にキスしなかった。ある鋭《するど》い予感が、まだ彼女はキスされる用意が十分でないと、彼に告げるのだった。すべてのものを夢と魅力に変えてしまったあのときに、彼はその場でエミリーにキスしてもよかったかもしれない——そうしたら、そのときは、彼女を全部得たかもしれない。けれども彼は躊躇《ちゅうちょ》した——そして魔術の瞬間は過ぎてしまった。暗い杉《すぎ》の並木道《なみきみち》の暗いどこかから笑い声が聞えた。罪のない子供の笑い声だった。けれども、それはかすかに編まれた魔術の糸をほどいてしまった。

「さあ、中へはいってぼくらの家を見よう」と、ディーンが言った。彼は先にたって、生《お》い茂《しげ》った草の間を進んで、居間に向って開いている戸口へ案内した。鍵は錆《さ》びていた。ディーンはエミリーの手を取って引入れた。

「あなたの入口だよ――かわいいエミリー」

ディーンの懐中電燈《かいちゅうでんとう》が丸い光を投げかけて、未完成の部屋を映し出した。下塗《したぬ》りだけのザラザラの壁《かべ》、閉《し》めきりの窓、口をあいたような戸口、火のない暖炉《だんろ》――とはいってもまったくからっぽではない。エミリーは暖炉の中に小さな灰のかたまりを見た――エミリーは数年前の夏の夜の冒険《ぼうけん》に、テディと二人でつけた火の残りの灰をそこに見た。遠い子供時代の思い出だ――その火のそばに二人はすわって将来の生活の設計を話し合った。エミリーは小きざみの震《ふる》えを見せながら戸口へ眼を向けた。

「ディーン、なんて荒《あ》れてるの。わたし、昼間見に来るわ。起らなかった事件の亡霊は、すでにあったことの亡霊よりもっといやだわ」

3

二人で夏の間に家の室内装飾《そうしょく》その他をやりあげてしまおう――できるだけのことを二人でして、望んでいるとおりにすべてをやりあげよう――というのは、ディーンの提案であった。

「ぼくらは春、結婚したらいいだろう――夏は東の国の砂を越えて響いてくる寺院の鐘の音を聞いてさ――月夜のフィラエ（訳注　エジプト古代寺院の遺跡がある島）を眺め――メンフィスのそばのナイル川のささやきに聞き入り――そして秋にはいってから帰ってきて――自分たちの家の鍵をあけて――落着くんだね」

エミリーはこのプログラムをすばらしいと思った。伯母さんたちはあまり気乗りがしなかった——どうもちゃんとしたことのように思えなかった——さぞかし噂《うわさ》にのぼることだろう。それに、ローラ伯母さんは結婚前に家を装飾すると縁起《えんぎ》が悪いという古い迷信をひどく気に病《や》んでいた。ディーンとエミリーは世間体《せけんてい》がよかろうと悪かろうと、縁起がよくても悪くてもそんなことはかまわなかった。どんどん事を運んでしまった。

彼ら二人はプリースト家からもマレー家からも助言攻《じょげんぜ》めにされた——けれども一つも用いなかった。たとえば、二人は〈失望の家〉を塗らなかった——ただ瓦《かわら》をのせて、その瓦が木材のような灰色になるに任せた——これはエリザベス伯母さんをひどく驚《おどろ》かせた。

「ストーブパイプタウンの家だけだよ、塗ってないのは」と、彼女は言った。

三十年前に大工たちが置いた、粗《あら》けずりの、使ったこともない、幅《はば》の広い板を海岸からの砂石《サンドストーン》と入れ替《か》えた。ディーンはダイヤモンド型のガラスのはいった窓わくを入れた。エリザベス伯母さんはエミリーがガラス拭《ふ》きに手がかかってたいへんだろうと言った。それからディーンは玄関《げんかん》の戸の上にかわいらしい、小さい窓をつけた。そしてその上へ、ちょうどもじゃもじゃの眉《まゆ》のような屋根をつけた。居間に丸窓をつけ、そこからモミの林へまたいで出られるようにした。

ディーンは家中に戸《と》棚《だな》や棚をおいた。

「ぼくは、家の中に十分に戸棚を作らない男を女がいつまでも愛しつづけてはいられないぐらいのことはよく知ってるよ」と、ディーンは断言した。

エリザベス伯母さんは戸棚のことは賛成したが、壁紙については二人は大ばかだと思った。ことに居間の壁紙はひどかった。そこは快活な色を選ぶべきだ――花か金色の縞《しま》か、それとももっとモダーンに、そろそろはやりかけてきた〝風景画〟の壁紙にしたらいい。けれどもエミリーは暗いねずみ色の上に雪で白い松《まつ》のついている紙を選んだ。エリザベス伯母さんは、そんなことなら森に住んだほうがいいだろうと憎《にく》まれ口をきいた。けれどもエミリーは、自分のかわいらしい家に関するいっさいのことと同じく、これについても、〝豚《ぶた》のように強情《ごうじょう》〟だった。ことごとにエリザベス伯母さんを出しぬいて驚かせた。こんなふうに扱《あつか》われながら、伯母さんはマレー一族の一人が老ケリーの強情を真似《まね》ているのだとはまったく気がつかなかった。

けれども、エリザベス伯母さんは実に親切だった。長い間閉じられたままになっていたさまざまの箱《はこ》をあけ、自分の継母《ままはは》に当る人の所有だった瀬戸物《せともの》だの銀器を出した――これはもしジュリエット・マレーがマレー一族に賛成されて、ちゃんとした結婚をしたらみんな彼女のものになるはずだった――これを全部エミリーに与《あた》えた――中には堪《たま》らなく美しいものがあった――ことに値段のつけようもないほどの高貴な柳《やなぎ》製のつややかなピンクの壺《つぼ》や、エミリーの祖母が結婚祝にもらったすばらしいディナー・セットなどがあった。一品も失われてはいなかった。浅い、薄《うす》いカップに深い受け皿《ざら》や焼き皿や、まるくてぶあついふたつきスープ入れがあった。エミリーはそのセットを居間に作りつけの戸棚につめこんで、見とれていた。ほかにも好きなものはたくさんあった。金色のふちのとってある、たまご形の小さな手鏡もその一つであった、上に黒猫《くろねこ》がついている。今までにたくさんの美しい女性の顔を写してきたので、何だかそれ自身に魅力が添《そ》っているようであった。それから、先が尖っており、その両側に塔《とう》が二本立っている古い置時計があった。鳴る十分前に知らせの合図をするという時計で、決して人が不用意のときに驚かさない紳士《しんし》的な時計であった。ディーンはそれを巻いたが時間は合わせなかった。

「ぼくらが帰ってくるとき——きみを花嫁《はなよめ》とし、女王として迎《むか》え入れるときに、きみがこれを合わせるんだ」

ニュー・ムーンにあったチッペンデール（訳注　十八世紀イギリスの家具師）のサイド・ボードも、脚《あし》のさきが爪《つめ》の形に細工してあるマホガニーのテーブルもエミリーのものになった。そしてディーンは世界中の旅から集めてきたありとあらゆる珍《めずら》しいものや、かわいいものを持っていた——古い時代の侯爵《こうしゃく》夫人のサロンにあったソファーでシルクの縞で包まれているものや、緞鉄《たんてつ》の細い糸で作った提灯《ランタン》でヴェニスの王宮にあったもの、これは居間に下げた。シラズの敷物《しきもの》、ダマスカスから持ってきた祈《いの》りのときにすわる敷物、イタリア製の真鍮《しんちゅう》や鉄の品、中国のヒスイや象牙《ぞうげ》、日本の漆器《しっき》、日本の瀬戸物で作った緑色のフクロウ、モンゴルの気味悪い所で捜《さが》した中国の瑪瑙《めのう》の香水《こうすい》入れ、それには西洋の香水とはまったくちがった東洋の香気の名残《なご》りがまつわりついていた。恐《おそ》ろしい金色《こんじき》の竜《りゅう》が巻きついている中国の急須《きゅうす》——五本の爪のある竜で、物知りが見れば、これが帝政時代の王宮で用いられたものであることはわかる。それは義和団事件（訳注　日清戦争後の一八九九年、義和拳教徒がキリスト教および列国の中国侵略に反抗して、山東省で蜂起した事件）の獲物《えもの》の一つで夏の王宮で用いられたものであるとディーンは話した。けれどもどうしてそれが手にはいったかは話さなかった。

「いまはまだ。いずれ話すよ。ぼくがこの家に入れたものについては一つずつ物語があるよ」

4

この居間に装飾品その他調度品を入れるのはたいへんだった。あっちへやったり、こっちへ置いたり、ずいぶんいろいろとためしてみて、やっと正しい場所をさだめた。ときどき、意見が一致《いっち》せず、床《ゆか》の上にすわって議論した。どうしてもきまらないときには、ダフィにわらを嚙《か》ませて、歯のあたったほうをどれとあらかじめ約束しておいて決めた。出しゃばりのソールは年をとって死んでしまった。ダフィも以前のように軽快ではなく、少し気むずかしくなり、眠っているときにはおそろしくいびきをかいた。けれどもエミリーはダフィを熱愛していて、〈失望の家〉へもダフィを連れないでは行かなかった。ダフィは灰色の影《かげ》のようにエミリーに添って小山の道を歩いていった。

「きみはあの古猫をぼくより愛してるんだね」ディーンが冗談《じょうだん》にことよせてあるときこう言った。冗談の陰《かげ》に熱心さが感じられた。

「かわいがってやらなけりゃならないのよ。だって年をとってるでしょう？　わたしたちは先が長いのよ。それからわたしは猫がいなけりゃ暮《くら》せないの。しっぽを足の間に巻きこんで、満足しきった猫がいなくては、家はホームにはならないのよ。猫っていうものは神秘的なのよ。魔除《まよ》けだし、知恵者《ちえしゃ》よ。それから犬も必要よ」

「ぼくはツイードが死んでからは犬を飼《か》いたいなんて思ったことはないね。だけど、一匹飼ってもいいね。ツイードとはまったくちがった種類をね。きみの猫を行儀《ぎょうぎ》よくさせるのに、犬が必要だ。ああ、この場所がきみに属していると思うと愉快《ゆかい》だね」

「あら、そうじゃないわ。あなたが一つの場所に属していると考えるのが楽しいわ」と、エミリーはまわりをいとしげに見まわしながら言った。

「そうだ。ぼくらの家だ。ぼくらは仲よくしようね」と、ディーンが言った。

5

ある日、二人は額をかけた。エミリーはレディ・ジョヴァンナやモナリザやそのほか好きな絵を持ってきた。この二つは隅のほうの窓と窓の間にかけた。

「きみの勉強机はどこにするかな?」と、ディーンが言った。「モナリザはきみに時代を越えた微笑《びしょう》の秘密をささやくだろうし、きみはそれをきみの創作の中に織りこむだろうね」

「あなたはわたしが書くのをきらってらっしゃると思ったわ。あなたはわたしの物語をあまり好きそうでもなかったんですもの」

「それはきみが書くことに夢中《むちゅう》で、ぼくのことなんか考えてくれないと思ったときのことだよ。今はそうじゃないもの。ぼくはきみに何でも好きなようにしてもらいたいんだ」

こう言われてもエミリーは無関心だった。病気をして以来、ペンを執《と》りたい気持はまったくなった。日がたつにつれて、もはやふたたび書こうなどとは思わなくなった。それを考えるのは、あの原稿《げんこう》を焼き捨てたことを思い出すのと同じだった。それはがまんのできないほどつらいことだった。彼女は今では何にも心に声を聞かず、彼女の星の王国からはまったくの追放者になっていた。

「ぼくはね、エリザベス・バスを暖炉のわきにかけるよ」と、ディーンが言った。「レンブラントの肖像《しょうぞう》からの版画だ。白い帽子とひだのたくさんはいった白いカラーをしてるところはすばらしいじゃないかねえ、スター？　こんな抜《ぬ》け目のない、ユーモラスな、落着いた、少しばかり人をばかにした年寄りの顔を見たことがあるかい？」

エミリーは心の中で考えた。「わたしはこのエリザベスと議論したいとは思わないわ。この人はやむをえず手を組んでいるらしい。もしかしてこの人と反対のことを言ったら手を出してあなたの耳をたたくかもしれないわ」

「百年以上もの間、塵《ちり》をかぶってたんだよ」と、ディーンは夢《ゆめ》みるように言った。「それでもこのレンブラントのカンバスの上に安い複製になって生きてるじゃないか。この人はきみに向って話しかけるよ。そしてね、いいかげんのことじゃ満足しないよ」

「でもね、あの人、きっとポケットに甘《あま》いもの隠してるわ。あの顔色のいい、健康なおばあさんですもの。この人は家族を思うままにしたでしょうね――それは確かよ。この人の夫は何でも言いなり次第《しだい》になったでしょうよ――それでありながら自分では気がつかないでね」

「いったい結婚してたのかしら？」ディーンが疑わしげに言った。「ウェディング・リングをはめてないよ」

「それじゃあ、とても愉快なオールド・ミスだったでしょうよ」

「モナリザの微笑とエリザベスの微笑は何とちがっているんだろう」と、ディーンは二つを比べながら言った。「エリザベスはすべてを許している――ただどっかに考えぶかい猫のずるさを持ってるね。だが、モナリザの顔には男たちを狂《くる》わせ、未知の歴史の真紅《しんく》のページに何かを書かなければいられなくするよ。ジョコンダ（訳注　モナリザのイタリアでの呼名）はずっと粋《いき》な恋人だけれど、エリザベスのほうがおばさんとして持つにはいいだろうね」

ディーンはマントルピースの上へ母親の小さな写真をかけた。エミリーは今までこれを見たことがなかった。ディーン・プリーストの母親は美女だった。

「どうしてこんなに悲しそうな顔をしていらっしゃるんでしょう？」

「プリースト家の人と結婚《けっこん》したからさ」とディーンが言った。

「わたしはあんなふうに悲しそうに見えるかしら？」

と、エミリーがいたずらっぽく言った。

「ぼくの関係では決してそんなことはないね」とディーンが言ったが、ときどき、「大丈夫《だいじょうぶ》かしら」という問いがエミリーの心の中に起ってきた。けれども、彼女はこれには答えなかった。その夏の三分の二はたいへん幸福だった――それは彼女の考えではずいぶん高い割合であった。けれども残りの一にはだれとも話をしない数時間があった――自分の魂《たましい》がワナにかかってしまったように感じる時間――指の上に光っている大きな、グリーンのエメラルドが鎖《くさり》のように感じられる時間があった。一度なんか彼女はそれを指から外してちょっとの間でも自由に感じようとさえした——次の日になって正常の気持になり、普通《ふつう》の気分になったときには、この一時的な逃避《とうひ》をひどく心に恥じた。そんなときにはまったく自分の運命に満足し、いつもよりもっとあの灰色の小さい家に興味と関心を持った。それは彼女にはたいへんな興味の的であった——「わたしはディーンよりよっぽどあの家の方が好きなんだわ」と、ある夜三時の真夜中に、しんそこからの絶望で自分に向って正直に言った。そして翌朝は自分からそれを打消した。

6

プリースト・ポンドにいた年とった大伯母さんのナンシーがその夏急死した。「わたしはもう生きてるのに飽《あ》きたよ。もうやめにしよう」と、ある日言った——そしてやめにした。マレー一家の者は一人として彼女の遺言状《ゆいごんじょう》によって恩恵《おんけい》を受けなかった。所有品は全部カロライン・プリーストに遺《のこ》した。けれどもエミリーは銀の玉と銅製の飾《かざ》り猫と金のイヤリングとテディが数年前に水彩画《すいさいが》で描《えが》いた彼女の肖像をもらった。エミリーは〈失望の家〉の正面玄関に猫を置き、大きな銀製の玉はヴェニスのランタンに下げ、金のイヤリングやその他のいろいろな珍しいアクセサリーは自分の身につけた。けれども、水彩画はニュー・ムーンの屋根裏の部屋の箱の中にしまいこんだ——その箱は夢と計画でいっぱいの、美しい、古い、たわいない手紙でいっぱいにつまっていた。

7

二人はおりおり庭で休んだときにすばらしく楽しい時間を過した。北の隅《すみ》のモミの木に駒《こま》鳥《どり》が巣を作っていた。それをダフィのいたずらから守るために二人で始終気をつけていた。ある日、ディーンはたまごにさわりながら言った。「この薄いブルーの壁の中にかくされている音楽のことを考えてごらん。たぶん月世界の音楽じゃないだろうが、もっと現世的な、家庭的な音楽で、健康な美と生きる喜びにみちみちているんだ。このたまごはやがて駒鳥になるんだよ、スター、そしてぼくらの夕方の家路《いえじ》を迎えてくれるんだよ」

二人はよく森から庭へピョンピョンはねてきたウサギと友達《ともだち》になった。それから昼間、どっちが多くリスを見かけるか、そして夕方、コウモリをどっちが多く見るかで競争をした。なぜなら、暗くなって仕事ができなくなるとすぐにディーンは帰るとはきまっていなかった。おりおり二人は外へ出て砂石《サンドストーン》の石段に腰《こし》かけ、海から吹《ふ》いてくるものうげな夜風の淋《さび》しい美しさに聞きほれ、たそがれが昔《むかし》ながらの谷間から忍《しの》び寄り、影《かげ》がモミの木々の下でゆらめき、ブレア・ウォーターが宵《よい》の明星《みようじよう》の下で、大きな灰色の水たまりになるのを眺《なが》めた。ダフィは二人のわきに月光のような眼《め》をみひらいてすわり、エミリーはときどきその耳を引っぱった。

「猫が以前より少しよくわかってきてよ。ほかのときには全然わからないんだけど、夕方の露《つゆ》がおりるときには、わたしたち人間を小ばかにしているような猫の気だてがいくらかわかるわ」

「今のこの時間には何でもわかってくるよ。こんな晩にはぼくはいつでも『香料の育つ山』という句を思い出すんだ。母さんが歌った古い讃美歌《さんびか》の中の一行なんだがね、ぼくは『若い男鹿《おじか》のように』飛ぶことはできないけれど、いつもこの句には心惹《ひ》かれてたよ。エミリー、きみの口はだんだんちゃんとした格好になってきたよ、ぼくらの家をどんな色に塗るかっていう相談をするのにさ。だけど今はだまっておいで。月の出を待ってるときには色彩の話は禁物だ。もうすぐにすばらしい月の出だ。まるでぼくが注文しといたようにね。だけど、どうしても家具のことを話さなければならないんなら、ぼくらがどうしてもほしいものでまだ手にはいらないもののことを話そうよ——たとえば天《あま》の川の旅に必要なカヌーとか——夢を織るはたおり機だとか、お祭りの日に飲む酒の瓶《かめ》とかさ。それからあそこの隅に泉を持てないかしら？　それともカスタリの泉（訳注　ギリシア神話にでてくるパルナッソス山にある神泉。詩の泉）のほうがいいかしら？　きみの結婚の支度《したく》には何でも好きなものを持ってきていいけれど、一つだけぼくの注文があるんだ。たそがれの灰色のガウンと髪《かみ》にかざす宵の明星だ。それから月光で飾ったのを一つと、日没《にちぼつ》の雲の色のスカーフ、これだけは持ってくるんだよ」

おお、エミリーはディーンを好きだった。どんなに彼を好きだったろう。もし、愛することができたなら！

ある夕方、エミリーは月光の中に輝《かがや》く自分の家を見ようと、ひとりでこっそり出かけた。何とそれは愛すべき場所だろう。彼女は未来の自分の姿を見た——小さな部屋のあれこれを渡《わた》りあるいて――モミの木の下で笑って――炉辺《ろばた》にテディと手を取合ってすわって――と、ここまで考えたとき、エミリーはギョッとした。ディーンと手を取合うのだ。もちろん、ディーンとだ。記憶《きおく》の一こまがちょっといたずらに顔を出しただけだ。

8

やがて九月の夕暮《ゆうぐれ》が来て、そのときはもう何もかもできあがった――魔女を遠ざけるために戸口にかける馬のくつわまでそろった――エミリーが居間のあちこちに挿《さ》したキャンドルも用意できた――小さな、うれしそうな黄色のキャンドル――赤い、喧嘩《けんか》好きなキャンドル――夢みるような、青いキャンドル――トランプのハートやダイヤモンドをいっぱいに描いた、荒《あら》っぽいキャンドル――ほっそりと、貴婦人のようなのも。

できあがりの結果は上乗《じょうじょう》であった。家中に調和の気がみなぎった。家中にあるものがみんなよく似合って仲がよかった。互《たが》いにどなり合うという形式はなかった。家中にやかましさを思わせる部屋はなかった。

「もう絶対にし残したことはないわ」とエミリーが言った。「そんなふりさえできないわ」

「そうだろうね」

ディーンが残念そうに言って、炉辺に積みあげられた松とたきつけに眼をやった。

「いや、あったよ、一つし残したことが。煙突《えんとつ》の吸いこみの具合を見なけりゃいけなかったんだ。ぼくが火をつけてみよう」

エミリーは隅の長椅子《ながいす》に腰をおろしていた。火が燃えはじめてきたとき、ディーンはエミリーのわきにすわった。ダフィはその横に長くなって、横腹を上下に動かしながら寝《ね》ていた。楽しいほのおは燃えあがった。古いピアノの上に光を投げた――エリザベス・バスの美しい老顔の上でかくれんぼをした――柳の皿類がしまってある戸《と》棚《だな》のガラス戸の上をおどった。ほのおは台所の戸を越《こ》して飛び、エミリーが台の上に重ねておいた茶色や青の鉢《はち》にまばたきをして見せた。

「これがホームなんだ」

ディーンが静かにささやいた。「これはぼくが常に夢みていたよりも、遥《はる》かに幸福だ。海から忍びよってくる寒い夜の霧《きり》を閉め出して、きみと二人で秋の夜をこうしてすわっているんだよ――きみと二人きりで、火をかこんで、幸福にね。だけど、ときどきは友達を招いて、いっしょに暮そうよ――ぼくらの喜びとぼくらの笑いを分け合うようにね。今夜は火が燃えつきるまでここにこうやってすわって、いろいろ将来のことを考えようよ」

火は音をたてて燃えた。ダフィは低い声でゴロゴロのどを鳴らした。月は窓をとおしてまっすぐに二人の上に照り、また燃えさかる火のダンスの上に照った。そしてエミリーは考えた――彼女とテディがそこにすわったときのことを――考えずにはいられなかった。不思議なことには彼女はテディをなつかしくも思わなかったし、愛する気持でも考えなかった。ただ、彼のことを思い出しただけだった。彼女は呆《あき》れ返った気持と恐れとの入り交った状態で、いったい自分はディーンとの結婚のために立ったときにもテディのことを思うのかしらと、自問した。

やがて暖炉の火は白い灰になった。ディーンは立ちあがって言った。

「この時間のためなら、今までの長い、苦しい年月を生きていた甲斐《かい》があった――もし必要ならば、もう一度今までの年月を繰返《くりかえ》してもいいよ、ここに来るためならばね」

彼は手を伸《の》ばした。エミリーを近く引寄せた。一つになってもいい唇《くちびる》をどんな亡霊《ぼうれい》が邪魔《じゃま》してさせないのであろうか？　エミリーはためいきをついて離《はな》れた。

「わたしたちの幸福な夏は終ってよ、ディーン」

「ぼくらの最初の幸福な夏は終ったんだ」と、ディーンが訂正《ていせい》した。けれども、彼の声には急に疲《つか》れが出てきた。

第十章

1

十一月のある夕方、二人は〈失望の家〉に鍵《かぎ》をかけて、ディーンはエミリーに鍵を渡《わた》した。

「これは春まで預かってくれたまえ」と言いながら、寒い風の吹《ふ》き渡っている、淋《さび》しい野原を眺《なが》めた。「春まではここへは来ないからね」

晩秋につづいた暴風《あらし》の冬の間、二人のための家に行く道はひどい吹雪《ふぶき》でふさがれてしまったので、エミリーはまったくそのそばへ近づこうともしなかった。けれども、エミリーはたびたび家のことを考えた。雪の中で春と新しい生命とすべてのことの満たされるのを待った。全体として、その冬は幸福な冬だった。ディーンはよそへ行かず、ニュー・ムーンの老女たちに機嫌《きげん》よく振舞《ふるま》ったので、彼女《かのじょ》たちは彼がジャーバック・プリーストとして生れたのをほとんど許さんばかりになった。なるほど、エリザベス伯母さんにはディーンの言うことは半分しかわからなかったし、ローラ伯母さんはエミリーが金銭出納簿《すいとうぼ》をつけるときに、入金を〝借方〟という欄《らん》に記入するという変りかたを見せたのはディーンの感化だと思った。確かにエミリーは変った。いとこのジミーさんとローラ伯母さんだけはそれに気がついていた。たびたびエミリーの眼《め》には落着きのない色があらわれた。そしてはっきりはつかめなかったが、何かがその笑い声から失われていた。以前のように、すぐ――自発的には彼女の笑い声は起らなかった。少し早く大人になりすぎたんだとローラ伯母さんはためいきをついた。ニュー・ムーンで階段から落ちたあの恐《おそ》ろしい出来事だけが原因かしら？　いったいエミリーは幸せなのかしら？　訊《たず》ねてみる勇気はなかった。六月に結婚《けっこん》しようとしているディーンをほんとうに愛しているのかしら？　ローラ伯母さんにはわからなかった。けれども彼女は、愛というものは知的に起ってくるものではないことだけはわかっていた。それからまた、結婚をひかえている娘《むすめ》は、二階の自分の部屋で眠《ねむ》っているべき時間に、あんなに歩きまわっているべきではないこともわかっていた。これはエミリーが小説の筋を考えているという説明では済まないことだった。彼女は書くことはやめてしまったはずである。ミス・ロイアルはニューヨークからエミリーは才能を生かすはずだというせつなる手紙を書きつづけていたが、むだだった。ジミーさんもときどき新しいジミー・ブックをエミリーの机の上に置くのだったが甲斐《かい》はなかった。ローラ伯母さんは、おずおずと、あんなにいい出発をしたのに、中途《ちゅうと》でやめてしまうのは惜《お》しいと言ってみた。エリザベス伯母さんが「飽《あ》きっぽいのはスター家の持ち前だから、エミリーもきっと飽きちまうだろうと思っていた」とばかにした調子で言ったのさえも、何の反応もなかった。彼女は書けないと言った——もはや二度と書こうとはしないと言うのだった。

「わたしはもう学資の借りは返してしまったし、銀行には、ディーンが言ってる結婚の支度《したく》とかをそろえるだけの預金があるんですもの。それから伯母さんはわたしに二枚ベッドカバーを編んでくだすったでしょう？　もう何にも要《い》るものはないわ」

「あんたは、あの大怪我《おおけが》のために、野心をなくしちまったんじゃないの？」ローラ伯母さんは冬中気にかかっていたことを、とうとう口に出してしまった。

エミリーはやさしく笑ってローラにキスした。

「大丈夫《だいじょうぶ》、伯母さん、大丈夫よ。どうしてそんなに心配なさるの？　あたりまえのことじゃないの？　わたしはかわいらしい家を持って、夫のことを考えなけりゃならないのよ。結婚ということの前には、ほかのことは——何にも考えられないのが自然じゃない？」

そのとおりである。けれども、その夕方、エミリーは日没《にちぼつ》のあとで家を出ていった。彼女の魂《たましい》は自由を恋《こ》い求めていた。ほんのちょっとそれを得るために出ていった。それは日なたでは暖かく、日かげでは寒い四月のいち日であった。日光の暖かさの中でも寒さを感じた。ましてや夕暮《ゆうぐれ》は冷たかった。西のほうの一筋の黄色い空にほんのりと、悲しく、淋《さび》しい新月が暗い山のうしろに出ているほかには、空はどんよりと暗く、灰色の雲におおわれていた。生きてるものは彼女以外にはまわりにいないらしかった。枯《か》れた野に落すその影法師《かげぼうし》は、早春の風景に言いようもなく淋しげな、悲しげなものを加えた。エミリーは自分の生涯《しょうがい》の最上のものはもう過ぎ去ってしまったような、絶望的な気持になった。外界の景色はいつでも彼女に大きな影響《えいきょう》をあたえた——あるいは大きすぎる影響をあたえたのかもしれない。けれども彼女はこれが憂鬱《ゆううつ》な夕暮であったことをうれしいと思った。このような夕暮でなかったら、それは彼女のムードを殺すものだと考えた。山のむこうでは海が鳴っていた。彼女はある詩人の詩の一句を思い出した——

「灰色の岩ともっと灰色の海
そして岸辺に打ちよせる波。
そしてわたしの心には
この唇《くちびる》が二度とは呼ばない名が」

ばかばかしい! 弱い、おろかな、感傷的なばか。もうたくさん、やめなさい。

2

ところがその日イルゼから手紙が来たのだ。テディが帰ってくるのだ。フラビアン号に乗船して帰国し、夏中家にいるとのことだった。

「帰ってくる前に全部――何もかも――終ってしまうんだったらいいんだけれど――」と、エミリーはひとりごとを言った。

いつでも明日を恐れる？　今日に対しては満足――幸福でさえある――けれどいつでも明日を恐れる。これが彼女の生涯なのだろうか？　なぜ、明日というものをそんなに恐れるのだろうか？

〈失望の家〉の鍵は持っていた。十一月以来そこへはいったことはなかった。待っていてくれる、美しい、好もしい――その家を見たかった。彼女の家庭《ホーム》だ。その魅力《みりょく》の前には、ぼんやりした恐れや、疑いは消えてしまうだろう。過ぎたあの夏の幸福な魂がふたたび返ってくるだろう。彼女は夜、木戸の前で立ちどまって、愛をこめてそれを眺めた。彼女の子供時代の夢《ゆめ》にためいきをついてくれたように、今も同じくためいきをついている、愛すべき老木の下に――からみついているような、かわいらしい、小さな家！　下にはブレア・ウォーターが灰色に、陰気《いんき》に横たわっていた。四季の変化に伴《ともな》うブレア・ウォーターをすべてエミリーは愛していた――夏の輝《かがや》き、たそがれどきの銀色、月光の下の奇蹟《きせき》、雨の日に作るえくぼの輪、みんな美しかった。今のこの暗い、陰気さをも愛した。どういうわけか、まわりの陰気な、人待ち顔の景色の中には——あたかも、これはとっさに彼女が思ったことなのだが——あたかも春が来るのを恐れているかのような——突《つ》き刺《さ》すごとき悲しみがただよっていた。この恐れの感じは、何と彼女を悩《なや》ましたことだろう！　彼女は山の上のロンバルディ杉の頂上のむこうに眼をやった。すると突然《とつぜん》に雲の裂《さ》けめから星が一つ輝きだした——琴座《ことざ》の星だった。

　何とはなく身ぶるいしてエミリーは戸を開いて中へはいった。家はからっぽで——彼女を待っているようだった。暗闇《くらやみ》の中を手さぐりで、マントルピースの上のマッチを取り、時計のわきの薄青《うすあお》い、長いローソクに火をともした。ゆらゆらゆらめく光の中に美しい部屋が照らしだされた——それは最後のあの晩、二人が残したままの状態だった。恐れということを知らぬエリザベス・バスの肖像《しょうぞう》——恐れというものを侮《あなど》ったモナリザもあった。レディ・ジョヴァンナは聖女のような顔を決して人のほうへは向けなかった。人がだれも言葉にあらわすことのできないこの内面の恐れを——彼女はかつて感じたことがあるだろうか？　もしそれを言葉に出すことができたなら、それはずいぶんおかしなことであるだろう。ディーン・プリーストの悲しい、美しい母。そうだ、彼女は恐れというものを知っていた。今、このかすかな、ゆらめく光の中にその眼はそれを語っている。

　エミリーは戸を閉めて、エリザベス・バスの下にある肘掛椅《ひじかけい》子《す》にすわった。過ぎ去った夏のかわいた枯葉が、ちょうど窓の下の浜《はま》に気味悪いガサガサいう音をたてている。そして風は吹きつのって——吹きつのって——吹きつのっている。けれども、彼女はそれが好きだった。「風は自由だわ、わたしみたいな囚《とら》われ人《びと》じゃないわ」不用意に出てきた考えを、きびしく戒《いまし》めた。そんなことは絶対に考えない。鎖《くさり》は自分で作ったものではないか。それに喜んで、自ら進んでまでも、しばられたのではないか。手ぎわよく、それに巻かれているよりほかに道はない。

野原のむこうで海がなんと嘆《なげ》きうめいていることだろう！　けれども、この小さな家の中には何という沈黙《ちんもく》が満ちていることだろう！　この沈黙には一種の不思議さと不気味なものがある。何か深い意味がひそんでいるようだ。もし、口をきいたら何かが答えるだろう。

しかし、突然に恐れは去った。夢みるような――幸福な――気分になって、生活や現実からは遠く離《はな》れた気がした。大部屋の四方の壁《かべ》はだんだんに視界から消えていった。絵は自然に消えてしまった。大伯母さんのナンシーの残した大きな、銀の、光った玉が古い銅製のランタンからさがっているのよりほかには、何にも見えなくなった。その玉の中に、小さな人形の家といった具合に、その部屋が映っており、自分が低い椅子にすわり、マントルピースの上のローソクが、気味悪い星のように光っているのが見えた。エミリーは椅子によりかかって、それらすべてを見た――ついに、その小さな光がもやのような、混沌《こんとん》とした宇宙の中のただ一つの光の点のようになった。

3

彼女は眠ったのだろうか？　だれが答えられよう？　エミリー自身にも決してわからなか

った。今日までの生涯で、彼女は二度――一度は無我の状態で――もう一度は眠りの中で（訳注『エミリーはのぼる』参照）感覚と時間を越《こ》えた向うを見た。エミリーはこれらの記憶《きおく》を繰返《くりかえ》したがらなかった。わざと忘れるように努めた。数年の間それは彼女の記憶に戻《もど》ってこなかった。夢――熱病に育てられた空想。けれどもこれは？

　例の玉の中で小さい雲が自然に形を作ったのだ。それはやがて散って、なくなった。玉の中の人形の家は消えた。そしてまったくちがった光景が映ってきた――あとからあとからと急いでくる人々でいっぱいの高い、長い部屋――その中に彼女の知っている顔が一つあった。玉は消えた――〈失望の家〉の中の部屋も消えた。自分が今まで腰《こし》かけていた椅子も消えた。今度は見慣れぬ、大きな部屋にいた――たくさんの群衆の一人だった――彼女はキップ売場の窓口で待っているその男の横に立っていた。男がこっちを向いて二人の眼が合ったとき、それはテディだとわかった――彼の眼の中には驚《おどろ》きが見られた。そして彼女はそのとき、テディが恐ろしい危険にさらされていることを覚《さと》り――彼女が助けなければならないことを知った。

「テディ、いらっしゃい」

　彼女はテディの手を摑《つか》んで窓口から引っぱったような気がした。それから彼女は彼から離れていった――けれど彼はついてきた――うしろから追いかけてきた――走ってきた――群衆につきあたっても平気で――ついてきた――ついてきた――やっと彼女はもとの椅子の上に来た――玉の前で――その中にはステーションの部屋が映っていた――だんだん小さくなって——その中でテディが走って——また雲が——玉いっぱいに拡《ひろ》がって——白くなって——ゆらゆらと波打って——細くなって——すっかりなくなって。
エミリーはナンシー大伯母さんの銀の玉をぼんやり眺めながら椅子によりかかっていた。玉の中には居間が静かに映り、死人のように白く見えるのは彼女の姿であり、そしてたった一本のローソクがいたずらっぽい星のように光っていた。

4

エミリーはまるで死人の中からよみがえったような気持で、やっと〈失望の家〉から出て、戸に鍵をかけた。雲は晴れ渡ったが、世界は星の光の中でかすかに非現実的に見えた。今まで何をしていたかをもほとんど忘れてエミリーはモミの林をとおして海のほうへ顔を向けた——風に吹きさらされた長い牧場から——小山を越えて砂浜へ——気味の悪い薄闇《うすやみ》の中を追われている動物のように。遠くの海は這《は》い寄ってくる霧《きり》に半分かくれて、灰色の繻子《しゆす》のようだった。けれどもそれはこまかいさざなみになって、岸を強く洗っていた。彼女は霧の海と高い砂山との間にいた。このままに、永久に進んでいけるのだったら——うしろを向いて家《いえ》路《じ》につき、そして夜が持ってきた答えられない問いに答えないで済むのだったら。
彼女はテディを見たのだ——彼を救った、あるいはわからない何かの危険から救おうとしたのだ。そして同じように単純に、また確かに、彼女は自分がテディを愛しているのを知った——いつでも愛していたのだ。彼女の存在の土台そのものと共にあった愛をもって愛していたことを知った。

しかも二カ月のうちに彼女はディーン・プリーストと結婚しようとしている。

どうしたらいいだろう？　ディーンと結婚するなんて考えられもしない。そんな偽《いつわ》りには堪《た》えられるものではない。けれど彼に失恋《しつれん》の苦痛を与《あた》えるのは——彼の暗かった生活からすべての幸福を奪《うば》いとるとは——これもまた考えられない。

なるほど、イルゼが言ったとおり、大人になることは恐ろしいことだ。

「ことに」とエミリーは自嘲《じちょう》の気持で言った。「ことに大人の女でありながら、ものの一カ月もつづいては自分の心を確かに知り得ないという女になるのは恐ろしいことだわ。わたしは去年の夏はテディはわたしにとって何でもないと確かに思ったわ——ほんとうにディーンと結婚できるほどあの人のことを考えていると思ってたんだわ。そして今夜——あの恐ろしい力だか、才能だか呪《のろ》いだか知らないけれど、もうすっかり卒業したと思ったあの不思議な力が今夜またわたしに来たんですもの」

エミリーは夜も更《ふ》けるまで砂浜を歩いた。そして明け方近くにそっとニュー・ムーンにすべりこみ疲《つか》れきって前後も知らず眠った。

5

たいへん恐ろしい日々がつづいた。幸せなことにディーンは仕事でモントリオールへ旅行していた。その不在中に世界はフラビアン号の氷山との衝突《しょうとつ》という悲劇に震撼《しんかん》したのだ。その記事の見出しがエミリーの眼を打った。テディはフラビアン号で航海することになっていた――彼は――彼は乗ったのかしら？　だれが話してくれるだろう？　たぶん彼の母ならば？　眼に見えるほどにリアルな憎《にく》しみでいつも自分を憎んでいる奇妙で孤独なテディの母親ならば？　今までのエミリーならケント夫人を訪ねることなんか絶対にしなかった。今はもうテディがフラビアン号に乗っていたかどうかを確かめることの前にはどんなことも妨《さまた》げではなかった。彼女はケント夫人のところへ急いだ。ケント夫人が戸口へ出てきた――エミリーがはじめて夫人を見たときと少しも変っていなかった。きゃしゃで、影《かげ》が薄く、口もとのけわしい、青い顔の上にものすごい、赤い傷あとがあった。エミリーを見ると、例のとおり顔が変った。黒い、淋しい眼に敵意と恐れがのぼった。

「テディさんはフラビアン号でお発《た》ちになりましたか？」エミリーは何の前置きもなく訊ねた。

ミセス・ケントは微笑《びしょう》した――冷たい微笑だ。

「あなたに関係がありますか？」

「はい」エミリーは無愛想に答えた。〝マレー一族の表情〟が彼女に見られた――これにかなう人はあまりなかった。「ご存じでしたら――話してください」

ケント夫人はいやいやながら話した。エミリーを憎みながらも、風の前に震《ふる》える枯葉を思わせる様子で話した。

「乗りませんでした。きょう無電がありました。最後の瞬間《しゅんかん》に、都合が悪くなりました」

「ありがとうございました」と言って向きを変えたが、そのときに夫人の眼には、エミリーの顔に浮《うか》んだ喜びと勝利の表情が映った。彼女は飛びあがってエミリーの腕《うで》をつかんだ。

「そんなこと何でもないじゃありませんか」狂《くる》おしく叫《さけ》んだ。「テディが安全かどうかなんてことは、あなたには何でもありません。ほかの男と結婚するんじゃありませんか。よくもここへ来られましたね——わたしの息子《むすこ》のことを訊ねに——あなたに権利でもあるようにさ？」

エミリーは彼女を哀《あわ》れむように、理解深い眼で見た。

妬《ねた》みがヘビのように魂に巻きついているこの婦人は、自分の生涯を苦しみの谷にしている。

「たぶん、権利はないでしょう——ただ、テディを愛する権利以外には」と言った。

「あなたは——あなたはよくもそんなことが言えますね——ほかの男と結婚しようとしているくせに？」

「わたしはほかの男とは結婚しません」と、言っている自分をエミリーは見出《みいだ》した。そのとおりであった。何日も何日も、どうしていいかわからなかったのだ——今はまったく確かに何を自分がしなければならないかを知った。それは恐ろしいことにはちがいない——けれどもしなければならないことである。すべてのことが急に彼女の前にはっきりして、にがく、のがれられなくなった。

「ミセス・ケント、わたしはテディさんを愛してますから、ほかの男と結婚できません。けれどもテディさんはわたしを愛していません。わたしはそれをよく知ってます。ですから、あなたはわたしをお憎みになる必要はありません」

彼女は足早にケント夫人のもとを去った。あのように落着いて、求められていない、望まれていない愛を認めることができたとは――どこに彼女の誇《ほこ》りが――〝誇り高きマレー一族の誇り〟があったろう？　しかし、そのときには誇り《プライド》は、どこにもはいる場所がなかった。

第十一章

1

テディから手紙が来たとき――長い長い間に初めての手紙――エミリーの手は震《ふる》えて、なかなか封《ふう》が切れなかった。

「ぼくは非常に不思議な経験についてきみに話さなくてはならない」と手紙は始まった。「あるいはもう知っているかもしれない。あるいは何にも知らないで、ぼくをへんなことを言う奴《やつ》だと思うかもしれない。ぼく自身もこれをどう考えていいかわからないのだ。ただ、自分の見たものを――見たと思うものかもしれないが――知っているだけだ。

ぼくはリバプール行きのキップを買おうとして待っていた――ぼくはフラビアン号に乗る予定だった。突然《とつぜん》、だれかがぼくの肩《かた》に手をふれた――振《ふ》りかえるときみが立っていた。確かにぼくは見たんだ。きみが、『テディ、いらっしゃい』と言った。ぼくはあんまり驚《おどろ》いて言葉が出なかった。ただ、だまってきみについていった。きみは走っていた——いや、走ってはいなかった。きみはどんなふうに動いていたかな——きみはうしろへさがっていった。何とくだらなくぼくの話が聞えることだろう。ぼくの頭はどうかしていたのかしら？　そして急にきみが見えなくなってしまったんだ——このときにはぼくたちは群衆から離《はな》れて広い野原にいたんで、きみが見えないわけはなかったのだけれど、見えなかったのだ。ぼくは四方八方を眺《なが》めたけれど——と、このとき、気がついたことは、もうリバプール行きの連絡船は出てしまったということだ。ぼくはフラビアン号に乗りそこねたのだ。ぼくはニュースを聞くまでは、自分のまぬけさにムシャクシャしていたんだ。そこへあのニュースだ。ぼくは脳天から打ちのめされたような気がしたよ。

　エミリー、きみは英国にいるんじゃないだろう？　英国にいるはずがない。しかし、それなら——ぼくがステーションで見たのは、いったい何だろう？

　いずれにしても、それがぼくの命を助けてくれたんだ。もしフラビアン号で行っていたなら——まあ、行かなかったんだからいい。感謝すべきかな——何に？

　ぼくはもうすぐ家へ帰る。モラビアン号で行く——きみがまたとめなければね。エミリー、ぼくはきみについて奇妙《きみよう》な話を聞いたよ。ずっと以前にだがね——イルゼのお母さんに関係のあることだがね、もうほとんど忘れてはしまったが、気をつけたほうがいいよ。今の時代には巫女《みこ》口寄せを焼き殺しはしないがね——それにしても——」

確かに今では巫女口寄せのやからを焼き殺しはしない。それにしても——エミリーは今、自分の前に待っていることに直面するより、焼き殺されるほうが楽なように感じた。

2

エミリーは〈失望の家〉でディーンと会見するため山道を急いだ。モントリオールから帰ったディーンは、夕方そこで彼女《かのじょ》と逢《あ》うべく手紙をよこした。彼《かれ》は入口で待っていた——一心に、幸福に。駒鳥《こまどり》はモミの林で静かに鳴き、たそがれは花の香《か》に匂《にお》っていた。けれどもまわりの空気は奇妙に悲しい、忘れられない音でいっぱいだった——暴風の止《や》んだあとのやわらかな、小止みのない音で遠くの岸を波が洗っている音であった。それはめったに聞えない音でいつまでも忘れられないものであった。それは夜の雨に交《まじ》る風より悲痛だった——すべて創《つく》られたものの断腸の思いと絶望がその中にこもっていた。ディーンはエミリーを迎《むか》えるため足早に前に進み出たが——急にとまった。彼女の顔——眼《め》——自分の旅行中に何が彼女に起ったというのだろう？　これはエミリーではない——この薄闇《うすやみ》の中の、奇妙な、真っ青な顔をした、遠くのほうの娘《むすめ》は、いったいだれなんだろう？

「エミリー——どうしたんだ？」とディーンは訊《たず》ねた——答える前に彼にはわかったような気がした。エミリーは彼を見た。もし打撃《だげき》を与《あた》えようとしているならば、それを軽いものにする必要があろうか？

「ディーン、わたしはあなたとは結婚《けっこん》できないわ。愛していないんですもの」

それだけしか言えなかった。弁解もないし何の自己防禦《ぼうぎょ》もない。何を言うことができよう？　けれども人間の顔からすべての幸福がぬぐい去られるのを見るのは恐《おそ》ろしいことだった。

ちょっとの間沈黙《ちんもく》があった――がまんのできない海のうねりの貫いている沈黙、永遠の長さに思われる沈黙があった。やがて、ディーンは静かに言った。

「きみがぼくを愛していないことはわかっていた。だけれど、きみは――ぼくと結婚することについて満足していた――この間中は――どうしてそれが不可能になったのかね？」

彼は知るべき権利があった。エミリーは、つかえながら、あのばかばかしい、信じられない話をした。

「ね、わかったでしょう？」彼女はなさけなさそうに結んだ。「わたしが――遠くからあんなふうにテディを呼ぶことができるんなら――わたしはテディのものなのよ……おおディーン、そんな顔しないで……わたしはどうしてもあなたにこれを話さなけりゃならなかったの――けれど、もしあなたがこれでもいいんなら――あなたと結婚するわ――ただあなたはすべてを知るべきだと思ったの――わたし自身が知ってるんですもの」

「きみはマレー一族の者だ。ニュー・ムーンのマレーは、ぼくが望めば、約束《やくそく》は守るだろうよ。もしぼくが望めばきみはぼくと結婚してくれるだろう。けれど、ぼくはそれは望まない――今は。きみと同じようにぼくにも、それがどんなにむずかしいか、よくわかる。ぼくは心がほかの男のものになってる女とは結婚しないよ」ディーンはみずからをあざけるように顔をゆがめた。

「ディーン、あなた、わたしを赦《ゆる》してくださる？」

「何も赦すことはないじゃないか。ぼくはきみを愛さずにはいられないし、きみは彼を愛さずにはいられないんだ。それでいくよりほかはないじゃないか。神々の力でも、つぶした卵をもとどおりにまとめることはできない。青春だけが青春に答えることができるんだ。そのくらいのことは知っていたはずだ——ぼくには若いときはなかった。もしぼくに若さがあったなら、今は年をとっているけれど——ぼくはきみを放さなかったかもしれない」

彼は両手で顔をおおった。エミリーは死というものは、なんとなつかしい、愛すべきものだろうと考えた。

けれども、ディーンがふたたび顔をあげたときには、表情は変っていた。もとの皮肉な、人をばかにしたような顔をしていた。

「そんなに悲劇的な顔をするんじゃないよ。婚約破棄《はき》はこのごろじゃ珍《めずら》しくはないよ。それにね、どんな風でもだれかしらに何かのいいことを持ってくるものだよ。きみの伯母さんたちは、ありったけの神々にお礼を言うだろうし、ぼくの身内の連中はぼくを狩人《かりうど》のワナからのがれた鳥のように思って喜ぶだろうよ」

エミリーは玄関《げんかん》の柱に両手をおき、その上に顔を伏せた。それを見たディーンの顔はふたたび変った。彼の声はふたたび話したときにはやさしかった——顔は冷たく、青ざめてはいたが。すべてのはなやかさと色と暖かみはそれから去っていた。

「エミリー、ぼくはきみの命をきみに返す。憶《おぼ》えてるかい、マルヴァーンの岩できみの命を助けた日から、きみの命はぼくのものだったんだ。それを今、きみに返す。ぼくらはとうとうさよならを言うときになった――ぼくらの古い約束はあってもむだだ。簡単に別れの言葉を言ってくれたまえ――『すべての別れの言葉は永久であればあるほど、短く早く言わなければならない』んだ」

エミリーはクルリと向きを変えてディーンの腕《うで》をつかまえた。

「あら、さよならじゃないわ、ディーン――さよならじゃないわ。わたしたち、やっぱり友《とも》達《だち》でいられないの？　わたしはあなたの友情なしには生きられないわ」

ディーンはその顔を手の中に取った――エミリーの冷たい顔、いつか自分のキスで熱く燃えたたせたいと願った顔だった――それにやさしく、まじめに見入った。

「もう二度と友達にはなれないんだよ」

「そうね、あなたは忘れてしまうわ――いつも同じように、こんなふうに思ってくださりはしないわ――」

「男がきみを忘れるには死ななけりゃだめだろうよ。スター、われわれは友達ではいられないんだ。きみがぼくの愛を受入れてくれないことが、すべてをめちゃめちゃにしてしまった。ぼくはここを去るよ。年をとったら――ほんとうに年寄りになったら――帰ってきて、たぶん、ぼくらはまた友達になるかもしれない」

「わたしはいつになっても自分を赦すことができないわ」

「それはどういうわけからかね？　ぼくは決してきみを責めない——この一年のことではきみに感謝したいような気持だ。すばらしい一年だった。この思い出をぼくから取るものは何にもない。これはほかの男の一生の幸福にも代えられないものだ。ぼくのスター——ぼくのスターよ」

エミリーは彼に決して与えなかったキスを眼の中にこめて彼を見た。ディーンのいない世の中は何と淋《さび》しいところだろう。それは突然《とつぜん》に真っ暗になった世の中である。

彼女はあの苦しみの表情をいっぱいに持った眼をした彼を忘れることができるだろうか。もし彼が行ってしまったならば彼女は決してほんとうに自由にはならないだろう。この哀《あわ》れな眼と彼女が彼におかしたこの罪のためにいつも鎖《くさり》につながれているだろう。たぶん彼は、このことを自覚していたかもしれない。なぜならば彼が帰る時に残した笑いの中には一種の勝利を思わせるものがあった。

彼は道を歩いていった。門に手をかけて、ちょっととまった。そして彼はまた帰ってきた。

3

「エミリー、わたしは白状しなければならないことがあるんだ。言ってしまったほうが、はればれするだろう。嘘《うそ》——それはみにくいものだ。ぼくはきみを偽《いつわ》りをもって得たのだと思う。たぶんそれだからきみをもちつづけることができなかったのだろう」

「嘘？」

「きみはあのきみの本を憶えているかい？　きみはぼくがそれについてどう考えるか、ほんとうのことを話してくれと言った。ぼくはそれをしなかった。ぼくは嘘を言った。それはすばらしい仕事だった――たいへんによかった。おお、もちろん少しの間違《まちが》いはあった――感情的すぎた。あまりおおげさだった。きみはまだまだ勉強が必要だ。しかしそれはすばらしかった。普通《ふつう》のものと比べて考えも展開も並々《なみなみ》以上だった。それには魅力《みりょく》が備わっており、きみの性格がその中に生きていた。自然で、人間的で愉快《ゆかい》な。さあこれでぼくのほんとうの考えがわかっただろう」

エミリーの小さな顔は急に赤くなって彼をみつめた。

「いいんですって？　わたしはそれを焼いてしまったわ」

とささやくように言った。

ディーンは眼をまるくした。

「きみは――あれを焼いてしまったの？」

「ええ。もう二度とは書けないわ。なぜあなたわたしに嘘をついたの？　あなたがよ？」

「なぜならぼくはあの本を憎《にく》んだからだ。きみがぼくよりもあの本のほうに興味を持っていたからだ。きみは出版社を摑《つか》まえるだろう――そしてそれは成功するだろう。そうすればきみはぼくにとっては失われた人になるんだ。あの動機は言葉に表わすと何とみにくくなるものだろう。そしてきみはあれを焼いてしまったの？　惜《お》しかったというのはそらぞらしく聞えるだろう。許しを乞《こ》うのもそらぞらしく聞えるだろう」

エミリーはからだをしゃんとした。何かが起った――彼女はほんとうに自由になった――悔《く》いからも恥《はじ》からも悲しみからも自由になった。もう今は独立の女性だ。二人の間はバランスがとれた。

「わたしはこのことについてわたしの先祖のようにディーンを恨《うら》んではならない」と、とにかく彼女は考えた。そして大きな声で言った。――「でもわたしは赦します、ディーン」

「ありがとう」彼は彼女のうしろの小さな灰色の家を見あげた。「この家はやっぱり〈失望の家〉だ。実際これには呪《のろ》いがかかっている。家も人間と同じで宿命をのがれることはできないらしい」

エミリーは彼女が愛していた小さな家から眼を放した――彼女はなおそれを愛していた。今となっては自分のものにはならない。それはいつでも決して起らなかったことの亡霊《ぼうれい》に悩《なや》まされるべきものであった。

「ディーン――ここに鍵《かぎ》があります」

ディーンは頭を振った。

「どうかそれをぼくがいうまで持っていてくれ。それがぼくになんの役にたつだろう。家は売ってしまったほうがいい――もっともそうすることは思い出をこわすようにみえるけれど」

まだ少しほかのことがあった。エミリーは苦々しい顔で左の手をのばした。ディーンは彼がはめたエメラルドの指輪をとらなければならない。それが彼女の肉に少しあとをつけながら抜《ぬ》きさられるのを感じた。

それはいつでも鎖のように思われた。けれども永久に取りさられてみると、あまりよい心持はしなかった。それと共に長い歳月《さいげつ》の間生活を美しくするであろう何ものかが、取りさられたのである——ディーンのすばらしい友情と共同生活、これが去ったのである。それが永久に失われた。彼女は自由というものも随分《ずいぶん》痛々しいものであるということを知った。ディーンが足をひきずりながらエミリーから去ったあとは何もすることがなかった。ただディーンがとうとう彼女の書けるということを証明したという勝利感だけが残った。

4

もしエミリーとディーンの婚約が氏族《クラン》中に騒《さわ》ぎを起したとすれば、それの破れたことはもっと大きな嵐《あらし》を起した。

プリースト一家は驚きもし怒《おこ》りもした。けれどもマレー家はもっと怒った。

エリザベス伯母《おば》さんははじめから婚約には不賛成だった。けれどもそれを破ることはもっと不賛成だった。世間は何と思うだろう。そして「スター一族の移り気」についていろいろなことを言うだろう。

ウォレス伯父さんは皮肉に言った。

「あなたはあの娘が一日中同じ気持でいると思いましたか？」

マレー一族の者はそれぞれのことを言ったけれども、アンドルーの言葉がいちばんにエミリーの傷ついた心を激《はげ》しく突《つ》いた。

アンドルーはどっかで拾った言葉を使って――「エミリーは気まぐれだ」と言った。――それだけだった。それはすべて説明した――

それゆえにその言葉がいつでも彼女につきまとった。彼女が詩を書いても――彼女が他の人々の好きな人参《にんじん》のプリンをきらいでも――髪《かみ》を低めにゆっても――またアップにゆっても――月光の山を一人で散歩しても――寝不足《ねぶそく》したように朝みえても――星の研究をしても――ニュー・ムーンの乾草畑《ほしくさばたけ》で一人踊《おど》っていても――何かの美しいものを見て涙《なみだ》をこぼしても――もし彼女が果樹園のたそがれを愛しても――すべてが彼女の気まぐれだといわれた。

エミリーは敵意にみちた世の中にいて、たった一人だった。だれも、ローラ伯母さんでさえわかってくれなかった。イルゼでさえも彼女に辻褄《つじつま》のあわない手紙を書いてよこした。それはエミリーに、イルゼもまた、彼女を〝気まぐれ〟と感じているのだと思わせた。

エミリーは考えた。イルゼはペリー・ミラーがディーンとエミリーの間がだめになったと聞くやいなやすぐニュー・ムーンへやって来て、彼と結婚してくれないかと頼《たの》んだことを知っているのだろうかと。

エミリーはペリーをさっさと片づけた。それはペリーにあの高慢《こうまん》ちきな猿《さる》とはもう絶対関係を持たないと誓《ちか》わせたほどに手強《てごわ》い断わり方だった。しかし彼は同じ誓いを前にも何度もたてていたのだ。

第十二章

1

一九――年　五月四日

日記をつけるには午前一時という時間は、少々この世離《ばな》れのしたときである。実は、わたしは眠《ねむ》れなかったのである。眠れないのにベッドに横たわってさまざまのことを想像しているのに飽《あ》きた――不愉快《ふゆかい》なことを考えるよりは――と決心して、起きだしてローソクをつけて古い日記帳を捜《さが》しだし〝書きつづける〟ことにした。

わたしはあの創作を焼いて、それから階段からすべって落ちて――死んで以来――日記はつけなかった。それから気がついてみると、すべてが変り、すべてが新しくなっていた。そして何もかも目新しく恐《おそ》ろしかった。まるで一生涯《しょうがい》をへだてているような感じだ。ページをくって、あの苦労のない、軽やかな記事を読むと、ほんとうに自分が書いたのかと不思議に思う。このエミリー・バード・スターが書いたのかしら。

夜は幸福なときには美しい――悩《なや》みに沈《しず》んでいるときは慰《なぐさ》めである――淋《さび》しくて不幸なときには夜は恐ろしい。そして今夜のわたしはものすごく淋しい。不幸な思いがわたしをくるんでいる。わたしは感情的に半分では絶対に止まれないらしい。淋しいときには、淋しさがからだも心も全部を捉《とら》えてしまいその苦しさでわたしを振《ふ》りまわして、力も勇気も全部抜《ぬ》けてしまう。今夜のわたしは淋しい——淋しい。愛はわたしには与《あた》えられないだろう——友情は失われたもの——中でもいちばんひどいことは、わたしにはもう書けないだろうということだ。幾度《いくど》も幾度も書こうとしたけれどもだめだ。昔《むかし》の創作意欲は消えてしまったらしく、もはやわたしには火をふたたび燃やすことはできない。一晩中物語を書こうとした——けれどもまるで糸を引っぱってあやつり人形を作ろうとするようで、それも具合が悪くて全然糸が動かない。とうとうわたしは原稿《げんこう》用紙をずたずたにちぎって、これでいちばん役にたつ仕事をしたと思った。

過ぎてきた数週間はにがい日々だった。ディーンは去ってしまった——どこへ行ったかわたしは知らない。手紙は来ない——おそらくわたしも書かないだろう。ディーンが旅行しているときに手紙が来ないのは奇妙《きみよう》で不自然だ。

けれども、もう一度自由になることはおそろしく楽しい。

イルゼから手紙が来て七月と八月は帰ってくると言ってきた。それからテディも帰ってくる。たぶんこのことがわたしの眠れぬ夜の原因だろう。わたしはテディの帰ってくる前に逃《に》げてしまいたい。

わたしはフラビアン号沈没《ちんぼつ》後に彼《かれ》がくれた手紙には返事を書いていない。書けなかったのだ。あのことについては書けなかったのだ。そして彼が帰ってきてそれについて話したら、わたしにはとてもがまんができない。わたしが彼を愛していればこそ、時と空間を越《こ》えて彼を助けることができたのだということを、彼が察するだろうか？　わたしはそれを考えると死にたくなる。それからミセス・ケントに言ったことを思い出すと、身の置きどころがない。だけれど、どういうものか、それを言わなければよかったとは思わない。自分の正直さにわれながら感心する。テディには決して話さないだろう。できることなら、わたしがテディを思っていることは決して知らせたくないだろう。

だけど、わたしはいったい、どうやって夏を過そうというのだろう？

ときどき、わたしは生きていることが厭《いと》わしくなる。かと思うと、人生がいかに美しいものかということを胸が痛くなるほど自覚する――あるいはどんなに美しくもなりうるかと感じることもある――もしも――

ディーンは出かける前に〈失望の家〉の窓に全部板を当てていった。わたしは見に行ったことはない。けれどもわたしにはみんなわかる。山の上で待って――待って――何にも見えず――何にも言わず――あのうちからわたしは自分の荷物は出してこなかった――エリザベス伯母《おば》さんはそれは狂気の沙汰《さた》だという。わたしはディーンも何も出さないと思う。モナリザは今も同じように闇《やみ》の中で嘲笑《あざわら》っているだろう。そしてエリザベス・バスは落着いて人を見下しており、レディ・ジョヴァンナはすべてを理解しているだろう。わたしの愛する小さい家よ！　そしてそこには決してホームはできないのだ。わたしは数年前に虹《にじ》のあとを追って――そして見失ったときと同じ感じがしている。「まだほかにも虹があるだろう」とそのときわたしは言った。しかし、あるだろうか？

2

一九——年　五月十五日

今日は詩のような春の日だった——そして奇蹟《きせき》が起った。奇蹟は明け方に起った。わたしが窓から身をのりだして朝の風が、〈のっぽのジョン〉の茂《しげ》みから吹《ふ》いているのを聞いているときに起った。突然《とつぜん》に——光がきた——ふたたび——長い月日のあとで——わたしの古い説明のできない永遠の光が。

そしてにわかにわたしは自分が書けることを知った。わたしは机に駆《か》けていってペンを握《にぎ》った。午前中わたしは書いた。

いとこのジミーさんが階下へ降りて行く音を聞いて、わたしはペンをおいて机の上に顔を伏《ふ》せ、また書くことができたのを感謝した。

「働くことのできる赦《ゆる》しを得ることは——
この世の中でいちばんいいことだ。
なぜなら神は呪《のろ》いのために
人間の祝福よりもよい賜《たまもの》を与える」

エリザベス・バレット・ブラウニング（訳注　イギリスの女流詩人。一八〇六—六一）は、そう書いた——そして確かにそのとおりだった。

仕事がどうして呪いと呼ばれるのかわからない——強《し》いられた労働がいかに苦しいことかを知るまではそれはわからない。けれどもわたしたちに合った仕事は——それをするためにこの世に送られたと知る仕事は——それはほんとうに祝福であり、みちたりた喜びである。わたしの指先に昔の熱が燃えたときにわたしはこう感じた。そしてわたしのペンは友達《ともだち》のように思えた。

「働く赦し」——だれでもこれは得ることができると思う。けれども、ときどき苦しみと心の痛みがその赦しを与えない。そのときにわたしたちは自分の失ったものを知り、そして神から忘れられるほうが呪われるよりいいと思う。もしも神がアダムとイヴを罰《ばっ》して怠《なま》けるようにしたならばそのときこそ彼らは棄《す》てられ、呪われていたのである。

「四つの大きな川の流れる」エデンでも今夜のわたしの夢《ゆめ》ほど楽しくはない、なぜならばわたしには働く力が帰ってきた。

「おお神よ、わたしが生きている限り、わたしに働く赦しを与えたまえ」と、わたしは祈《いの》る。赦しと勇気を。

3

一九——年　五月二十五日

愛する日光よ、何とあなたは力ある薬だろう。一日中わたしは妙《たえ》なる白い花嫁姿《はなよめすがた》の世界の美しさの中で喜んだ。そして今夜わたしは春のたそがれの天上の湯浴《ゆあ》みでわたしの魂《たましい》の塵《ちり》を洗った。

わたしは山の上の淋しい道を選んで歩いた。数分ごとに翼《つばさ》を持った心の中に湧《わ》いてくる空想を育てるために足をとめた。

それから星を調べるために夜おそくまで山の野原を歩きまわった。家へ帰ってきたときにはわたしは空中に数百万マイルを旅していたような気がした。そして見慣れたものはすべて忘れさられて不思議に見えた。

けれどもわたしが見なかった星が一つあった。琴座《ことざ》の星である。

4

一九──年　五月三十日

今夜、わたしが創作をしているとその最中にエリザベス伯母さんがねぎ畑の草を抜けと言った。それでわたしはペンをおいて台所の庭へでていかねばならなかった。

けれどもありがたいことに人間はねぎ畑の草を抜きながらいろいろさまざまのことを、考えることができる。神々を讃美《さんび》せよ──わたしたちは自分の手のしていることに必ずしも魂を入れなくてもいいのだ。もしそうでなかったら魂なんか残らないだろう。だからわたしはねぎ床《どこ》の草を抜きながら空想で天《あま》の川を散歩した。

5

一九──年　六月十日

昨晩ジミーさんとわたしはまるで人殺しのような気がした。赤子殺しだ！　この春はカエデの木の収穫《しゅうかく》がある年だ。すべてのカエデの木は今年は立派に生長している。芝生《しばふ》にも庭にも果樹園にも小さなカエデの木が数百本生えている。そしてもちろんこれは抜かなければならない。伸《の》ばすわけにはいかない。そこでわたしたちは昨日それを一日中抜いて、そしてそれについて申し訳なく感じた。小さなかわいい赤ちゃんたちよ。彼らは生長する権利を持っている──大きな立派な木に生長しつづける。われわれがそれを拒絶《きょぜつ》するとは何事だろう。

この獣《けだもの》のような必要についてジミーさんに泣いて話した。

「わしはときどき考えるんだが」と、彼はささやいた。「どんなものでも生長を妨《さまた》げるのは間違《まちが》っていると思う。もっとも、わたしは決して育たなかったけれど──頭だけは」

そして昨晩わたしは何千本というカエデの若木の幽霊《ゆうれい》に追われた恐ろしい夢をみた。その若木たちはわたしを囲んでその枝《えだ》でわたしを払《はら》って葉っぱでわたしを息づまらせた。

わたしは息がつまって死にそうに恐ろしくて眼《め》がさめたが、頭の中にすばらしいアイデアを得た──木の復讐《ふくしゅう》。

6

一九——年　六月十五日

ブレア・ウォーターで今日の午後、風に吹かれたいい匂《にお》いの草の間から苺《いちご》を摘《つ》んだ。この仕事は永遠の青春に似た思いを与えた。オリンポスの山の上で神々はその威厳《いげん》を害《そこな》わずに苺を摘んだことだろう。女王でも詩人でも——それを摘むためにかがむことができる。物ごいにもその特権がある。

今夜わたしは自分の愛する部屋で愛する本と絵を持ってすわっている。そして愛する窓がここにある。夏のたそがれのやわらかい香《かお》りの中で夢みている。駒鳥《こまどり》は〈のっぽのジョン〉の茂みの中で互《たが》いに呼び合い、そしてポプラの木は昔の忘れられたことをささやき合っている。

結局はいやな世の中ではない——そしてその中の人間も半分は悪くはない。エミリー・バード・スターでさえも大体においてちゃんとしている。

不正直の移り気なひねくれ者と夜中などは考えるけれど、またまったく友達のない忘れられた娘《むすめ》と眠られぬ夜は考えるけれど——原稿がつぎつぎに返送されてくると情けない存在だと思うけれど、それほどでもない。それからフレデリック・ケントが七月にブレア・ウォーターに帰って来ることを考えるときのような卑怯者《ひきょうもの》でもないだろう。

第十三章

1

エミリーは彼女《かのじょ》の部屋の窓のそばで読書していた。そのときにそれを聞いた――読んでいたのはアリス・メイネル（訳注　十九―二十世紀のイギリスの女流作家）の奇妙《きみよう》な詩、『若い娘《むすめ》から年とった自分に贈《おく》る手紙』。

その詩の不思議な予言に胸をときめかしていた。古いニュー・ムーンの庭に夕暮《ゆうぐれ》が迫《せま》っていた。そして、夕暮を通して二つの高い調子と長い低い調子のテディの口笛《くちぶえ》が〈のっぽのジョン〉の茂《しげ》みから響《ひび》いてきた。彼《かれ》がずっと以前のたそがれどきにしばしば使った呼び声である。

エミリーの本が床《ゆか》にころがり落ちた。真っ青な顔をして眼《め》が闇《やみ》の中に光って立ちあがった。テディがそこにいるのだろうか。イルゼはその晩来る予定だったが、テディは次の週までは着かないはずだった。彼女は間違《まちが》えたのだろうか？　彼女の空想だろうか？　あるときには駒鳥《こまどり》の鳴き声が――

それがふたたび聞えた。彼女がはじめに考えたとおりそれはテディの口笛だった。世界中にこんなものはほかになかった。そしてこれを聞くのは久しぶりだった。彼はそこにいた——彼女を待って——彼女を呼んで。行こうか、彼女は口の中で笑った。行こうか？選ぶことはできなかった。行かなければならない。誇《ほこ》りが彼女をとめることはできなかった。彼の呼ぶのを待っていてそれが来なかった夕方の苦いくやしさも彼女の急ぐことをとめることはできなかった。恐《おそ》れも——恥《はじ》も——その時間の狂《くる》おしい喜びの中にすべて忘れられた。

彼女は自分が、誇り高いマレー一族の一人だということも忘れ、ただ鏡で急いで自分を見て象牙《ぞうげ》色《いろ》のクレープのドレスがたいへん似合うということを見て——彼女がそれを着ていたことが幸せであろうと思いながら階段を飛びおりて庭へ出た。彼は〈のっぽのジョン〉の茂みのところの道に夕暮の光の下で、帽子《ぼうし》もかぶらずに笑って立っていた。

「テディ」

「エミリー」

彼女の手は彼の手の中にあった。彼女の眼は彼の眼の中にとけこんだ。青春が戻《もど》ってきた。すべてを魔術《まじゅつ》に変えたものが、ふたたび戻ってきた。長い年月の冷淡《れいたん》と別れのあとで今ふたたびいっしょになった。もはや何の恥《は》ずかしさも——何のよそよそしさも——変化を恐れる気持もなかった。彼らは二人の子供でもあり得た——けれども子供たちだったら、この狂おしく湧《わ》きたぎってくる幸福は感じ得ない——この予知しなかった許し合いはなかっただろう。ああ、彼女は彼のものだった。一言で、一目で、一つの口調で、彼は例のとおり彼女の主人であった。もっと落着いたムードでは、彼女がこれを好きでなかったとしても、かまわないのではなかろうか？　このように無力で、このように支配されるのはいやかもしれないが、そんなことが何であろうか？　よしんば明日は、こんなに早く、躊躇《ちゅうちょ》せずに、こんなに熱心に、彼のもとへ走らなければよかったと思うにしても、それが何であろうか？　今夜は、ただテディが帰ってきただけで、ほかのことはいっさい関係がなかった。

しかし、うわべから見れば、彼らは恋人《こいびと》同士としては逢《あ》わなかった――ただ愛し合っている古い親友として逢っていた。二人が庭を歩いていると、話は山ほどあった――黙《だま》って考えることもたくさんあった。星は暗い空から彼らを見て笑い――しきりに何かを暗示《ヒント》していた。

たった一つだけ二人の間に話されなかったことがあった――エミリーの恐れていたことだった。テディはロンドン駅の幻影《げんえい》の不思議については一言もふれなかった。そんなことはまったくなかったかのようだった。けれどエミリーは長い間の誤解のあとでふたたび二人を近づけたのはこのためだと知っていた。それについて話さないのはいいことだった――それは口に出して語られるべきでない――不思議なことの一つ――神々の秘密の一つ――だった。もはやその仕事はなされたのである。それでありながら――わたしたち人間はおかしなものだ――エミリーはテディがそれについて何も言わなかったのに、一種の失望を感じた。テディが話すことは望んでいなかったが、しかし、もしそれが彼にとって何かを意味しているのだったら、話すはずではないだろうか？

「ここへ帰ってくるのはいいことだ」テディは言った。「何にも変っていない。このエデンの園《その》では〝時〟は動かないらしい。ごらん、エミリー、琴座《ことざ》の星が何と光っているんだろう。

ぼくらの星だ。忘れたかい？」

忘れたかと問うのか？　忘れることができたらと、どんなに思ったことだろう。

「きみはディーンと結婚《けっこん》するんだってみんなが手紙に書いてきたよ」と、急にテディが言った。

「そのつもりだったの——だけど、だめなの」

「なぜ、だめなんだい？」こう訊《たず》ねる権利を完全に持っているような口調だった。

笑い——黄金の、妙《たえ》なる笑い、それは突然《とつぜん》にあなたをも誘《さそ》いこむものである。笑いは実に安全だ——何ものにもそむかずに人は素直《すなお》に笑うことができる。イルゼがそこへ来た——イルゼは道を走ってきた。髪《かみ》の色と同じ黄色の絹のガウンを着、眼の色に合った茶色がかった金色の帽子をかぶったイルゼは、庭に咲《さ》きほこっている大輪の黄色のバラの感じを出していた。エミリーはむしろイルゼの来たことを歓迎《かんげい》した。それはあまりにも狂おしい瞬間《しゅんかん》だった。言葉に表わすのが恐ろしいことがある。彼女はさり気なくテディから身を離《はな》した——ニュー・ムーンのマレー一族の性格が出てきた。

「あんたたち」と言いながら、二人を腕《うで》で囲んでイルゼは言った。「すばらしいじゃない——三人がまたいっしょになるなんて！　わたし、あんたたちが大好きよ。わたしたちが年をとって大人になってしまって、賢《かしこ》くて不幸だってことを忘れましょうよ。そして、せめてこの幸せな夏中、バカな狂った子供みたいに騒《さわ》いで幸福になりましょうよ」

2

つづく一カ月はすばらしかった。説明しきれない美しいバラ、微妙《びみょう》なもや、銀色の月光、紫水晶《むらさきずいしょう》のような忘れられないたそがれどき、雨の行進、ラッパを吹《ふ》くような風の響き、紫の花や、星くず、神秘と音楽と魔術の一カ月だった。笑いと、踊《おど》りと、無限の魅力《みりょく》の一カ月だった。しかしながら、同時にまたおさえられ、秘められた意識の月でもあった。何ごとも言われなかった。彼女とテディは二人きりになることはほとんどなかった。けれども互《たが》いに感じていた——知っていた。エミリーは幸福に輝《かがや》いた。ローラ伯母《おば》さんを心配させた落着きのなさは消え去った。人生は楽しかった。友情——愛——官能の喜びと魂《たましい》の喜び——悲しみ——美しさ——努力——失敗——あこがれ——すべてが人生の一部であるがゆえに、興味があり、望ましいものである。

毎朝、眼がさめると、エミリーは新しい一日が幸福をもたらす妖精《ようせい》のように思われた。野心《アンビッション》も一時的ではあっても、影《かげ》をひそめた。成功——力——名誉《めいよ》。それらを求める人々にそれを得させたらいい。けれど愛情は売り買いされるものではない。それは賜《たまもの》である。焼いてしまった本のことさえ心を痛めなかった。本の一冊分や二冊分が、この大きな愛と熱情の宇宙で何だろう？　この熱のほとばしる生存と比べたら、描《えが》かれた生活など何と色の薄《うす》い、影のようなものであろう！　つまるところ文学の月桂冠《げっけいかん》が何であろうぞ！　結婚式のオレンジの花のほうが遥《はる》かに美しい冠《かんむり》となるであろう。琴座の星ほど明るい、美しい運命の星がほかにあるだろうか？　これをすべて総合すれば、この世界でもどこの世界でも、テディ・ケント以外の何ものもないということになる。

3

「もしわたしがしっぽを持っていたらそれを振回《ふりまわ》すわ」とイルゼが、エミリーのベッドの上に横になって、エミリーの大切にしている本を振回しながら言った――その本は高等学校時代にテディが贈ったルバイヤット（訳注　十一―二世紀ペルシアの詩人ウマル・ハイヤーム作の四行詩集。十九世紀イギリスの詩人フィッツジェラルドの英訳で有名になった）の古い一冊であった。本はバラバラになり、部屋中いっぱいに飛び散った。エミリーは弱ってしまった。

「あなたは泣くことも祈《いの》ることも悪口を言うこともできないような状態になったことがあって？」と、イルゼが言った。

エミリーは冷淡に、

「ええ、ときどき」と、言った。「だけども、わたしはそれを罪もない本に八ツ当りしないわ。わたしならだれかの頭に噛《か》みついてやるわ」

「生憎《あいにく》とちょうど手ごろの頭がなかったのよ。だけど同じくらいひどいことをしてやったわ」と、イルゼが言ってエミリーの机の上にあったペリー・ミラーの写真に眼をやった。

エミリーもそれを見た。そして彼女の顔は、イルゼの言葉によればマレー式になった。写真はそこにあったけれどもペリーの思いつめた眼のあった場所は大きな穴になっていた。

エミリーはおこった。ペリーはこの写真をたいへん得意だった。これは彼がはじめて撮《と》った写真だった。

「いままでとてもそんな余裕《よゆう》がなかったんだ」と、彼は正直に言った。それは少しポーズを作りすぎてはいたが、たいへん立派な写真だった。波うっている髪はうしろにときつけて、しっかりした口もとと*あご*はたいへんよく見えた。

エリザベス伯母さんはそれを見て、心の中で、こんな立派な青年をなんで猫《ねこ》のように扱《あつか》ったのかと後悔《こうかい》した。そしてローラ伯母さんは涙《なみだ》をこぼして、結局エミリーと弁護士のペリーは家族の中でも立派な縁組《えんぐみ》だと思った。牧師と医者は一番、二番だが、弁護士だって三番目にいいと思った。

ペリーはふたたびエミリーに求婚するためにお土産《みやげ》なんか買わなかった。ペリーにとっては自分の望んでいるものが得られないと認めることは随分《ずいぶん》つらかった。彼はいつでもエミリーを求めていたのだった。

「ぼくは今では世界を握《にぎ》ってしまった」と、誇らしげに言った。「毎年ぼくはあがっていく。どうしてぼくと結婚してくれないの、エミリー」

「それはただ決心だけの問題なの？」と、エミリーが皮肉に訊《き》いた。

「もちろんだ。ほかに何があるの？」

「ねえ、ペリー」と、エミリーがしっかりと言った。「あなたはいい友達《ともだち》よ。わたしはあなたを好きです——いつでも好きでしょうよ。けれどもわたしはこのばかばかしいことに飽《あ》きてしまったのよ。もしあなたがもう一度わたしに結婚してくれと頼《たの》んだら、それきりわたしは生きている間中、あなたと口をきかないわ。あなたが決心するのなら——わたしの友情かわたしと絶交かどっちかに決めなさい」

「まあいいや」と、ペリーは哲学者のように肩《かた》をすぼめた。彼はエミリーを追いかけて、ひじ鉄砲《でっぽう》ばかり食わされるのはもうやめようと決心しかけていた。

十年間は忠実な求婚者としては長い歳月《さいげつ》だった。つまるところ、他《ほか》にも娘たちはいる。あるいは彼は間違いをしたのかもしれない。あまりに忠実で、しつこかったのだ。もし彼が気《き》紛《まぐ》れにのぼせたりさめたり、ケントのようなことをしていたら、あるいはもっとよかったかもしれない。女の子というものはそんなものだ。けれどペリーはそんなことは言わなかった。

彼の言ったことはこれだけだった。

「もしきみの眼がそんなふうでなかったら、ぼくはきみを追いかけなくなるかもしれない。とにかくその眼がなかったら、きみを恋《こい》してこんなところまで来てしまわなかっただろう。だけれどきみがそうでなかったら、ぼくは今のようにはならなかったろう。どっかの小僧《こぞう》か、港の漁師で終ったかもしれない。ぼくはきみがぼくを信じて助けてくれて、エリザベス伯母さんの前でもぼくの肩を持ってくれたことは忘れない。それは——」——ペリーの立派な顔は急に赤くなって声が少しふるえた——「それはこの年月きみのことを夢《ゆめ》にみるのは楽しかった。たぶんもうやめなければならないだろう。役にたたないもの。だけどきみの友情だけはぼくからとらないでくれ、エミリー」

「あんたはえらいわ、ペリー。あんたは素晴らしいことをして、わたしはあなたを誇らしく思うのよ」エミリーは手をのばして感情をこめて言った。

そして今、エミリーは、台なしになった彼の写真を見た。エミリーはイルゼを荒《あ》れた海のような眼で見た。

「イルゼ・バーンリ、あんたよくもこんなことをしたわね？」

「そんな眼をしたってしょうがないわ」と、イルゼが言い返した。「わたしには何でもないことよ。どういうものか、わたしはあの写真がきらいだったわ、それにストーブパイプタウンが背景になっているんですもの」

「あんたのしたことも同じレベルよ」

「わたしをごらんなさい。あなたのはさみでこの眼を切らなければ満足できないわ。もうちょっと見ていたらわたしは手をあげたでしょう。わたしはペリー・ミラーを大きらいよ。得意でふくれあがっていてさ」

「わたしはあなたがあの人を好きだといったと思ったけれど」とエミリーはやや礼を失して言った。

「同じことよ」と、イルゼは憂鬱《ゆううつ》そうに言った。「どうしてわたしはあいつを心から追い出せないんでしょ。わたしのハートからというのはあんまり古すぎるわね。わたしにはハートがないのよ。わたしはあの人を愛してはいないのよ。わたしは憎《にく》んでいるのよ。けれども、どうしてもあの人のことを考えずにはいられないような精神の状態なのよ。わたしは月に向って吠《ほ》えたいわ。だけれど、わたしがあの人の眼をくりぬいたわけは、あの人が生れながらの保守党をやめて進歩党に転向したからよ」

「あなたは保守党でしょ」

「そうだけど、それが重要なんじゃないわ。私は変節がきらいなのよ。ペリーはレオナルド・エーベルと共同の仕事をするために政治的見解を変えたのよ。まったく、ストーブパイプタウンらしいわ！　彼はやがてミラー裁判官になるでしょう――そしてウェディングケーキのように豊かになるでしょう。だけれどわたしはあの人が眼を百持っていてもそれをいちいちつぶしてやりたいわ。今はわたしがひどい癇癪《かんしゃく》持ちになっているときなのよ」

「えらい女の人で少しばかだったけれど、いい仕事のために愛されていた婦人は何といいましたっけね」

「ああ、今の新しい人は何でも歴史から絵のようなところを抜《ぬ》かしたがるのね。それでもわたしはウィリアム・テルを好きだわ。その写真をわたしの見えないところに持っていってちょうだい、おねがい、エミリー！」

エミリーは破損した写真をひきだしの中に入れた。彼女の怒《いか》りは消えた。彼女にはわかった。すくなくとも彼女にはなぜ眼が抜かれたかがわかった。けれどもどうしてイルゼがそんなにペリー・ミラーを愛しているのかわからなかった。そしてあわれみも幾分《いくぶん》まじっていた。片想《かたおも》いのイルゼへのあわれみも加わっていた。

「これでわたしは治るでしょう」と、イルゼは荒《あら》っぽく言った。「わたしは移り気な男は好きではないわ、目の見えないこうもり——ご都合主義のばかよ！　ああ、もうあきらめた。エミリー、どうしてわたしはあんたをきらいにならないのかしら、わたしがこんなに好きな人をきらったりするんですもの。あなたはペン以外の生きものや物質をほんとうに好きになったことがあるの？」

「ペリーは決してわたしをほんとうには愛していないのよ」と、エミリーは言葉をにごした。「好きだと想像しているのよ」

「わたしはペリーがわたしを好きだと想像してくれるだけでも満足するわ。わたしはのぼせてしまうわ。こんなことを話せるのは世界中であなただけよ。だからわたしはあなたをきらいになれないの、自分で思うほど不幸せでもないのよ。次の角《かど》に何があるかわからないですものね。これからはわたしは写真からペリーの眼をくりぬいたようにわたしの生涯《しょうがい》からあの人をくりぬくわ、エミリー」

突然に調子と様子を変えて言った。

「あなたは今年の夏はわたしが今までよりテディ・ケントを好きだったことを知っている？」

「おお」

たった一言だけだったが、意味深長だった。けれどもイルゼはそれにはおかまいなしで、

「そうよ、ほんとうにチャーミングだったわ。ヨーロッパの数年は役にたったのね、あるいは自分のわがままを隠《かく》すのが上手になったのかもしれないわ」

「テディ・ケントはわがままではないことよ。どうしてあなたはわがままだというの？　あの母親へのつくしかたをごらんなさい」

「それはあのお母さんが彼を崇拝《すうはい》しているからよ。テディは崇拝されるのが好きよ。だからだれをも恋したことがないのよ。それと——女の子たちが夢中《むちゅう》で追いかけたからでしょう。モントリオールでは気持が悪いくらいだったのよ。みんな口を開いて彼にかしずいているのよ。わたしは男装《だんそう》してあんな娘《むすめ》たちと同性ではないと言いたかったくらいよ。ヨーロッパでもそのとおり、どんな男だって、六年間もあんな暮《くら》しをしたら、スポイルされちまうわ——そして人をばかにしてしまうようになるのよ。テディはわたしたちにはいいのよ。わたしたちは古い友達でそんなばかばかしいことはないことを知っているからよ。だけどわたしは彼が愛想のよい微笑で——贈物《おくりもの》を受けているのを見たわ。それからちょっとお礼に握手《あくしゅ》をするのよ。そしてだれにでも、その女の人が喜ぶようなことを言うのよ。わたしはそれを見るたびに、わたしも彼にこの先、何年でも夜中の三時に眼《め》があいたときに思い出すようなことを言ってやりたいと思ったわ」

山のうしろの紫の雲の土手に太陽は隠《かく》れた。そして寒さとかげが山を、露《つゆ》にしめったクローバーの野からニュー・ムーンまでをおおった。小さな部屋は暗くなって〈のっぽのジョン〉の茂《しげ》みのうしろからブレア・ウォーターまでを灰色に包んだ。

エミリーの夜はめちゃめちゃだった。けれども彼女は感じた——イルゼはたくさんのことについて間違《まちが》っていたことを知った。それから一つの慰《なぐさ》めがあった。彼女は秘密を十分に守った。それは慰めであった。イルゼでさえも疑いを持たなかった。これはマレー家にもスター家にもある性質だった。

4

月がのぼるにつれてゆっくりと薄い銀色に変った。暗い夜を眺《なが》めながらエミリーは長い間、窓のところにすわっていた。そんなに若い娘たちはテディに夢中だったのか。彼女は〈のっぽのジョン〉の茂みから彼が呼んだとき、あんなに早く応《こた》えなければよかったと思った。「おお吹《ふ》けや口笛《くちぶえ》、吾《われ》、汝《なんじ》のもとに急ぐ」歌ならいいだろう。けれどもわたしたちはスコットランドの歌の中に生きてはいなかった。そしてイルゼの声のあの変化——内緒話《ないしょばなし》のような、あの声、彼女は——？　なんと今夜彼女は美しかったことだろう。こまかい金の蝶々《ちょうちょう》を散らした緑のスリーブレスのドレスで——ヘビのように彼女の喉《のど》をまいてほとんど腰《こし》まで下がっていた緑のネックレス——金のバックルのついた緑の靴《くつ》——イルゼはいつでもこんな派手な靴をはいた。イルゼが言おうとしたのは——？　もし彼女が言ったら——？

朝の食事のあとでローラ伯母さんはジミーさんに、エミリーは何か気にかかっていることがあるようだと言った。

第十四章

1

「早起きの鳥は――心の求めるものをつかまえる」ブレア・ウォーターの土手の長い絹のような薄緑《うすみどり》の草を踏《ふ》んでエミリーのわきに来たテディが言った。エミリーに聞えないほど静かに彼《かれ》が近づくのを見るとエミリーは赤くなった――それを見られたくないと望んだ。

彼女《かのじょ》は朝早く目覚め、一族《クラン》の人々が彼女の〝気紛《きまぐ》れ〟と呼ぶ、太陽が新しい日に挨拶《あいさつ》するのを見たいという欲望に捉《とら》えられた。それで彼女は明け方の神秘にあうためにニュー・ムーンの階段をそっとおりて庭を通り、〈のっぽのジョン〉の茂《しげ》みをぬけてブレア・ウォーターに出てきた。テディも散歩しているだろうとは夢《ゆめ》にも思わなかった。

「ぼくはときどき、日の出を見にここへ来るんだ。数分間でもたった一人でいられるのはこのときだけだから。われわれの夕方や午後は全部大騒《おおさわ》ぎだ――そして、午前中、母さんはぼくをそばへひきつけておくんだ。六年も淋《さび》しかったのだからね」

「あなたの大切な孤独《こどく》のお邪魔《じゃま》をして申し訳ありません」と、エミリーは不自然に言った。彼の生活習慣を知っていて彼に会うためにわざわざ来たと思われたくなかったので。

テディは笑った。

「ぼくに対して、ニュー・ムーンのきまりきった行儀《ぎょうぎ》を振回《ふりまわ》さないでくれたまえ。きみはぼくにとってきみとここであえたのは朝の栄冠だということをよく知っているじゃあないか。こういうことが起るようにといつも思っていたが、とうとうやって来た。ここにすわっていっしょに夢をみよう。神はわれわれのためにこの朝をつくったのだ。われわれ二人のために口をきくのさえ惜《お》しいようだ」

エミリーは黙《だま》って同意した。

テディといっしょにブレア・ウォーターの土手にすわり、朝の空のさんご色の下にすわって、ただ狂《くる》おしい、美しい、忘れられない、ばからしい夢を夢みるのは何という楽しいことだろう。まわりがみんな眠《ねむ》っているときにテディと二人っきりで。おお、もしこの妙《たえ》なる盗《ぬす》みとった時間がつづくことができたら？　マジョリイ・ピックソール（訳注　十九―二十世紀のカナダの女流詩人）の詩の一行が音楽のように口にのぼってきた。

「世は常に暁《あかつき》なれ」

彼女はこれを祈《いの》りのように口の中で言った。日の出の前の魔法《まほう》のような瞬間《しゅんかん》に、すべてのものは美しかった。野に咲《さ》く水色のアヤメ、山の曲線の陰《かげ》に咲くスミレの影《かげ》、池の向うのきいいせん花の谷の上にかかっている白い霧《きり》、雛菊《ひなぎく》の野原と呼ばれている、金と銀の布、涼《すず》しい芳《かぐわ》しい湾《わん》の風、港のむこうの遠い陸地の蒼空《あおぞら》。漁夫が早く起きるストーブパイプタウンの煙《えん》突《とつ》から、静かにあがる金色の煙《けむり》。そしてテディは彼女の足もとに横たわって、両手で枕《まくら》していた。ふたたび彼女は彼の人柄《ひとがら》の魅力《みりよく》を強く感じた。彼と眼《め》を合わせるのを恐《おそ》れるほど強くひきつけられた。彼女はエリザベス伯母《おば》さんが聞いたら驚《おどろ》くような秘密の願いに燃えていた。彼の黒い髪《かみ》の毛を彼女の指でまさぐりたかった――彼の腕《うで》を自分のからだに感じ――彼の黒いやさしい顔に自分の顔を押《お》しつけ――彼の唇《くちびる》を自分の唇に感じたかった。

テディは片一方の手を頭の下から引いて彼女の手の上にのせた。彼女はそのままにしていた。とたんにイルゼの言葉が心によみがえってきた。それは彼女の意識にほのおの刃《やいば》のように突《つ》きささってきた。

「わたしはあの人が贈物《おくりもの》を受けるのを見たわ――お礼にちょっと握手《あくしゅ》をして――それぞれの人に喜ぶようなことを言うのよ」

テディは彼女が考えていたことを察しただろうか？　彼女の思いはたいへんはっきりしていて、だれにもわかるかのように考えられた。がまんできないわ！　彼女は彼の腕をふりはらいながら急に立ちあがった。

「わたしは帰らなければならないわ」

あまりにも突然《とつぜん》であった。いけない――そうするはずではない――。テディもまた起きあがった。彼の声と表情に変化があった。二人の不思議な瞬間は終った。

「ぼくも行かなければならない。母さんが捜《さが》しているだろう。いつでも早起きだから、かわいい母さん、ぼくの成功をちっとも誇《ほこ》りに思わない——むしろきらっている——それがぼくを母から奪《うば》ったと思っている。この歳月《さいげつ》でもちっとも変らない。ぼくはいっしょに連れていきたいのだが来ない。たぶんそれは古い家を出たくないのとぼくが仕事に閉じこめられるのを見たくないかららしい。それはぼくと母さんの間をへだてるように考えられるからだろう。ぼくはどうして母さんがああなんだかわからない。けれどいつでもあのとおりだった。だけど一度はああでなかったときもあるらしい。ぼくのように自分の母親の生涯《しょうがい》について知らない者も少ないだろう。ぼくはあの顔の傷が何でできたのかも知らない。父親のことはほとんどといっていいくらい知らない。彼の身内についてはまったく何にも知らない。ぼくらがブレア・ウォーターへ来る前のことは何にも母さんは話してくれない」

「何かがお母さんをたいへん痛めつけたのよ。それが忘れられないほど、おそろしく痛めつけたのよ」と、エミリーが言った。

「ぼくの父の死だろう、たぶん」

「いいえ。すくなくとも死だけではないわ。何かほかにあったのよ——ひどく恐ろしい何かが。じゃあ、さようなら」

「ミセス・チドローのダンスへあしたの晩行くの？」

「はい、車をよこしてくださることになってます」

「そりゃ、すばらしい。ぼくの一頭だての馬車で行こうなんてすすめられやしない。イルゼを誘《さそ》わなけりゃなるまい。ペリーも来るのかね？」

「いいえ。あの人、最初の裁判の弁論があるから用意しなけりゃならないって、手紙に書いてよこしたわ。その次の日に弁論をするんですからね」

「ペリーは偉《えら》くなるよ。一度歯をつけたらこんりんざい、放さないあのブルドッグのような性質はたいしたものだよ。ぼくらが教会のネズミみたいに貧乏《びんぼう》なうちに、あいつは大金持になるよ。だけど、ぼくらは金の虹《にじ》を追ってるんだものね」

エミリーはぐずぐずしていなかった――テディはエミリーがおしゃべりで時間をかせいでぐずぐずしたがっているのだろうと考えたかもしれない――が、素気《そっけ》ないほどに家路に向った。彼は惜し気もなく「イルゼを連れて」いく気になる。それはエミリーでもイルゼでも変りはないかのようだった。けれど彼女はなお彼の手の感触を自分の手の上に忘れられなかった――それはそこに燃えていた。あの走っていく瞬間に、あの短い愛撫《あいぶ》の中に、テディは彼女を完全に自分のものにした。よしんば長い年月の妻の生活をディーンと共にしても、ディーンはエミリーをこのように自分のものとはできなかっただろう。その日、一日中彼女は何もほかのことを考えられなかった。幾度《いくど》も幾度もあの朝の陶酔《とうすい》を心に繰返《くりかえ》して生きた。ニュー・ムーンの生活がこのように何の変化もないのが不満になり、ジミーさんが例によってアスターの花に赤い蜘蛛《くも》がつくのを苦にしているのがばかばかしくなった。

2

シュルーズベリーの道での小さな事故が、エミリーをチドロー夫人の晩餐会《ばんさんかい》へ十五分おくれさせた。みんなに逢《あ》う前に玄関《げんかん》でちょっと鏡をのぞいて満足した。ラインストーンの飾《かざ》りを黒い髪にさして——宝石のよく似合う髪の毛だった——銀色がかったグリーンのレースの新調のドレスをグリーンとブルーのスリップの上に着ると必要な華《はな》やかさを添《そ》えた。ミス・ロイアルがニューヨークからこれを送ってくれたのだ。エミリーにはよく似合うのだが、エリザベス伯母さんとローラ伯母さんは横眼でジロリと眺《なが》めただけだった。グリーンとブルーは奇妙《きみよう》なコンビネーションだった。たいして眼にもつかなかった。けれども、エミリーが着ると、不思議によく似合った。いとこのジミーさんは、エミリーが眼に星をたたえて、この輝《かがや》く衣裳《いしよう》を身につけたのを見たとき、台所を去っていくそのうしろ姿を眺めながら、半ば恨《うら》めしげに言った。

「あの衣裳をつけたところじゃ、わしらの仲間とは思えないよ」

「まるで女優みたいじゃないか」エリザベス伯母さんは冷たい声で言った。

エミリーはチドロー夫人の家の階段をおり、サンルームを横切って、今夜の晩餐会の会場と決められた広いヴェランダへ出たとき、少しも女優のような気はしなかった。彼女は実在の人間であり、いきいきとして、幸福に、希望に胸をふくらませていた。テディがいるだろう——彼らの眼はテーブルを越《こ》えて意味ありげに見合せるだろう——彼がだれかと話しているのをひそかに見守っている楽しみがあるだろう——彼は話しながら彼女のことを考えているだろう——あとで二人はいっしょにダンスをするだろう。たぶん彼は言うかもしれない——彼女が聞きたがっていることを——

彼女は、紫《むらさき》の霧のように柔《やわ》らかな、夢多い眼をして、一瞬間、戸口から中をのぞいた――眼の前の光景を眺めた――それはその魅力のためにいつまでも忘れられない光景である。食卓《しょくたく》はツタのからんだヴェランダの一段と高くなっているところにしつらえてあった。そのうしろには丈《たけ》の高いモミとロンバルディ杉《すぎ》が、くすんだバラ色と薄い黄色の夕映《ゆうば》えの空に向って伸《の》びていた。その間から暗い、サファイアのような入江《いりえ》が見えた。小さい光の島のむこうに大きな陰影《いんえい》のかたまりがあった――イルゼの白い頸《くび》には真珠《しんじゅ》の飾りが輝いていた。ほかの客が大勢いた――長い髯《ひげ》で一層顔が長く見える、憂鬱《ゆううつ》そうなマックギル大学のロビンズ教授もいる。長い、黒い髪を上のほうにたばねたリセッタ・チドローの丸い、クリーム色の顔に黒い眼をしたキスしたくなるような顔も見えた。ハンサムな、夢みるようなジャック・グレンレーク。眠たそうな、金色と白のアネッタ・ショー、いつでもモナリザの謎《なぞ》めいた微《び》笑《しょう》をたたえている。ユーモラスなアイルランド人の顔を持ったトム・ハラム。太っていて、禿《は》げかかっているアイルマー・ヴィンセント――それでもまだ婦人連中には人気がある。あの人を自分もプリンス・チャーミングのように考えたのは、何とばかばかしいことだったろう！　空いた椅子《いす》を横にしている鹿爪《しかつめ》らしい顔をしたガス・ランキン、たぶん彼女を待っているのだろう。ローソクの火に美しい手を照らしている、若いポチャポチャぶとりのエルシー・ボーランド。けれどもこれだけのパーティーの中でエミリーが見たのはテディとイルゼだけであった。あとの人たちはみんなあやつり人形にすぎなかった。

彼らは彼女と向き合ってすわっていた。テディはいつものとおり、キチンとした身なりをしていた。黒い髪の毛はイルゼの金髪《きんぱつ》の近くにあった。イルゼはバラの花束《はなたば》を肩《かた》のあたりにつけ、ふくよかな胸には泡《あわ》のようなレースをつけて、ターコイズ・ブルーのタフタを着て、女王のごとく見えた。ちょうどエミリーが二人を見ようとしたとき、イルゼはテディの顔に眼をあげて何か問いを発した――その表情から推《お》してエミリーはそれが一大事を決する問いであることを感じた。イルゼがこんな顔をしたのを、エミリーはかつて見たことがなかった。その顔には一種の挑戦《ちょうせん》があった。テディはうつむいて答えた。エミリーはその答えの中に「愛する」という言葉があったことを確かに知っていた。この二人は長い間、互《たが》いの眼を見合っていた――すくなくとも、あの歓喜の眼のやりとりを眺めていたエミリーには――それは長く思われた。それからイルゼは顔を赤くして、ほかへ眼をやった。いったいイルゼが今までに顔を赤くしたことがあったろうか？　それからテディは勝ちほこったような眼をして、テーブルの上を見わたした。

エミリーは光明の環《わ》から、幻滅《げんめつ》の恐ろしい瞬間にはいった。一時間前まではあんなに軽かった彼女の心は冷たく死んだように見えた。笑いと光の中で暗い冷たい夜が、彼女に向ってやって来るようだった。人生のあらゆるものが、突然、みにくくなった。それは苦い草の食事であって、ガス・ランキンが話したことは何も覚えていなかった。

テディとイルゼの会話はつきないようだ。エミリーはテディの方を一度も見なかった。食事の間中、冷たく何の反応も見せなかった。ガス・ランキンはありったけの彼の話を聞かせたが、すばらしい記憶力《きおくりょく》を持っていたヴィクトリア女王のように彼女も少しもおもしろがらなかった。チドロー夫人はこんな気紛れな娘《むすめ》に自動車を迎《むか》えにやったのを後悔《こうかい》した。たぶん最後の瞬間にペリー・ミラーの代りをつとめるように頼《たの》まれたガス・ランキンに悩《なや》まされたのかもしれない。そしてそれを気むずかしやの侯爵《こうしゃく》夫人のように思ったのかもしれない。けれども彼女には礼儀正しくしなければならない。もし、そうしなかったら本に書くかもしれない。わたしたちの劇のレビューを書いたときのことを忘れてはいけない！

ほんとうのところはエミリーは、ガス・ランキンの隣《となり》であったことを、感謝していた。ランキンは相手はしゃべるものではないと思って自分一人でしゃべるタイプであった。

エミリーにとってダンスは恐ろしいものだった。彼女は急に飽《あ》きてしまった仲間の中で動いている幽霊《ゆうれい》のような気がした。彼女はテディと一度踊《おど》った。けれどもテディは銀色がかったグリーンの形を抱《だ》いているだけで彼女の魂《たましい》はどこかちがったところを飛んでいると気がついてふたたび申しこまなかった。

彼はイルゼとはたびたび踊った。それから庭でも彼女とたびたびいっしょにすわった。彼女への彼のつくしかたは人々の注意をひいた。

チドロー夫人は、エミリーにイルゼ・バーンリとフレデリック・ケントが婚約《こんやく》したという話はほんとうかと訊いた。

「あの人はいつでもイルゼを追っかけていたじゃありませんか」と、夫人は言った。

エミリーは冷たい関係のない声で、「そうでしょう」と、言った。

ミセス・チドローはエミリーが口ごもると思ったろうか。

もちろん、彼はイルゼを恋《こい》していた。何の不思議があろうか？　イルゼは美しかった。エミリーの暗い銀色の月光チャームは金と象牙《ぞうげ》の美しさにかなうはずがあろうか？　テディは彼女を古い友達《ともだち》として好きだったのだ、それだけだ。エミリーはまたばかをした。いつでも彼女自身を欺《あざむ》いている。ブレア・ウォーターのあの朝、ほとんど彼に見せてしまった――たぶん見ただろう。自分の中の想《おも》いを彼は見ただろうと考えるのは堪《たま》らなかった。彼女は知恵《ちえ》を得ないのだろうか？　そうだ、今夜一つ知恵を得た。もう二度とばかなことはすまい。これから賢《かしこ》くなり、威厳《いげん》を持ち、近づきがたくなろう。

馬が盗《ぬす》まれてから馬屋の戸に鍵《かぎ》をかけるという情けない諺《ことわざ》がなかったかしら？

そして今夜の残りの時間をどう過したらいいだろう？

第十五章

1

エミリーはオリヴァー伯父《おじ》さんのところに、いとこの結婚《けっこん》があるので一週間行っていたが、帰ってくると郵便局で、テディ・ケントが出かけたと聞いた。

「たった一時間の前ぶれで行ってしまいましたよ」と、クロスビー夫人が話した。「モントリオールの芸術大学の副学長の役目をしないかという電報が来たのですぐそのために出かけなくちゃならなかったんですよ。すばらしいじゃありませんか。どんどん出世しますね、まったく驚《おどろ》くようです。ブレア・ウォーターはテディを自慢《じまん》にしてもいいですね。そうじゃありませんか？　あの母親が、あんなに変り者だというのは困ったものですが」

幸せにもクロスビー夫人は何の返事をも待たなかった。

エミリーは自分が青くなってつくづくいやになるのを感じた。郵便物を受取ると、さっさと郵便局を出た。

いろいろの人に道で会ったが少しも気がつかなかった。その結果として気位の高い娘《むすめ》としての噂《うわさ》が広まった。

けれどもニュー・ムーンに着くとローラ伯母《おば》さんが彼女《かのじょ》に手紙を渡《わた》した。

「テディがこれをおいてったよ。ゆうべ別れに来たんだよ」

気位の高いスター嬢《じょう》はもう少しでヒステリーのように泣きだすところだった。

マレー家の者がヒステリーを起す！　そんなことが知れてはたいへんだ——決して知れてはならない。エミリーは歯ぎしりをしてだまって手紙を受取り、部屋へ帰った。彼女の心の氷はどんどんとけてきた。どうしてミセス・チドローのダンス以来の一週間、あんなにテディに冷たくあたったのだろう？　だけど、こんなに早く行ってしまうとは思わなかった。そして今は——

手紙をあけてみた。何もなくただペリーがシャーロットタウンの新聞に出したばかばかしい詩の切抜《きりぬ》きだけだった。この新聞はニュー・ムーンには来ていなかった。テディと彼女はこの詩を見て笑ったことがある。——イルゼはおこって笑わなかった。これをテディはエミリーのために手に入れてやると約束《やくそく》した。彼はその約束を守ったのだ。

2

彼女は静かに黒いビロードのような夜を眺《なが》めてすわっていた。夜は風に吹《ふ》かれる木の集合地のようだった。そこへイルゼがやって来た。イルゼはシャーロットタウンに来ていた。

「テディは行ってしまったのね。あなた手紙が来たでしょ、わたしにも来たのよ」

「あなたにも？」

「ええ」と、エミリーは言った。それは嘘《うそ》ではないかと思った。それから嘘だって何だってかまわないと思った。

「突然《とつぜん》に行くのをいやがっていたわ、けれどすぐに行かなければ決められなかったのよ。もう一度見ないと最後の決断ができなかったのね。テディはどんないい地位でも考えなしにはとらないのよ。あの若さで大学の副学長というのは悪くはないのね、まあ、わたしもう行かなければならないのよ。すばらしいお休みだったわ。あしたの晩のデリー・ポンドのダンスに行くの、エミリー？」

エミリーは頭を振《ふ》った。「テディが行ってしまったら踊《おど》りなんか仕方がないじゃあないの？」

イルゼは熱心に言った。

「この夏はおもしろいことはあったけれども、結局は失敗だったわ、わたしたちは子供の日に帰れると思ったけれどもだめだったのね、わたしたちはただそのふりをしていただけよ」

ふりをしていた？　ああこの心の痛みが、ただ真似《まね》ごとだけだったならば！　そしてただこの焼けるような恥《はじ》と深い言葉の痛みをテディは別れの手紙の中で一行だって書こうとはしない。彼女は知っていた――チドロー夫人のダンス以来知っていた――彼《かれ》は彼女を愛していなかった。けれども友情は何かを意味するはずだ。彼女の友情さえも彼には何でもなかったのだ。この夏はただ彼には暇《ひま》つぶしであっただけだ。今彼はほんとうの生活と意味のあることに戻《もど》っていった。そして彼はイルゼには手紙を書いた。ふりをしたのだ。いいわ、わたしは徹底的にふりをするわ。マレーの誇《ほこ》りがたしかに有用なものとなるときもあるのだ。

「夏が済んでよかったわ」と、彼女はむとんじゃくに言った。「わたしも仕事をしなければならないのよ。二カ月の間何も書かなかったんですもの」

「つまりはあなたが考えるのはそれだけね」と、イルゼが不思議そうに言った。「わたしは仕事は好きよ。だけれどあなたのように仕事に所有されないわ。わたしはまばたきの間にそれを変えるわ――まあわたしたちはみんな作られたとおりなのね。だけれどエミリー、この人生でたった一つのことしか考えないのは楽しいこと？」

「あんまりたくさんのことを考えるよりもずっと気持がいいのよ」

「そうかもしれないわね。まあ、あなたはあなたの女神《めがみ》の前に何もかも供えるのだから成功するはずよ。それがわたしたちのちがいね。わたしのほうは弱い土でできているのよ。わたしにはどうしてもあきらめられないことがあるの。どうしてもあきらめられないの。ケリーじいさんが言うようにわたしは自分のほしいものが得られなければ——得られるものをほしがるわ。それが常識というものじゃあない？」

エミリーは他の人を馬鹿《ばか》にするのと同じくらい簡単に自分自身を馬鹿にできたらいいと思いながら、窓のところに行ってイルゼの額にキスした。

「わたしたちは子供じゃあないのよ——そして子供時代に帰ることはできないのよ、イルゼ——わたしたちは大人よ。そしていちばんいい大人にならなければならないわ。わたしはあなたに幸せになってもらいたいと思うの」

イルゼはエミリーの手を固く握った。「あたりまえよ」と彼女は素気《そっけ》なく言った。

第十六章

1

一九一一年　十一月十七日

十一月の日を形容するのに決して離《はな》れない二つの言葉がある——〝退屈《たいくつ》〟と〝陰気《いんき》〟の二

つである。これは人間の言語の暁《あかつき》に結婚《けっこん》したものだから、わたしが離婚《りこん》させるべきではない。それゆえに、きょうの日も、内側も外側も、物質的にも精神的にも、退屈で陰気であった。

きのうはそれほど悪くはなかった。暖かい秋風が吹《ふ》き、いとこのジミーさんのカボチャの畑が古い灰色の納屋《なや》に綺麗《きれい》な黄色の色どりを与《あた》えた。そして小川のわきの谷は、葉を落した金色のジュピターの木で美しかった。わたしは午後、まだ美しさは去らぬが気味のわるい十一月の森を歩いた。それから夕方また日没《にちぼつ》のあとの光の中を歩いた。音のない夕暮《ゆうぐれ》で、大きな灰色のおおいかぶさるような静けさに野と山は包まれていた——静けさとは言っても心の耳を肉体の耳と同じくすまして聞けば、たくさんの微妙《びみょう》な響《ひび》きが糸のようにかよっていたのが聞えた。やがてそこには星の訪《おとず》れがあってわたしはその行列からのメッセージを受取った。

けれどもきょうはいやな日だった。そして今夜はわたしはあらゆる美徳を失ってしまった。一日中書いていたが今夜は書けなかった。わたしは部屋に閉じこもって籠《かご》の鳥のように狭《せま》い部屋の中をあちこちした。お城の時計ではちょうど真夜中らしい。けれど眠《ねむ》りのことを考えたって仕方がない。わたしは眠れない。窓にあたる雨の音は恐《おそ》ろしく、風は死者の軍勢のマーチのようだ。過去のすべての喜びの亡霊《ぼうれい》がわたしの心に戻《もど》ってくる——そして未来の恐れの亡霊も。

わたしは今夜——おろかにも——〈失望の家〉のことを考えている——雨の交った風にまわりをたたきつけられている丘《おか》の上のあの家を。どういうわけか、これがいちばん今夜のわたしの心を痛めつける。ほかの夜中はディーンがこの冬どこを旅しているかまったくわからないことであったり——テディが一行のたよりもしてくれないことであったり——またはただ淋《さび》しい淋しいの思いがわたしの力をまったく奪《うば》ってしまうこともある。そんなとき、わたしはこの日記帳に慰《なぐさ》めを求めてくる。それはあたかも忠実な友人に何もかも打明けるようなものである。

2

一九——年 十一月三十日

二輪の菊《きく》と一輪のバラが開いた。バラは歌と夢《ゆめ》と魅力《みりょく》とみんないっしょになったものだ。菊もたいへん綺麗だが、バラとあんまり近く置くのは感心しない。菊だけならば、派手な花でピンクと黄色とさくら色でまったく満足しきっている。けれども一本のバラをそのうしろに置いてみると、その変り方はおもしろい。菊はまるで立派な、真っ白な女王のわきの台所メイドのようにはしたなく見える。菊がバラのようでないのは菊の罪ではない、だからわたしは公平にするために二つの花を別々に置いて楽しんでいる。

わたしは、きょういい物語を書いた。カーペンター先生でも満足なさるだろうと思う。書いている時は幸福だった。けれどもそれを書き終えて現実に戻ったときには——

とにかく不平は言わないことにする。人生はとにかく生きるに足りるものになった。何でわたしは生きるに足りなかった。ローラ伯母《おば》さんはわたしが肺病になると思ったらしい。秋中しがそんなものに。それではあまりにヴィクトリア女王時代の人のようだ。わたしは闘《たたか》った。

そして勝って、そしてもう一度自由な婦人になった。もっとも、自分のおろかさの味はまだ口の中に残っており、ときとしては堪《たま》らなく苦い。

確かにわたしは進歩している。生活できるだけの収入もだんだんにはいってくるし、エリザベス伯母さんはときどき夜になると、ローラ伯母さんといとこのジミーさんに、わたしの物語を読んで聞かせている。きょうはわたしは暮《くら》すことができる。けれどあすを生きることはむずかしい。

3

一九――年　一月十五日

わたしは月に照らされて雪ぐつで散歩に出た。空気には嚙《か》みつくような霜《しも》が感ぜられ、すばらしい夜だった――星の多い、霜夜の光の詩であった。ある夜は蜂蜜《はちみつ》のようであり――ある夜は酒のようである――ある夜は苦悩《くのう》の種――今夜は酒のような夜だ――白い酒――人を酔わせるような透明な泡立《あわだ》つ酒。

わたしは望みと期待とある信念と力とでからだじゅう煮《に》えかえるようだ、これはゆうべの三時ごろに得たものであった。

わたしは窓のカーテンを引いて外を見た。庭は凍《こお》りついた雪で銀色になり月の下で静かに真っ白であった。そのすべての上に、見たところ死と悲しみのような葉のない木が立っていた。けれどもそれはただ見たところだけだった。命の血は木々の心の中にある。やがて、青い葉とピンクの花の花嫁姿《はなよめ》で自分たちを装《よそお》うだろう。そしていちばんたくさんに吹きだまりが重なっているところに深く埋まっている小金（訳注 植物の名前）は、やがて朝のラッパを持ち上げるだろう。

そしてわたしたちの庭の向うに見渡すかぎりの野が白く淋しく月光に横たわっている。淋しいのか？ わたしは淋しいという言葉を書くつもりではなかった。偶然《ぐうぜん》出てきたのだ。わたしは淋しくない――わたしには仕事があり、本があり、春の希望がある――そしてわたしはこの静かな単純な存在のほうが去年の夏暮した熱狂的な生活より、遥《はる》かに幸福だということを知っている。

わたしはそのことを書く前から知っていた。そして今、わたしはそれを信じない。それはほんとうではない。これは沈滞《ちんたい》だ!!

おお、わたしは淋しい――人にわかつことのできない想《おも》いをもって淋しい。それを否定したとて何になろう。わたしがはいってきたときには、わたしは勝利者だった――けれども今、わたしの旗はふたたび塵《ちり》にまみれている。

4

一九――年　二月二十日

苦い二月の気候に何ごとか起った。二月はなんとひねくれた月だろう。この数週間の天気は確かにマレー家の伝説にかなっている。

恐ろしい吹雪《ふぶき》が吹き荒《あ》れていて風は山の上の木々を追いかけている。わたしは木々の向うではブレア・ウォーターは真っ白な砂漠《さばく》の中の悲しい黒いものだということを知っている。けれども外の大きな暗い風の夜は、ぱちぱちはねる火の燃えているわたしの小さい部屋を居心地《いごこち》よくして、あの一月の美しい夜よりももっとこの世に対してわたしは満足した。今夜は——今夜はあの晩のように人をばかにしていない。

きょう、グラスフォードの雑誌にテディがイラストレートした物語が出ていた。わたしはその物語の女主人公の中にわたしの顔がのぞいているのを見た。それはいつでもわたしに幽《ゆう》霊《れい》のような感覚を与える。そしてきょうはわたしをおこらせもした。わたしの顔は彼《かれ》にとっては何の意味も持っていない。

けれどもそれにもかかわらず、わたしは同じ雑誌の「人物」欄《らん》に出ていたテディの写真を切抜《きりぬ》き枠《わく》に入れて机の上に置いた。わたしはテディの写真は持っていない。

そして今夜わたしはそれを枠から出して暖炉《だんろ》の石炭の上におき、焼けるのを見た。ちょうど火が消えるときに妙《みょう》な震《ふる》えがその上にきてテディはわたしにウィンクするように見えた——ずるそうな人を小ばかにしたようなウィンクで——こう言っているように見えた。

「あなたは忘れたと思うだろう——けれどももし忘れたのならば、わたしを焼きはしないだろう。あなたはわたしのものだ。あなたはわたしのものだ——そしてわたしはあなたを求めない」

もしも気のいい仙女《フェアリー》が急に現われて、わたしに望みを言えと言ったならば、それはこうだろう——テディ・ケントがもう一度来て〈のっぽのジョン〉の茂《しげ》みから幾度《いくど》も幾度も口笛《くちぶえ》を吹いてくれることだろう。そしてわたしは行かないだろう——一歩たりとも行かないだろう。

わたしにこれは堪《た》えられない。わたしは彼をわたしの人生から追い出さなければならない。

第十七章

1

エミリーの二十二歳《さい》の誕生日《たんじょうび》に続いた夏は、マレー一族《クラン》にとっては恐《おそ》ろしい夏だった。テディもイルゼもその夏は帰省しなかった。イルゼは西の方を旅行していて、テディはインディアンの観光団といっしょになってある連載物《れんさいもの》のイラストレートをするために旅行していた。けれどもエミリーはブレア・ウォーターでたくさんの求婚者《きゅうこんしゃ》を持っていて、人々には、それはまるでムカデの足のように見えた。どの足が、どの足のあとに来るのかわからないありさまだった。たくさんの求婚者でありながら、どの一人も親族が賛成できない人だった。

デリー・ポンドの洒落者《しゃれもの》のハンサムなジャック・バニスターがいた——〝絵のような道楽者〟とバーンリ氏は彼《かれ》のことを言った。確かにジャックはどんな法則にも縛《しば》られなかった。

けれども彼の銀のような舌と立派な容貌《ようぼう》がエミリーの上にどんな影響《えいきょう》を持つかだれが知ろうぞ。それはマレー一族を三週間の間、悩《なや》ました。けれども結局エミリーが分別を取り戻したらしい。ジャック・バニスターは退場した。

「エミリーはジャックに口もきいてはいけなかったんだ」と、伯父《おじ》さんのオリヴァーが腹だたしげに言った。「人の話ではジャックは日記に恋愛《れんあい》事件と娘《むすめ》たちが言ったことを全部書いておくそうだ」

「心配しなくたっていいわ。あの人はわたしの言ったことは書かないことよ」ローラ伯母《おば》さんが心配そうにこの報告を伝えたときにエミリーは言った。

ハロルド・コンウェイはもう一つの心配だった。シュルーズベリーの男で三十代になり、詩人のように見えた。黒い波打った髪《かみ》の毛と派手やかな茶色の眼《め》を持っていた。その人は〝生活のために音楽〟をしていた。

エミリーは音楽会に行って彼と近づきになった。そしてニュー・ムーンの伯母さんたちは幾晩《いくばん》か眠《ねむ》れぬ夜を持った。けれどもブレア・ウォーターでロッド・ダンバーが飛びこんできたときには事情はもっと悪くなった。ダンバー一族は宗教にかけては話にならなかった。ロッドの母親は確かに監督《かんとく》派の信者だった。けれどもその父親はメソジストだった。彼の兄弟はバプティストで一人の姉妹はクリスチャン・サイエンティストだった。もう一人の姉妹は神知派だった。これはだれよりもひどかった。この雑然とした中でロッドは何だったろうか？　確かにニュー・ムーンの正統派の教会員の姪《めい》にはふさわしくなかった。

「あの男の大伯父も狂信者だった」と、ウォレス伯父さんが憂鬱《ゆううつ》そうに言った。「十六年間も寝室に閉じこめられていたんだ。いったいあの娘《こ》はどうしたというのだ。ばかなんだろうか、それとも悪魔なんだろうか？」

しかしダンバー一家はすくなくともちゃんとした家族だった。けれどラリー・ディックスについては何か言えるだろうか――有名なプリースト・ポンドのディックス家の一員だ――その父親はあるときは墓地で牛を飼《か》ったことがあり、そのおじは隣《となり》の家の人を憎《にく》むあまりその井戸に死んだ猫《ねこ》を投げすてたとさえ言われているのだ。

なるほどラリーは歯医者として繁盛《はんじょう》しており、まじめな熱心な青年で、あまり言うところはないが、ただディックス家の人でさえなければいいのだが。

とにかくエリザベス伯母さんはエミリーが彼を追い出したときにはたいへん安心した。

「なんという思いあがったことだろう」と、ローラ伯母さんはディックスがマレーに求婚《きゅうこん》することの身のほど知らずを笑った。

「わたしがあの人を断わったのは身のほど知らずだからじゃありません」と、エミリーが言った。「あの人の申しこみの仕方がいやなんです。美しくあるべきことをみにくくするんですもの」

「たぶんあなたはあの人がロマンティックにやらなかったから断わったのだろう」と、エリザベス伯母さんはばかにして言った。

「いいえ、わたしはあの人がクリスマスプレゼントに掃除機《そうじき》をくれるような男だからと思ったから」と、エミリーが言った。

「あの娘《こ》はだれをもまじめに受入れないんだね」とエリザベス伯母さんが絶望して言った。

「ぼくはあの娘《こ》はまごついているんだと思うね」と、ウォレス伯父さんが言った。「今年の夏一人だって、まともな求婚者に会わないじゃあないか。だいたいあの娘は気紛《きまぐ》れだからまじめな男たちはよりつかないんだよ」

「あの娘《こ》は浮気《うわき》だという恐ろしい噂《うわさ》をされてますよ」と、ルース伯母さんが言った。「値打のある人が何にもあの娘と関係を持ちたくないと言うのは当然ですよ」

「いつでも何だか風変りの恋愛事件をおこしているんだ」と、ウォレス伯父さんが言った。一族《クラン》の人たちはウォレス伯父さんは確かなことを言ったと思った。エミリーの〝恋愛事件〟は決してマレー一族の恋愛事件があるべきはずの姿ではなかった。それは実に、空想的であった。

2

けれどもエミリーは、いちばん空想的な恋愛事件については、エリザベス伯母さんのほかはだれ一人身内の者は知らなかったことを、ほんとうに運がよかったと喜んでいた。もし彼らが知ったなら、エミリーは気紛れの上に報復心が強いと言ったであろう。事は簡単な、ばかばかしい話だった。シャーロットタウンの日刊新聞でアルガスというのがある。文学的をもって売り物にしていたが、その新聞が夏の特別号でプリンス・エドワード島を避暑地《ひしょち》として宣伝するのを出すので、合衆国のある新聞の古い原稿《げんこう》で版権のないのを買った。作者はマーク・グリーブスといって無名の人だった——作品の題名は『王室の婚約』。編集部員は大勢いなかったので、一カ月ぐらい前から特別号の用意を少しずつしていた。そして、『王室の婚約』の最後の章だけを残して全部できあがるところまでいった。どうしたことかこの最後の章が紛失《ふんしつ》してしまってどこにも見当らなかった。編集長は気が狂ったようになっておこったが、おこってみてもどうにもならなかった。この期《ご》にのぞんでは、ちょうどその正確なスペースを埋められるようなほかの作品を捜《さが》すことはできなかったし、たとえできたとしても印刷にかける時間はなかった。特別号は一時間のうちに本刷りにかけねばならなかった。いったいどうしたらいいだろう？

あたかもよし、このときエミリーが編集室に現われた。ウィルソン氏とは懇意《こんい》の間柄《あいだがら》だったので町へ来ると必ず寄った。

「きみは神の使いだ」と、ウィルソン氏が言った。「われわれを助けてくれたまえ」と、言いながら、よごれた『王室の婚約』の原稿をエミリーに渡《わた》した。「後生《ごしょう》だから仕事を始めてその話の最後の章を書いてくれたまえ。三十分時間がある。あとの三十分で印刷にかけることができる。そうすりゃあ間に合うんだ」

エミリーは大急ぎでその物語に眼をとおした。見たところ、作者マーク・グリーブスはその終局について特別の目的は持たなかったらしい。

「どんなふうに終っていたか、何か憶《おぼ》えていらっしゃいません？」と、エミリーは訊《たず》ねた。

「何にもない。ぼくは一行も読んでいないんだ」と、ウィルソン氏は唸《うな》った。「長さがちょうどだから買ったんだ」

「とにかくベストを尽してみましょう。王様や女王様のはなやかなことには慣れていないいんだけれど」

「なあに、グリーブスだって、一度も王室の人なんかに逢《あ》ってやしないよ」と、ウィルソン氏はまた唸った。

与《あた》えられた三十分間にエミリーは立派な完結をつけ、全体の謎《なぞ》も見事に解きほぐした。ウィルソン氏は原稿を摑《つか》みとるようにして、係りの者に渡し、エミリーには丁寧《ていねい》に礼を言って送り出した。

「読者はどこに継《つ》ぎ目があるか気がつくかしら？　マーク・グリーブスが見たら何と思うだろう」エミリーは心の中で考えた。

そんなことがわかろうはずもないので、エミリーはすぐにそれを心の中から忘れさってしまった。だからして二週間後のある午後、彼女《かのじょ》が応接間でエリザベス伯母さんの水晶《すいしょう》の原石の鉢《はち》で底にルビーのちりばめてあるのに——これはニュー・ムーンの代々の遺産である——バラを生けていたときに、いとこのジミーさんが、一人の見知らぬ紳士《しんし》を案内してきたときには、その人と『王室の婚約』の作者と関係があろうなどとはまったく思わなかったのである。ただその紳士がおそろしくいらいらしていることだけは気がついた。

いとこのジミーさんは行儀《ぎょうぎ》よく退出した。それからガラスの皿《さら》にいっぱい冷やした苺《いちご》のジャムを入れて持ってきたローラ伯母さんも、この怖《こわ》い顔をしたエミリーの訪問者はいったいだれなんだろうと怪《あや》しみながら部屋を出ていった。エミリー自身にも見当がつかなかった。彼女はテーブルのわきに立ったままだった。薄《うす》いグリーンの服にほっそりしたからだを包んだ、しとやかなこの娘は、あまり陽《ひ》のささない古風な部屋の中でまるで星のような感じだった。

「おかけになりませんか？」ニュー・ムーンの一家に特有のとりすました丁寧さで言った。けれども客は動かなかった。ただそこにつっ立ったままでエミリーを見つめていた。そしてエミリーが感じたことは、彼が烈火《れっか》のごとくおこってこの部屋へはいってきたにもかかわらず、今は少しも腹をたてていないことであった。

彼は、もちろん、生れたにはちがいない。ここへ来ている以上、何十年か前に誕生をしたのだが、この人がベビーであったと思うのが不思議だとエミリーは考えた。彼は人目をひく服装《ふくそう》をして、一眼鏡《モノクル》をかけていた。それは片一方の眼のところにとめてあった――その眼は小さな、黒いレンズのようで、その上に黒い眉毛《まゆげ》があり、それが正しい三角形を作っている。彼の黒髪はふさふさと肩《かた》まで垂れさがり、おそろしく長いあごで顔は大理石のように白かった。写真だったら立派でロマンティックな顔かもしれないが、このニュー・ムーンの応接間では、ただ薄気味わるいだけだった。

「詩のような人だ」エミリーを見つめて彼は言った。エミリーはもしかすると、この人は精神病院から逃げ出してきたのではないかと考えた。

「あなたは醜悪《しゅうあく》な罪を犯《おか》す人ではありません」彼は熱っぽくつづけた。「これはすばらしい瞬間《しゅんかん》です――実にすばらしい。言葉に出して言わなければならないなんて、惜《お》しいことです。金でちりばめられた、紫《むらさき》がかった灰色の眼。わたしが今日までの生涯《しょうがい》で尋《たず》ね求めた眼。この美しい眼の中にわたしは溺《おぼ》れてしまったのだ」

「あなたはどなたです？」もうこのときエミリーは相手が狂人だとかたく信じながら訊ねた。

彼は手を胸に当てて頭をさげた。

「マーク・グリーブス――マーク・D・グリーブス――マーク・デレージ・グリーブス」

マーク・グリーブス！

エミリーは自分がその名を知っているはずだとまごついた。それはおかしいほど、親しく聞えた。

「あなたはわたしの名がわからないのですか？　この名は有名です。世界のすみずみまでわたしはこれが――」

「おお」と、エミリーが叫《さけ》んだ。急に顔が明るくなって、「わたしは――思いだしました。あなたは『王室の婚約』をお書きになりました」

「あなたが何の感情もなく殺してしまったあの話――そうです」

「まあ、申し訳ありません」と、エミリーが口を入れた。「もちろん、あなたは許しがたくお思いでしょう。実はこうだったのです――あなたのおわかりのように――」

彼はたいへんに長いたいへんに白い手を振《ふ》って彼女をとめた。

「かまいません。かまいません。今ではもう何でもありません。わたしはここへ来たときにはたいへんおこっていました。わたしはデリー・ポンド・ホテルにとまっています。ああなんという名だろう――詩です――神秘だ――ロマンスだ。今朝アルガスの特別号を見ました。わたしはおこりました――おこる権利があるでしょう――おこるよりも悲しかったです。わたしの作品がめちゃめちゃになっていた。めでたし、めでたしなんかは困る。とんでもないこと、わたしの結末は悲しくて芸術的だ。ハッピー・エンドなんかは芸術的とはいい得ない。わたしはアルガスへとんでいきました。おこりちらしてだれが責任者か調べてきた。わたしはここへ――責めるために――おこるために来ました。わたしは今、崇拝《すうはい》するために残ります」

エミリーはなんと言っていいかわからなかった。ニュー・ムーンではこんなことははじめてだった。

「あなたはわたしを誤解していらっしゃいます。あなたは迷っていらっしゃいます。あなたはいかにもまごついていらっしゃいます。わたしはもう一度すばらしい瞬間だと言います。おこって出かけてきて――そして神を見る。あなたに会うや否《いな》や、あなたは私だけのものであることを知るとはなんというすばらしいことだ」

エミリーはだれか来ればいいがと思った。これは気味がわるくなってきた。

「そんなばからしいことをおっしゃるものじゃありません。わたしたちははじめて逢ったのです――」と、言った。

「われわれははじめて逢ったのではない」と、彼は言葉をさしはさんだ。「われわれはもちろん他の生涯で愛し合ったが、そしてわれわれの愛は生き生きとした立派なものだった――永遠の愛だ。わたしはここへはいってくるや否や、すぐあなたを認めた。あなたが愛らしい驚《おど》きから落着けばあなたもこれに気づくでしょう。あなたはいつわたしと結婚してくださいますか」

はじめて逢った男に、その逢った五分後に結婚を申しこまれるのは、愉快《ゆかい》と言うよりも面くらうことであった。エミリーは弱ってしまった。

「ばかなことをおっしゃらないでください。わたしはあなたと、どんなときになっても結婚なんかしません」と、気むずかしげに答えた。

「わたしと結婚しないんだって？　だけど、しなけりゃならないんです。わたしはきょうまでに、どんな女性にも結婚を頼《たの》んだことはありません。わたしは有名なマーク・グリーブスだ。財産も持っている。フランス人の母親のチャームとロマンスと、スコットランド人の父親の常識との間の子供だ。わたしは自分の中のフランス人の血であなたの美と神秘を、認めました。わたしのスコットランド側の性格によってあなたの遠慮《えんりょ》深さと威厳《いげん》の前にひれふします。あなたは理想の女性です――崇拝にあたいします。たくさんの婦人たちがわたしを愛したけれど、わたしは彼女らを愛さなかった。この部屋へ自由な男としてはいってきたわたしは、虜《とりこ》となって出ていく。幸福なる捕虜《ほりょ》よ！　愛すべき主人よ！　わたしは心のうちであなたの前にひざまずいている」

エミリーは彼が精神だけでなく肉体でも自分の前にひざまずくことを非常に心配した。やりかねない様子だった。そしてそこへエリザベス伯母さんがはいってきたら何と言うだろう？

「どうぞお帰りください」と、絶望的な声を出した。「わたしはたいへん忙《いそが》しいんです、これ以上お話ししていることはできません。小説のことはお気の毒に存じます――説明させていただけばおわかりになると思います――」

「もう小説のことなんかかまわないと申上げたではありませんか。ただあなたがハッピー・エンドの話を決して書かないということを学んでくだされば十分です――決して。わたしはあなたに教えてあげよう。悲しみと不完全の芸術性を教えてあげる。あなたはすばらしい生徒だろう！　こんな生徒を教える幸福はどんなものだろう！　わたしはあなたの手に接吻《せっぷん》する」

彼はエミリーの手をつかまえようとするかのように一歩前へ出た。エミリーは驚いて一歩さがった。

「あなたは狂《くる》ってらっしゃるんです」と、叫んだ。

「わたしが狂っているように見えますか？」と、グリーブス氏は迫《せま》ってきた。

「そうです」エミリーは素気《そっけ》なく答えた。

「あるいはそうかもしれません。――たぶんそうでしょう。狂ってる――バラの酒に酔《よ》って

よ！」いる。恋人《こいびと》はすべて狂人だ。神より来る狂おしさ！　ああ、まだ接吻を知らぬ、美しい唇《くちびる》

エミリーはピンと立ちなおった。このばかばかしい会見は終らせなければならない。もうこのときは彼女はすっかりおこっていた。

「ミスター・グリーブス」と、言った——そしてマレー一族共通の力は強く出て、さすがのグリーブスも、彼女がおこっていることを知った。「わたしはもうこんなナンセンスは聞きたくありません。あの小説の結末についての説明をわたしからお聞きにならないのですから、もうご用はないでしょう」

グリーブスはエミリーをまじめな顔で見た。それからおごそかに言った。

「キス？　それともキック（なぐること）？　どっち？」

彼は比喩《ひゆ》的に話しているのだろうか？　けれどどっちでもいい——

「キック」と傲然《ごうぜん》として答えた。

グリーブスはいきなり水晶の鉢をつかんでストーブになげつけた。エミリーは——半ば恐《おそ》れと——半ば驚きからかすかな呻《うめ》きを発した。エリザベス伯母さんの大切な花瓶《かびん》。

「あれは単なる防衛手段だ」グリーブスは彼女をにらみつけながら言った。「ああするか——さもなければあなたを殺さなければならなかった。氷のような娘《むすめ》だ、きみは！　北国の雪のようにつめたい！　さよなら！」

去っていくとき、戸を音たてては閉めなかった。彼はただ静かに閉めた。それはエミリー

にどんなに貴《とうと》いものを失ったか思い知らせるためであった。彼がほんとうに庭を出て小径《こみち》を腹だたしげに何かを足の下に踏《ふ》みつけているような様子をして去るのを見たときに、エミリーはやっと長い息をついた。彼がここへはいってきてからはじめて安心して息をした。

「苺ジャムのお皿をわたしに投げつけなかったのをありがたく思うべきかもしれないわ」と、ヒステリックに言った。

エリザベス伯母さんがはいってきた。

「エミリー、水晶の鉢が！ あなたのマレーおばあさんの鉢が！ おまえが割ったのだろう！」

「いいえ、伯母さん、わたしじゃないの。ミスター・グリーブス――ミスター・マーク・デレージ・グリーブスがこわしたんです。ストーブに投げつけたんです」

「ストーブに投げつけたって」エリザベス伯母さんはよろけた。「何でストーブに投げつけたんだい？」

「わたしがあの人と結婚《けっこん》しないからですって」

「結婚だって！ おまえ、あの人に前に逢ったことがあるの？」

「一度もありません」

エリザベス伯母さんは水晶の鉢の破片《はへん》を集めて何にも言わずに出ていった。

何か変ったところが――確かに変ったところが――あるにちがいない――男が最初の会見で結婚を申しこむような娘にはどこか変ったところがあるのだろう。そして遺産の鉢の破片をストーブの中に投げこんだ。

3

けれどもマレー一族に悪い夏を持ってきたのは日本の王子の事件であった。またいとこのルイズ・マレーは日本に二十年も住んでいたのだが、デリー・ポンドの家に帰ってきて、その時日本の王子を連れてきた。その人は彼女の夫の友達《ともだち》の息子《むすこ》で、彼女の骨おりでキリスト教徒になっていて、カナダを見たいというのであった。

王子が来るということはマレー一族と地域社会にたいへんなセンセーションを起した。けれどもその次に王子がニュー・ムーンのエミリー・バード・スターに恋をしたということが確かになったときの騒《さわ》ぎとは比べものにならなかった。

エミリーは彼を好きだった――興味を感じていた――ブレア・ウォーターとデリー・ポンド全体のキリスト教的雰囲気《ふんいき》に面くらっている彼に同情した。確かに信者にはなっていても日本の王子では、そういうところで慣れきることはできなかった。そこで彼女は彼にたくさん話した――彼は英語が非常に上手だった――そして月の出のころに彼と庭を散歩した――そしてほとんど毎晩、斜視のとまどった顔の黒い髪《かみ》の毛を繻子《しゅす》のようにすべすべとかしたプリンスが、ニュー・ムーンの客間に見えた。

けれどもプリンスが、ヒスイで彫《ほ》った美しい蛙《かえる》の贈物《おくりもの》をエミリーにしたときにマレー一族はあわててしまった。またいとこのルイズがそれをいちばんはじめに言った。涙《なみだ》をこぼして。

彼女はその蛙が何を意味したか知っていた。そのヒスイの蛙はプリンスの家族に伝わっているものだった。これは結婚と婚約の贈物としてしか贈られなかった。エミリーは彼と婚約したのかしら？　ルース伯母さんはいつものとおり、他の人がみんな気が狂ったのかと思ってニュー・ムーンにやって来て一騒ぎした。

エミリーは困りきって何を問われても返事をしなかった。エミリーは一族中が夏の間、彼女の選んだのでない求婚者たちのことで騒いでいるのを心よからず思っていた。

「人に話さないほうがいいこともありますよ」と、ルース伯母さんにすねて言った。

そこで困りきったマレー一族はエミリーが日本の王妃《おうひ》になろうと決めたのだと結論した。そして、もしそうだとすれば――彼らは彼女が決心《め》したときにどんなだかよく知っていた。それはどうにもならなかった。ちょうど神のお召しのようなものであった。けれども恐ろしいことであった。マレー一族の眼《め》には、プリンスであることは何の特色も感じさせなかった。マレー一族には外国人と結婚しようなどと考えた人は一人もなかった。ましてや日本人との結婚などとは夢《ゆめ》にも思われなかった。けれどももちろんエミリーは気紛《きまぐ》れものだった。

「いつでも何か問題のある人といっしょになるのよ。異教徒――それから――」と、ルース伯母さんが言った。けれどもこんなことはわたし考えたこともなかったわ。

「あら、あの人は異教徒ではないのよ」と、ローラ伯母さんが言った。「彼は改信しています。ルイズさんが言いましたわ、だからまじめなんでしょう、けれども――」

「わたしはあの人は異教徒だと思いますよ！」と、ルース伯母さんがどなった。「いとこのルイズには人を改信させるなんてことはできません。人を改信させるどころか自分が変ですよ。それからあの人の夫は革新派ですよ。わたしに何も言わないでちょうだい。顔の黄色い異教徒！　あの男とヒスイの蛙、考えてもいやだわ！」

「エミリーはひどくあの人の気に入っているようだね」と、エリザベス伯母さんが言った。そのとき彼女は水晶の鉢のことを考えていた。

ウォレス伯父さんは、「とんでもない」と、言った。

アンドルーは「すくなくとも白色人種を選ぶべきだった」と、言った。

またいとこのルイズはすべての責任が彼女にかかっているのだと感じて涙を流して、「プリンスは知れば知るほど行儀の正しい男だ」と、言った。

エリザベス伯母さんが言った。

「ウォレス牧師だったならよかったのにね」

彼らはこの騒ぎの中で五週間を過し、プリンスは日本へ帰った。彼は家族から呼び戻されたのだ、とルイズが言った——古いさむらいの家の王女と結婚がきまったというのだ。もちろん彼はそれに従った。

けれども、彼はヒスイの蛙はエミリーの手に残した。そしてある晩、庭で月の出のときに彼が何を言ったかだれも知らなかった。

エミリーは少し色を変えてそしてだまっていたが、伯母さんたちのところに帰ってきたときには笑っていた。またいとこのルイズを見てことにいたずらそうに笑った。

「わたしは日本のプリンセスにはならなかったのよ」と、言って涙を拭《ふ》くふりをした。

「エミリー、わたしはあなたがあのかわいそうな青年をからかっていたと思いますよ。あの人をたいへん不幸にしました」と、またいとこのルイズが戒《いまし》めた。

「わたしはからかってなどはいませんでした。わたしたちの会話は文学と歴史のことでした。もう二度とわたしのことなんか思い出さないでしょうよ」

「わたしはプリンスがあの手紙を読んだときの顔を憶《おぼ》えていますよ」と、言ってルイズはおこった。「そしてわたしはあのヒスイの蛙の意味を知っています」

ニュー・ムーンは安堵《あんど》の息をついてふたたび日常生活に戻《もど》った。ローラ伯母さんの年とったやさしい眼から心配の色は去ったが、エリザベス伯母さんはジェイムズ・ウォレス牧師のことを悲しく考えた。この夏は神経をゆすぶられる夏だった。ブレア・ウォーターは、エミリー・スターが「失恋《しつれん》した」と、ささやいた。けれども「それを感謝するだろう。外国人なんか信じられない。プリンスであろうとなかろうと」と言った。

第十八章

1

十月の最後の週にいとこのジミーさんは、山の畑を耕しはじめた。そしてエミリーはマレー家に伝わるダイヤモンドを発見した（訳注『可愛いエミリー』参照）。エリザベス伯母《おば》さんは屋根裏の部屋の階段を踏《ふ》みはずして足を折った。

エミリーは午後の暖かい光の中でニュー・ムーンの玄関《げんかん》の砂石《サンドストーン》の石段の上に立って、やがて暮《く》れていく年の美しさに眼《め》をかがやかして彼女《かのじょ》のまわりを見まわした。たいていの木が葉を落していた。けれども小さなブナの木がまだ黄金の飾《かざ》りをつけて若いモミの間からのぞいていた――ブナはモミの陰《かげ》になっていた――そして小径《こみち》の末のほうのロンバルディ杉《すぎ》は大きな金のローソクのようだった。むこうのほうの山の畑は三本の赤いリボンでふちどられていた――それがいとこのジミーさんの耕した地面だった。

エミリーは一日書いていて疲《つか》れた。彼女は庭に出て蔦《つた》のからんだ夏の東屋《あずまや》へ行った――彼女は新しいチューリップの球根をどこに植えようかと考えながら夢みるようにさまよい歩いた。ここ――いとこのジミーさんが最近古くなった小径を掘《ほ》りかえして作った、しめった豊かな土――ここがいい。来年の春はここは大きな立派な花の杯《さかずき》でいっぱいの宴会場《えんかいじょう》になるはずだ。

エミリーのかかとは湿《しめ》った土の中に深くはいってそして土をつけて出てきた。彼女は石のベンチにたどりついて器用に足を振《ふ》って土を落した。何かが落ちて露《つゆ》の玉のように草の中で輝《かがや》いた。エミリーは低い声をたててそれを拾った。手の中には失われたダイヤモンドがあった――大伯母さんのミリアム・マレーがこの東屋にはいったときから六十年もの間、失われていたものである。

子供のときの夢は失われたダイヤモンドを捜《さが》すということだった——彼女とイルゼとテディは何十回もその辺を捜した。けれども最近になってはそれについて考えたこともなかった。そしてそれがここにあった——いつも同じように美しく輝いていた。わきのほうの古い石段のどこかの角《かど》に隠《かく》れていて土の中に落ちてしまったのだろう。

それはニュー・ムーンでは大事件だった。数日あとでマレー一族はエリザベス伯母さんのベッドのまわりに集まってそれをどうしようかという相談をした。いとこのジミーさんはそれをケースにしまっておけとかたく言いはった。エドワードとミリアム・マレーはもうずっと以前に死んでいた。二人は家族を残さなかった。ダイヤモンドはエミリーのものであった。

「われわれはみんなそれの相続人だ」とウォレス伯父さんがむずかしく言った。「ぼくが聞いたところでは六十年前に一千ドルだったそうだ。それは美しい石だ。公平なことはそれを売って、そしてエミリーには彼女の母親の分をやるのがいいだろう」

「家族のダイヤモンドを売るべきではありません」と、エリザベス伯母さんはしっかりと言った。

これがだれでもの心の底にあった一般《いっぱん》の意見らしかった。

ウォレス伯父さんでさえもこの一族の義務を認めた。そこで彼《かれ》らはみんなダイヤモンドはエミリーのものだということに同意した。

「エミリーはそれを首にかける小さなペンダントに作ったらいいだろう」と、ローラ伯母さんが言った。

「それは指輪のためよ」と、ルース伯母さんが反対するために言った。「結婚《けっこん》するまではどんなことがあってもそれを使うべきではないわ。こんなに大きなダイヤモンドは若い娘《むすめ》には似合わないわ」

「まあ結婚ですって」と、アディー伯母さんが意地悪そうに笑った。その意味はもしエミリーが結婚までダイヤモンドをつけるのを待ったなら、あるいは決してつけるときはないかもしれないという彼女の意見をにおわせたものだった。彼女はエミリーがアンドルーの求婚を断わったのを赦《ゆる》していなかった。そしてもう彼女は二十三歳《さい》だった――ほとんど――それにはっきりした求婚者もないのだ。

「失われたダイヤモンドはあんたに幸せを持ってくるよ、エミリー」と、いとこのジミーさんが言った。「あんたに残したのはいいことだった。それは当然あんたのものだ。だけどときどきわたしに持たせてくれないか――ただ持ってそれを見るだけだ。ああいうものを見るとわたしは――わたしは――わたしは自分自身がわかるような気がする。そのときには、わたしはばかのジミー・マレーではない。わたしはもし井戸の中へ押《お》しこめられなかったならば何になっていたかわかるのだ。どうかときどきわたしに持たせてしばらく眺《なが》めさせてくれ」

「いろいろなことが言われたけれど、わたしの好きな宝石はダイヤモンドです」その晩、エミリーはイルゼに書いた。「けれどもわたしはあらゆる種類の宝石が好きです――トルコ石以外は。あれは大きらいよ。あさはかなばかな魂《たましい》のないものよ。真珠《しんじゅ》のなめらかさ、ルビーの輝き、サファイアのやさしさ、紫 水晶《むらさきずいしょう》のとけるようなすみれ色、オパールのほのお——わたしはみんな好きです」

「エメラルドはどう?」イルゼは返事を書いた——少し皮肉だと、エミリーは考えた。彼女はシュルーズベリーのイルゼの友達《ともだち》が、ペリー・ミラーのニュー・ムーン訪問についてありもしないゴシップをイルゼに書いていることを知らなかった。ペリーはおりおりニュー・ムーンへ来た。けれども彼はエミリーとの結婚はあきらめて、まったく彼の仕事に没頭《ぼっとう》しているらしかった。現に彼は出色《しゅっしょく》の人として認められ、そして抜《ぬ》け目のない政治家たちは彼が州議会の議員候補者として出馬する日を待っていると言っている。

「だれにわかるんでしょう。あなたはわたしの『友人の貴婦人』になるかもしれないわ」とイルゼは書いた。「ペリーはいつか『サー・ペリー』になるでしょうからね」

これはエメラルドのことよりもっと皮肉だとエミリーは思った。

2

最初は発見されたダイヤモンドはニュー・ムーンのだれにも、なんの幸福をももたらさなかったように見えた。それが出てきたその夕方に、エリザベス伯母さんは足を折った。病気の近所の人を見舞《みま》うために、ショールをかけてボンネットをかぶって——ボンネットは年寄りでさえも流行おくれになったのだが、エリザベス伯母さんはまだかぶっていた——彼女は屋根裏の部屋へジャムの瓶《びん》をとりに行った。どうした拍子《ひょうし》か、つまずいてころんだのだ。起されたときには足が折れていた。そしてエリザベス伯母さんは生れてからはじめてベッドで何週間も暮《くら》さなければならない運命に直面した。

もちろんニュー・ムーンはエリザベスがいなくてもすすんでいった。伯母さんはそうは思わなかったけれども。しかし、ニュー・ムーンの家の世帯のきりもりよりも、どうしてエリザベス伯母さんの退屈《たいくつ》を紛《まぎ》らすかが問題だった。エリザベス伯母さんは動かずにいなければならないことをじれたり、おこったりしてたいへんだった――自分ではあまり読めなかった――読んでもらうのはたいして好きではなかった――何もかも犬に食べさせてしまうにちがいない――残る生涯《しょうがい》をとおして、足をひきずるようになり、役にたたない人間になるにちがいない――バーンリ医師はあほうにちがいない――ローラはリンゴをちゃんと取らないにちがいない――日雇《ひやと》いの小僧《こぞう》はいとこのジミーをごまかすにちがいないと思った。

「伯母さん、わたしがきょう書きあげた短い話をお聞きにならない？　退屈しのぎになるかもしれないわ」ある夕方エミリーがこう言った。

「くだらない恋愛《れんあい》ものかい？」エリザベス伯母さんは素気《そっけ》なく訊《たず》ねた。

「恋愛はちっともないの。まったくの喜劇よ」

「じゃあ聞こうかね。時間つぶしになるかもしれないね」

エミリーはそれを読んだ。エリザベス伯母さんは何一つ言わなかった。けれども次の日の午後、遠慮《えんりょ》しながら、言った。

「ゆうべおまえが読んでくれた話はもっと続くのかい？」

「いいえ」

「そうかい、もっとあるんだったら聞こうと思ってね。あれを聞いていると、何となく自分を忘れることができるようだね。出てくる人物が――何となく――生きてるように思えるよ。たぶん、それだから、あの人たちがどうなったか気になるんだろうと思うよ」と、エリザベス伯母さんはややきまり悪げに言った。

「それじゃあ、あの人たちについて、もう一つ物語を書きましょうね」と、エミリーが約束《やくそく》した。

それを読んでもらうと、おばさんは三番目を聞いてもいいと言った。

「あれはおもしろいね」と、言った。「あの中に出てくるような人間を、わたしは知っていたよ。あの小さなジュリー・ストウという子供さ、大きくなったらどんなになるんだろうね。かわいそうに」

3

その夕方、エミリーが淋《さび》しく窓から外の灰色の牧場や山やその上を吹《ふ》くわびしい風を眺めていたとき、小説の構想がうかんだ。かわいた枯葉《かれは》が庭の囲いの上に吹きつけるのが聞えた。綿雪がチラチラ降りはじめていた。

その日、イルゼから手紙が来た。

『ほほえむ乙女《おとめ》』と、題されたテディの絵がモントリオールで展示され、大きな波紋《はもん》を起したが、これがパリのサロンに受入れられたというのだ。

「わたしは急いで旅行から帰って展示会の最終日に間に合いました」と、イルゼは書いた。

「絵はあなたよ――エミリー――あなたがモデルよ。何年か前に、彼が描《えが》いたスケッチに手を入れて完成したのよ――あなたの大伯母さんのナンシーが取ってしまって、あなたの気を悪くしたあの絵よ――憶《おぼ》えてるでしょう？　テディのカンバスからあなたが笑ってるじゃありませんか。批評家たちはテディの色彩《しきさい》やテクニックや〝感触《かんしよく》〟についてずいぶんいろいろと言っていました。一人の美術評論家は『あの娘の微笑《びしよう》はモナリザの微笑と同じくらい有名になるだろう』と言いました。わたしはあなたの顔にあの微笑ののぼるのを幾度《いくど》も見ています、エミリー――ことにあなたが見えないものを見ていたときにね、あなたはそれを〝ひらめき〟と、呼んでいたわ。テディはあの微笑のしんの底にあるものをつかまえました――人をばかにした、挑戦《ちようせん》的なモナリザの微笑とはちがうのよ。――ある不思議な秘密で話そうと思えばあなたが話せるものといったような微笑――ある人たちは永遠の微笑と言うわね――もしあなたが話してくれれば、だれでも幸福になるようなある秘密をたたえた微笑です。それは単なる技巧《ぎこう》だと思うのよ――あなただって、ほかのわたしたちと同じように知らないのよ。だけどあの微笑はいかにもあなたが何もかも心得ているように思わせます――不思議なほどそれを思わせます。そうよ、確かにあなたのテディは天才です――あの微笑は確かに天才でなければ描けません。天才にインスピレーションをあたえるなんて、どんな気持？　わたしはそんなすばらしいことを言われるんだったら、自分の命をかなり短くしてもかまわないわ」

エミリーにはイルゼの言うことがよくわからなかった。けれどもテディに対して、何となく腹だたしさを感じた。彼女の愛情を侮《あなど》り、友情を無視した彼に、彼女の顔を――魂を――幻《まぼろし》を――描いて世間の人々の前にかかげて見せる権利が彼にあるだろうか？　なるほど、子供時代はテディは必ずそれをすると話していた――そしてそのときには自分も承知した。けれどもすべてのことがあの時分とは変ってしまったではないか。何もかも変った。

さて、エリザベス伯母さんが『オリバー・ツイスト』（訳注　十九世紀イギリスの作家ディケンズの作品名、およびその主人公の名）的興味を感じたこの物語についてだが、もう一つ新しいのを書いてみたらどうだろう――突然《とつぜん》にこのアイデアがうかんだ。それを本にまで拡《ひろ》げたらどうだろう。もちろん『夢を売る人』のようにはなるまい。あの昔《むかし》の栄光はもう一度返ってはこないだろう。けれどもエミリーはたちまちにして本の幻を描いた――機知に富んだ、かがやいている人間喜劇だ。彼女はエリザベス伯母さんの部屋へかけおりた。

「伯母さん、わたしこの間の物語の中に出てくる人物たちについて本を書こうと思うんだけど、どう？　伯母さんのために書こうと思うの――一日に一章ずつ」

エリザベス伯母さんは興味を感じてきたのを顔に表わさないように注意しながら言った。

「やりたけりゃやってごらん。わたしは聞くのはいやじゃないよ。だけど、気をおつけよ、ご近所の人は決して中へ入れちゃいけないよ」

エミリーは近所の人はだれも作中に入れなかった——そんな必要はなかった。住む場所と名を求める人物があとからあとからと意識の中に現われた。彼らは笑ったり、しかめ面《つら》をしたり、泣いたり、躍《おど》ったりした——それどころか、ちょっとした恋愛事件まで起した。エリザベス伯母さんは小説ともなれば恋愛なしではできないのだろうと思ってこれを許した。エミリーは毎晩一章ずつ読んで聞かせた。そして、ローラ伯母さんといとこのジミーさんもいっしょに聞くことを許された。いとこのジミーさんは大喜びだった。こんな立派な物語が書かれたことはいまだかつてないと思った。

「あんたの読むのを聞いてると、若くなったような気がするよ」と、彼は言った。

「ときどきわたしは笑いたくなったり、泣きたくなったりするよ」と、ローラ伯母さんが白状した。「アップルゲイト一家が次の章でどんなふうになるか心配で眠《ねむ》れない晩があるよ」

「もっと悪くなるかもしれないね」と、エリザベス伯母さんが断言した。「それはそうと、エミリー、わたしはおまえがグロリア・アップルゲイトの皿《さら》ぶきんがいつでも油くさいと書いたところを抜かしてもらいたいんだがね。デリー・ポンドのチャールズ・フロストさんの奥《おく》さんが自分のことを言ってると思うといけないからさ。あの人のふきんはいつでも油じみてるよ」

「かんな屑《くず》はどこかで火がつくものだ」と、ジミーさんが言った。「グロリアは本ではおもしろいけれど、いっしょに住むには恐《おそ》ろしい人間だ。世界を救うために忙《いそが》しすぎるんだ。だれかあの人によくバイブルを読むように話すべきだ」

「だけどわたしは、シシイ・アップルゲイトがきらいだね。おおげさな話しかたをしてさ」と、ローラ伯母さんが言った。

「薄《うす》っぺらな人間さね」と、エリザベス伯母さんが言った。

「わたしはジェシー・アップルゲイトにはがまんができない」と、いとこのジミーさんが言った。「自分の癇癪《かんしゃく》を猫《ねこ》に破裂《はれつ》させる男なんて！　そんな男は二十マイル先にいてもわたしはたたきにいくね。けれども」――あてにしているように――「たぶんあいつは間もなく死ぬだろう」

「それとも改心するでしょう」と、ローラ伯母さんが言った。

「いや、いや、あいつは改心させないでくれ」と、いとこのジミーさんが心配そうに言った。「必要なら殺してくれ。だけど決して改心させないでくれ。それはそうとペーグ・アップルゲイトの眼の色を変えてもらいたいな、わたしは緑の眼はきらいだよ――いつもきらいだった」

「だけど今になって変えられない。緑色の眼なのよ」と、エミリーが反対した。

「そんならエブラハム・アップルゲイトのひげだな。わたしはエブラハムが好きだ。派手な人間で、ひげがどうにかなるといいんだが」と、ジミーさんが言った。

「いいえ」――しっかりと――「そうはいきません」

なぜみんなわからないのだろう。エブラハムはひげを持っていた。――ひげがほしかったのだ。ひげを生やそうと決心していたのだ。彼女が彼を変えることはできない。

「この人たちはほんとうに生きてはいなかったんだよ」と、エリザベス伯母さんが叱《しか》った。彼女はそのことをたいへんに恥《は》じてその朗読のあとの時間中微笑だにしなかった。けれども、エミリーはそれを彼女の大勝利と考えた――エリザベス伯母さんが笑った。彼女はそのことをたいへんに恥じてその朗読のあとの時間中微笑だにしなかった。

「エリザベスは神様が、私たちの笑うのを聞くのはきらっていなさると思っている」と、いとこのジミーさんはローラにささやいた。もしそこにエリザベスが足を折って寝《ね》ていなかったなら、ローラは笑っただろう。けれどもその場合笑うのは彼女をばかにしたように思われた。

いとこのジミーさんは首をかしげながら、「どうしてできるんだろう？　どうしてできるのだろう！　わたしには詩が書ける――けれどもこれは。あの話の中の人々は生きている」といいながら下におりていった。その人物の中の一人は、エリザベス伯母さんの意見によるとあまり生き生きしすぎていた。「あのニコラス・アップルゲイトはシュルーズベリーのダグラス・コーシーに似すぎているよ」と、言った。

「わたしはおまえに小説の中に私たちの知っている人を入れてはいけない、と言ったじゃあないか」

「あら、わたしはダグラス・コーシーに逢《あ》ったことはありません」

「まるであの人のとおりだよ、ジミーだってそう言っていた。おまえはあの人を抜かさなけりゃあいけないよ、エミリー」

けれどもエミリーは強情《ごうじょう》に彼を抜かすことを承知しなかった。年とったニコラスは彼女の本の中でもっともよくできた人物の一人だった。

この時分には、彼女はその仕事に夢中《むちゅう》になった。これをつくることは『夢《ゆめ》を売る人』の創作のように、深い感動はなかった。けれどもそれはたいへんおもしろかった。書いている間はいろいろの心づかいを忘れた。

最後の章はエリザベス伯母さんの足から副木《そえぎ》がとれて台所の長椅子《ながいす》に連れてこられた日にできあがった。

「まあ、おまえ、治って助かったよ」と、彼女は言った。「だけれど、とにかくわたしは家のことの監督《かんとく》のできるところに来られたことを感謝しているよ。おまえは本に何という題をつけるの？」

「バラの道徳」

「それはあんまりいい題じゃないね。何の意味だかわからないもの——だれにもわからないよ」

「かまいませんわ。それが本の題なのよ」

エリザベス伯母さんはためいきをついた。

「おまえはどっからその強情を受けついだのかね、エミリー。わたしにはわからないね。人のアドバイスというものを聞かないんだもの。あの本が出版されれば、コーシー一家の人たちはわたしどもに口をきかないよ」

「あの本が出版されることなんかないわ」エミリーは憂鬱《ゆううつ》そうに言った。「返されるにきまってるわ。少うしばかりの賞《ほ》め言葉を添《そ》えてね。ハレンチだわ」

　エリザベス伯母さんは「ハレンチだわ」などという言葉を聞いたことがなかった、だからエミリーが発明したと思い、たいへんたしなみがないと思った。

「エミリー」と、きびしい口調で言った。「二度とそんな言葉をおまえの唇《くちびる》から聞きたくないよ。そんな言葉を使うのはイルゼのほかにはないよ――かわいそうにあの子は小さいときにしつけがなかったから、どうしてもその悪いくせが直らないんだよ――あの子はわたしたちの標準とはまったくちがってるからね。だけどニュー・ムーンのマレー家の者は決してそんなわるい言葉は使わないよ」

「あれは、ただはやり言葉をちょっと使ってみただけなのよ」エミリーはものうげに言った。

　彼女は疲《つか》れていた――すべてのことに飽《あ》き飽きした。もう今はクリスマスだった、そして長い、味気ない冬が眼《め》の前にひろがっていた――からっぽの、何の目標もない冬が。何にも値打のあるものはなかった――『バラの道徳』の出版社を捜《さが》すことさえも。

4

　けれども、エミリーは原稿《げんこう》をタイプで打って送った。それは返送されてきた。また送った。三度まで。また返送されてきた。またタイプに打った――このときは原稿もかなりしわくちゃになっていた。その冬中から夏にかけて、出してくれそうな出版社のリストを見ては送った。幾《いく》たび送ったか、もう書くこともできない。それは一種の笑いのようになった――痛い笑いだった。

いちばんいやなことはニュー・ムーンの人たちが、原稿の返されてくることを知っていて、同情と怒《いか》りを感じているということだった。いとこのジミーさんはそれが戻《もど》ってくるたびにおこって、その次の日はものを食べなかった。それだからエミリーは原稿の旅のことは彼に話さないことにした。一度なんかは、その原稿をミス・ロイアルに送って何とかしてもらおうかと思った。けれどもマレー家の誇《ほこ》りはそんな考えを一掃《いっそう》した。エミリーのリストの中の最後の出版社から秋になって返送されてきたときには、封《ふう》も切らなかった。机の中にさっさとしまってしまった。「もはや失敗と闘《たたか》うにはあまりに心が痛んだ」のだ。

「これがすべての終りだ——わたしのすべての夢の。わたしはこの原稿をちり紙に使ってしまおう。そしてこれからは鍋《なべ》料理のようなありふれた生活に落着こう」

すくなくとも雑誌の編集者は、本の出版社の人よりは鑑賞眼があった。いとこのジミーさんが腹だたしげに言ったように彼らにはもっと思慮《しりょ》があるらしかった。

本がむなしくその機会を求めている間に彼女の雑誌からの要求は毎日増加した。彼女は机で長時間を過して、ある程度仕事を楽しんだ。けれどもそのすべての下に失敗の意識があった。彼女は決してアルプスの道を高くはのぼれなかった。その頂上の約束《やくそく》の地は彼女のためではなかった。鍋料理！　それだけだった。エリザベス伯母さんの考えるやり方で生活をたてることは恥ずべき安易な道だった。

ミス・ロイアルは、正直にエミリーが後退していることを書いてきた。

「あなたはだめになっています、エミリー」彼女は戒《いまし》めた。「自己満足におちいっています。あなたはここローラ伯母さんといとこのジミーさんの賞め言葉はあなたには悪いことです。あなたはここへ来るべきです。わたしたちはあなたを高くあげてあげましょう」

もし彼女が六年前に機会のあったときに、ニューヨークに行っていたら、そうしたら本は出版できただろうか。プリンス・エドワード島の消印がだめにするのではないだろうか――世間から離《はな》れた小さな州で何もいいものが出たことがない場所だからではないだろうか？

たぶん！　たぶんミス・ロイアルは正しかったのだ。けれどもそれが何だろうか？

その夏はだれもブレア・ウォーターには来なかった。それは――テディ・ケントが来なかったという訳だ。イルゼはヨーロッパへ行った。ディーン・プリーストは彼の住いとして太平洋沿岸を決めたらしかった。

ニュー・ムーンの生活は単調に続いた。エリザベス伯母さんは少し足をひきずり、いとこのジミーさんの髪《かみ》の毛は突然に白くなった。一晩のうちにと言いたいくらいだった。ときどき、エミリーはいとこのジミーさんが年とっているということを急に考えた。彼らはみんなだんだんに年とってきた。エリザベス伯母さんはほとんど七十歳《さい》だった。そして彼女が死んだときにはニュー・ムーンはアンドルーのものになるのだ。

もはや現に、アンドルーがときどきニュー・ムーンを訪問する時には、持ち主のような様子を見せていた。もちろん、彼はここに住むのではない。けれども、家は売る必要ができたときのために、ちゃんとしておかなければならなかった。

ある日、アンドルーが父親のオリヴァー伯父《おじ》さんに言った。

「あのロンバルディ杉《すぎ》をもう伐《き》らなければなりませんねえ、上の方がばかに茂《しげ》りすぎました。この節はロンバルディははやりませんよ。それから若いモミの木の野原は耕さなければいけませんねえ」

「あの古い果樹園は伐らなければいけないね」と、オリヴァー伯父さんが言った。「果樹園というよりもジャングルのようだ。もう木はみんな年をとりすぎている。みんな伐らなければいけない。ジミーとエリザベスはあまりにも時代おくれだ。あの畑を半分も金にしていない」

これを盗《ぬす》み聞きしたエミリーは歯ぎしりした。ニュー・ムーンが変えられるのを見るなんて——彼女の心から愛している古い木々が伐り倒《たお》されるとは——実のなっていたモミの林がなくなるとは——夢みるような果樹園の美しさが亡《ほろ》ぼされるとは——過去の亡霊《ぼうれい》のような喜びがみんな変えられるとは——がまんのできないことだった。

「もしおまえがアンドルーと結婚していたらば、ニュー・ムーンはおまえのものになるんだったんだよ」と、エリザベス伯母さんはエミリーが盗み聞きしたことで泣いているのを見て言った。

「でも変化はやっぱり来ますよ。アンドルーはわたしの言うことなんかきかないでしょう。あの人は、夫は妻の頭だと信じています」と、エミリーが言った。

「おまえはこの誕生日《たんじょうび》で二十四になるよ」と、エリザベス伯母さんが言った。

それが何だというのか？

第十九章

1

一九——年　十月一日

きょうの午後、わたしは窓のところにすわって新しい続き物を書きながら、庭の入口のかわいらしいおもしろいカエデの若木を眺《なが》めた。

午後中ずっと若木たちは内緒《ないしょ》のことをささやき合っていた。彼《かれ》らはいっしょに首を曲げて、秘密を午後中ずっとささやき合っていた。いっしょに首を曲げて数分間熱心に話し、それからそろってうしろへしりぞき、互《たが》いに顔を見合せ、次には手をおかしな格好に伸《の》ばして驚《おどろ》いた様子をしていた。〈木の国〉ではどんな新しい計画がなされているのだろう？

2

一九——年　十月十日

今夜はすばらしかった。わたしはたそがれが秋の夜に深まり、その上に星の祝福がおおいかぶさるまで歩きまわった。わたしはたった一人だったがさびしくはなかった。わたしは空想のホールの女王で、想像の同志たちといろいろ会話をした。そして多くの出来事を考えついたので、わたし自身、自分の創造力に驚くくらいだった。

3

一九――年　十月二十八日

今夜わたしは長い散歩に出かけた。黄色い空の上に大きな、冷たい雲が巻きおこり、山々が忘れられた森の沈黙《ちんもく》の中に閉じこもっている、妖気迫る《ようきせまる》紫色《むらさきいろ》の、影《かげ》の多い世界。岩の岸に寄せ返す大海。その全景は、

「最後の運命の審判《しんぱん》を
　待つ人々のように」

見えた。

それはわたしを――おそろしくしょげさせた。なんとムードに支配される者なんだろう！エリザベス伯母《おば》さんに言わせれば、〝移り気〟、アンドルーに言わせれば、〝気紛れ《きまぐ》〟というわけだが、さて、何だろう？

4

一九――年　十一月五日

何というお天気になってしまったんだろう！　一昨日は世は美しくなくはなかった――茶色の貂《てん》の毛皮で装《よそお》ったかわいい老婦人だった。昨日は春の真似《まね》をして、若さの元気と気品をつけ、霞《かすみ》のスカーフをつけた。そして何とみにくい老婆《ろうば》になってしまったことだろう、しわだらけのよぼよぼになってしまった。自分自身のみにくさでひねくれてしまって、一晩中、一日中荒《あ》れ狂《くる》った。わたしは真夜中に眼《め》をさまして風が木々にうなり、怒《いか》りと憎《にく》しみの涙《なみだ》がガラスに吹《ふ》きつけているのを聞いた。

5

一九――年　十一月二十三日

小止《こや》みもない、秋雨の二日目である。ほんとうに十一月になってからほとんど毎日降っている。きょうは郵便はなかった。ポタポタ雫《しずく》の垂れる木々と黄ばんだ野原とで外は味気ない風景だ。そして湿気《しっけ》と陰気《いんき》さはわたしの魂《たましい》と心の中にまでしみこんで、すべての生気と精力を吸いとってしまった。

わたしは無理にするのでなければ、読むことも書くことも食べることも眠《ねむ》ることも何にもできなかった。そしてやっていてもまるでだれかほかの人の手と頭でやっているようでちっともよくできなかった。わたしは活気がなく、みすぼらしく無愛想になった――自分でつくづく自分がいやになった。

わたしはこの生存の中で苔《こけ》がむしてしまうわ！　そら、この小さな爆発《ばくはつ》で気持がよくなった。わたしの身内にこもっていた不平をいくらか発散したようだ。だれの生涯《しょうがい》にも、ときどき、何もかもいいことがなくなって不満と不平だけになるときが来るものだということを知っている。いちばん明るい日でも、いくらかの雲はあるものだ。ただ、それでも太陽はあるということを忘れてはならない。

机の前だけの――哲学者《てつがくしゃ》になるのは何とやさしいことだろう！（注――もしあなたが土《ど》砂降《しゃぶ》りの雨の中にいるとしたら、太陽は同じように空にあるのだと思い出すことが、あなたを乾《かわ》かすだろうか？）

まあ、とにかく、まったくちがわない日は二日とはないものである。これはありがたいことだ！

6

一九――年　十二月三日

青白い、枯《か》れはてた山々のうしろの〈のっぽのジョン〉の茂《しげ》みの間からモミの林の枝《えだ》とロンバルディ杉《すぎ》がキラキラと照り返す、風の烈《はげ》しい夕日の入りだった。わたしは窓のところでそれを眺《なが》めていた。下の庭は暗くて花のない道に散り敷《し》いている枯葉が気味悪く吹きまくられているのが、わずかにぼんやりと見えるだけだった。かわいそうな死んだ葉っぱよ――けれどまったく死んでもいないらしい。少しばかり生命が残っていて淋《さび》しがったり心細がったりする。もはや彼らには何の注意もはらわない風の響《ひび》きに耳を傾《かたむ》けている。風はただ彼らをからかって吹き、その静かな安息を妨《さまた》げるだけだ。わたしは木の葉を見ているうちにかわいそうになった。気味の悪いたそがれの中でじっと見ているうちに、腹がたってきた――腹がたつというのもおかしなもので、わたしはほとんど笑いだした――木の葉たちを静かに休ませない風といっしょに笑った。なぜ彼らは――そしてわたしも――すでに去っていった生命を求める情熱の呼吸のために心を痛めるのだろう？

長いあいだイルゼからもたよりがない。あのひともわたしを忘れてしまったのだ。

7

一九――年　一月十日

今夜郵便局から帰るとき――三編の作品採用の知らせを持って――わたしは自分のまわりの冬の美しさに心を躍《おど》らせた。実に静かで物音がしなかった。低い太陽はうすいピンクと薄紫色を雲の上に投げかけた。そして大きな銀色の月が〈歓喜の山〉の上にのぞきかけているのは、いかにもわたしの友人らしかった。

三編採用がなんと人生観を変えることだろう！

8

一九――年　一月二十日

このごろの夜は実に味気なく、昼は昼でほんのわずかの灰色の太陽のない時間である。わたしは昼は一日中仕事をする。長い夜がやって来ると、わたしの中には憂鬱《ゆううつ》が宿る。わたしはその感情を説明できない。恐《おそ》ろしい気持だ——実際の苦痛よりいやなものだ。言葉で説明するとなったら、何と言ったらいいであろうか、たいへんなものうさを感じるとでも言おうか——肉体ではない、頭でもない、感情である。それが未来への恐怖《きょうふ》——すべての未来——幸福な未来でさえも——幸福な未来が最も恐ろしい。なぜかというとわたしの妙《みょう》なムードでは幸福であることはいちばん骨がおれるように思われる——わたしの持っている元気以上の元気が必要のように思われる。わたしの恐怖心がとる奇妙《きみょう》な形は、幸福になるのはあまりに手がかかるような気がするのである。——あまりに精力を要するのだ。

わたしを正直にあらしめる——もしほかの場所でできなければこの日記帳の中だけでは。わたしは自分の状態をよく知っている。きょうの午後わたしは物置でトランクを片づけた、そしてテディがモントリオールにいた最初の一年間に書いてくれた手紙のたばを見つけた。ばかなわたしはそこにすわりこんで、すっかり読み返した。

ばかなことをした。今その結果に苦しんでいる。こういう手紙には恐ろしいほど回顧《かいこ》の力がある。わたしは苦しい思いと招かない亡霊《ぼうれい》に囲まれている——小さな過去の喜びの幻影《げんえい》に。

9

一九——年　二月五日

生活は以前のようにいつも同じには考えられない。何かが失われてしまった。わたしは不幸ではない。けれども生活が消極的なものにしか考えられない。全体としては生活は楽しく、美しい瞬間《しゅんかん》もずいぶんある。わたしは成功している——すくなくともある種の成功は得ている——だんだんに進歩し、周囲からも喜ばれ、楽しみと興味をも提供されている。けれどもそのすべての底には、空虚感《くうきょ》がある。

これはみんな膝《ひざ》まで雪に埋《う》もれていて、わたしには先へ出られないからだ。雪解けになるまで待たなければだめだ、そうすればここから抜《ぬ》け出してモミの木のかおりと白い場所の平和と山々の力にふれることができる——何という美しい聖書の言葉だろう！——そしてわたしはふたたび健康になるだろう。

10

一九——年　二月六日

昨晩わたしにはマントルピースの上の花瓶《かびん》に入れてある色を染めた草にがまんができなくなった。たとえ四十年そこに飾《かざ》ってあったものだってかまやしない！　わたしはそれを摑《つか》んで窓から外へ捨てて芝《しば》の上へ散らした。これで気が休まって、まるで乳呑子《ちのみご》のように眠った。

けれども今朝いとこのジミーさんが、それをみんな拾い集めてもう二度とふたたび吹き散らしてはいけないと、やわらかに叱《しか》りながら返してくれた。エリザベス伯母さんは驚いてしまうだろう。わたしはそれを花瓶に返した。どうしてものがれられないものだ。

11

一九――年　二月二十二日

今日の夕方はクリーム色の霧《きり》深い夕日で、それから月光がさしてきた。すばらしい月光だ。そこで眠って、美しい庭と歌と友達《ともだち》のことを夢みられるようなすばらしい夜だった。眠りの間中、白い月の光とたびたび聞いたことのある月の世界のこととそれから生れてくる音楽のことを考えられるような夜だった。

光の妖精の世界を一人で散歩するために出ていった。黒い木の影が雪の上に落ちている果樹園を通っていった――星の輝《かがや》いて光っている白い山をのぼった。神秘で暗くなっている静かな森の道の木立を行った。そこは月の光から遮《さえぎ》られていた。わたしは黒檀《こくたん》と象牙《ぞうげ》の夢《ゆめ》の野原を横切っていった。わたしはわたしの古い友達の風のおばさんと約束《やくそく》があった。ひと吹きひと吹きの風が竪琴《たてごと》の音のようであり、ひとつひとつの思いが法悦《ほうえつ》だった。わたしは夜の水《すい》晶《しょう》で湯浴《ゆあ》みして、真っ白に洗われ、きれいになって帰ってきた。

けれども、エリザベス伯母さんは、他の人たちがこんな時間にさまよい歩いているわたしを見れば気が狂ったと思うだろうと言った。そしてローラ伯母さんは、わたしが風邪《かぜ》をひかないように温かい黒スグリの煎《せん》じ薬を飲ませた。いとこのジミーさんだけが幾分《いくぶん》かわかってくれた。

「あんたは逃《に》げて出たんだね。わしは知っているよ」と、彼はささやいた。

「わたしの魂は広い牧場で
　星といっしょに羊を飼《か》ってきた」
　わたしはそう答えた。

12

一九――年　二月二十六日
　最近シュルーズベリーからジャスパー・フロストが来た。わたしは昨晩のわたしたちの会話のあとでは、もう来ないだろうと思う。彼はわたしに、わたしを「永遠にまでつづく愛で」愛していると言った。けれどもエリザベス伯母さんは少し失望した。わたしもまた伯母さんはジャスパーを好きで、そしてジャスパー一家はよい家柄《いえがら》である。わたしもまた彼を好きだ。だけども彼はあまりに気どりやで、やり手だ。

「あんたはのろまの求婚者《きゅうこんしゃ》が好きなのかい」と、エリザベス伯母さんが訊《き》いた。

　これには弱った。なぜならわたしはきらいだから。

「でも、中くらいというのがあるでしょ」と、わたしは言った。

「娘《むすめ》はあんまりやかましく言うものではないよ」――わたしはエリザベス伯母さんが「二十四にもなろうとするのに」と言いかけたのを知っている。けれども彼女《かのじょ》はそれを「自分も完全でもないのに」と変えた。

　わたしはカーペンター先生が生きていて、エリザベス伯母さんの力のはいった言葉を聞いてくだすったらいいと思った。それはひどいものだ。

13

一九——年　三月一日

〈のっぽのジョン〉の茂みから、すばらしい夜の音楽がわたしの窓へ来る。いいえそれは〈のっぽのジョン〉の茂みではない。

エミリー・バード・スターの茂みだ。わたしはそれを最近のわたしの原稿料《げんこう》で買った。それはわたしのものだ——わたしのものだ——わたしのものだ。その中のすべての美しいものはわたしのものだ。月に照らされた眺めも——星の光に向って立つ、一本の大きなニレの木のしとやかさも——影の多い小さい谷も——そこに咲《さ》くジューンベルとシダも——水晶のような泉も——古いクレモナ・バイオリン（訳注　北イタリアの都市クレモナで作られたバイオリン）よりももっと美しい風の音楽も。だれもそれを伐《き》ったり、またそれをどんな方法でもけがすことはできない。

わたしはほんとうに幸せだ。風はわたしの同志で、ゆうべの星はわたしの友だ。

14

一九——年　三月二十三日

嵐《あらし》の晩に窓と軒《のき》のまわりを吹く風のうなりほど、悲しく気味悪いものがあるだろうか。何年も前に死んで忘れられたすべての失恋《しつれん》した美しい不幸な婦人たちの叫《さけ》びが今夜の風のうなり声の中に、ふたたび響いてきたような気がする。わたしのすべての過去の苦しみが、それを追い出した魂の中にもう一度はいりたいと、願い叫んでいるようだ。わたしの小さな窓で叫んでいる夜の風には不思議な音がある。その中にわたしは昔《むかし》の悲しみの叫びを聞く――そして絶望のうなりと――断たれた望みのまぼろしの歌を。

夜の風は過去のさまよう魂である。それは未来には関係がない――だから悲しいのだ。

15

一九――年　四月十日
けさはわたしは長い間の自分よりもちゃんとした感じを持っている。わたしは〈歓喜の山〉を散歩した。

それは美しい真珠《しんじゅ》のような空と空気に春の匂《にお》いをもったやわらかな静かな霧の深い朝だった。あの山道の一まがりごとに親しみがある。そしてすべてのものが荒々しかった。四月は老いることを知らない。若いモミはその針をぬらしている真珠のような玉と仲よくしていた。

「あなたはわたしのものだ」と、ブレア・ウォーターのむこうの海が呼んだ。

「わたしたちは分け前を持っている」と、山々が言った。

「彼女はわたしの姉妹だ」と、愉快《ゆかい》な小さなモミの木が言った。

彼らを見ているときに〝ひらめき〟が来た――過ぎ去った日々にはほとんど来なかったわたしの古い最上のときが。わたしは年をとるにつれてそれを失《な》くすだろうか？　そうすれば

〝普通《ふつう》の日の光〟よりほかには何にも来ないだろうか。

しかしすくなくともそれはけさ来た。そしてわたしは自分の不滅《ふめつ》性を感じた。つまり自由は魂の問題である。

「自然は彼女を愛するものの心にそむかない」

わたしたちが自然に対して謙譲《けんじょう》にさえすれば、自然は癒《いや》しの贈物《おくりもの》を与えてくれる。不愉快な記憶《きおく》や不満は消えてしまった。わたしは急に、ある古い喜びは山のふもとにわたしのためにまだ待っていることを感じた。

今夜は蛙《かえる》が鳴いている。なぜ〝蛙〟というのはこんなおかしなかわいいくだらない言葉なのだろう。

16

一九――年　五月十五日

わたしは死んだら、夏と秋と冬は平和に草の下に眠るだろう。けれども春が来るとわたしの眠りの中で、わたしの心臓は鼓動《こどう》して、わたしのまわりの広い世界で呼んでいる声を羨《うらや》ましそうに呼ぶだろう。春と朝がきょうは互《たが》いに呼び合っていて、わたしはそこへ出かけていって三番目の仲間になった。

イルゼが今日手紙をくれた。ニュースについては随分《ずいぶん》けちで少ししか書いてなかった――そして家へ帰ってくると言っていた。

「わたしはホームシックです」と彼女は書いた。「ブレア・ウォーターの森ではまだ野原が歌っていますか。そして波は山のむこうで呼んでいますか。わたしはそれが恋《こい》しいです。そしてわたしたちが子供のときに何十ぺんも眺《なが》めた港に月はまだあがっていますか。わたしはあなたに逢《あ》いたいのよ。手紙では足りないわ。あなたと話したいことがたくさんあるの。わたしはきょう少し年とった感じがしているのよ。へんな気持よ」

彼女は、まったくテディについてはふれていなかった。けれども彼女は「ペリー・ミラーが、裁判官のエルムスレーの娘と婚約するってほんとうなの？」と書いていた。

わたしはそうは思わない。けれどもこの知らせでも、ペリーがどこまでのぼったかわかる。

第二十章

1

二十四歳《さい》の誕生日《たんじょうび》に、エミリーは自分の書いた「十四歳の彼女《かのじょ》から二十四歳の彼女へ」という手紙を開封《かいふう》した。それはかつて彼女が考えたように楽しいことではなかった。彼女は長い間、手紙を持って窓のところにすわり、古い習慣で今でも〈のっぽのジョン〉の茂《しげ》みとしばしば呼ばれる茂みの上の、黄色い沈《しず》んでいく星を眺《なが》めた。

その手紙をあけたら、何か出てくるだろうか？　第一の青春の亡霊《ぼうれい》かしら、それとも野心の亡霊かしら？　あるいは消え去った恋愛《れんあい》かしら、または失われた友情かしら？　エミリーはそれを読むより燃やしてしまったほうがいいと感じた。けれどもそれは卑怯《ひきよう》だ。人間はものごとに直面しなければならない——亡霊とさえも直面するのだ。彼女はすばやく封を切って手紙を出した。

古めかしい匂《にお》いがそれといっしょにした。何枚かのバラの花びらの押《お》したのがはいっていた。彼女の手がさわるとそれは粉々に破れた。そうだ、彼女はそのバラを憶《おぼ》えていた。——テディが、ある夕方彼女に持ってきたのだ。二人は子供でいっしょに遊んでいた。テディはバーンリ氏が彼《かれ》に与《あた》えたバラに最初の赤い花が咲《さ》いたのを堪《たま》らなく得意になっていた——その木に咲いた、たった一輪のバラだった。彼の母親は息子がこの小さな植物を愛しているのを妬《ねた》んだ。ある夜それは窓から落ちて鉢《はち》は割れてしまった。もしテディがこの二つのことの関係を何とか思っていたにしても彼は何にも言わなかった。エミリーはできるだけ長く、その小さなバラの花を花瓶《かびん》に入れて書斎《しょさい》のテーブルに置いた。けれどもその手紙を書いた夜にしおれた花をとってそれをたたんだ——キスをしながら——紙の間にそれを入れた。彼女はそのことは忘れていた。そして今夜しおれてみにくくなって手から落ちた。遠い昔《むかし》のバラのような望みと同じくそれにはまだ幾《いく》らかのかすかな若い美しさがあった。手紙全体がそれでいっぱいのようであった——それが、感覚的なものかまたは精神的なものか、彼女にはわからなかった。

この手紙はばかばかしいロマンティックな事件だと彼女はきびしく自分に話した。笑うべきことだ。エミリーはその手紙のある部分について笑った。何と下手だろう——何とばかだろう——何とセンチメンタルだろう——何とおかしいだろう。こんなくだらない花のような言葉を連ねたナンセンスを書くほど、若かったのだろうか？　二十四から見た十四はまったく若いものだった。

「あなたはえらい本を書きましたか」と、十四が結末に訊《たず》ねた。「あなたは、アルプスの道の頂上に達しましたか、おお二十四よ、わたしはあなたを羨《うらや》んでいます。あなたになることはすばらしいでしょう。あなたはわたしを哀《あわ》れんで見ていますか、あなたは今になって門のところで、まごまごしないでしょう。あなたは何人かの子供を持った、落着いた、結婚《けっこん》した婦人で、あなたの知っている人といっしょに〈失望の家〉に住んでいるでしょう。ただ固苦しくなく、愛する二十四よ、どうぞ劇的になってください。わたしは劇的なことと劇的な人を愛します。そしてあなたミセス——、あなたミセス——は？　このあいているところを何という名がみたすのでしょう。おお、愛する二十四よ。わたしはこの手紙の中にあなたへのキスを贈《おく》ります——そして一摑《つか》みの月光と——それからバラの魂《たましい》——そして昔の山の青い美しさと——野スミレの匂いを。わたしはあなたが幸福で、有名で、美しいことを望みます。そしてわたしはあなたが何もかも忘れてしまっていないことを望みます。

あなたのおろかな
古いわたしから」

エミリーは手紙を鍵《かぎ》のかかったところへしまった。

「こんなばかばかしいことはやめよう」と、言った。それから彼女は椅子《いす》にすわりこんで机にうつぶせになった。小さなばかな、夢《ゆめ》の多い、幸福な、無知の十四歳よ。将来には何かえらい、すばらしい、そして美しいことが待っているようにいつも考えていた。紫《むらさき》の山には必ず届くと思っていた。夢は必ず実現されると思っていた。どうして幸福になるかを知っていたおろかな十四歳。

「わたしはあなたを羨んでいます」と、エミリーが言った。「わたしはあなたの手紙をあけなければよかったと思っています。ばかな小さな十四歳よ。あなたの暗い過去に帰ってふたたび出てこないでください。わたしはあなたのおかげで眠《ねむ》られない夜を持ちます。わたしは一晩中起きていて自分を哀れまなければなりません」

けれどもすでに運命の足音は階段に響《ひび》いていた。――エミリーはそれをいとこのジミーさんの足音だと思った。

2

彼は手紙を持ってきた――薄《うす》い手紙――もしエミリーが、自分自身の十四歳のときのことに夢中《むちゅう》になっていなかったなら、いとこのジミーさんの眼《め》が猫《ねこ》のように光って、隠《かく》しきれない興奮がからだ中に漲《みなぎ》っていたのに気がついたであろう。のみならず彼女がぼんやりと手紙の礼を言って机にかえったときに彼は外の暗い廊下《ろうか》に立って半分開いている戸から彼女を眺めていた。最初彼女は手紙をあけないように見えた——それをそこに放《ほう》っておいてただじっと眺めていた。いとこのジミーさんは待ちきれなくて気がへんになりそうだった。けれども、二、三分後にエミリーは気がついた。ためいきをついて手紙のほうに手を伸《の》ばした。

「もしわたしの察しがあたれば、エミリー、あんたは手紙を見てためいきはつかないだろう」と、いとこのジミーさんは興奮して考えた。

エミリーは上の隅《すみ》の返信先の住所を見た。何のためにウェーアハム出版会社が手紙を書いてきたのだろうと考えた。あの大きなウェーアハムが！　アメリカでいちばん古いいちばん有力な出版社、たぶん何かのダイレクトメールだろう。それから彼女は信じられないような眼でタイプライターの手紙を眺めた——その間、いとこのジミーさんは廊下でエリザベス伯《お》母《ば》さんの編んだ敷物《しきもの》の上で音をたてずに踊《おど》っていた。

「わたしにはわからないわ」と、エミリーは言い、息をのんだ。


愛するミス・スター——

本社の閲読係《えつどくがかり》は『バラの道徳』について好意ある報告をいたしました。そしてもし相互《そうご》の理解が好都合にゆけば、われわれは次の時期の出版のリストに貴嬢《きじよう》を加えることを喜びといたします。われわれはあなたの将来のご計画についても伺《うかが》いたく存じます。

親愛なる、云々《うんぬん》

「わたし――わからないわ」と、エミリーがふたたび言った。いとこのジミーさんはもうがまんができなかった。彼はバンザイと口笛《くちぶえ》の音をたてた。エミリーは部屋を横切って彼を引っぱってきた。

「ジミーさん、これはどういうことかしら？　何か知ってるんでしょ？　どうやってウェーアハムが私の本を手に入れたのかしら？」

「ほんとうに採用したのかね？」いとこのジミーさんが訊《き》いた。

「そうよ。そしてわたしはあそこへは送らなかったのよ。そんなことだめだと思ったの――ウェーアハムなんて。わたし夢みてるのかしら？」

「いいや。わたしが話そう――怒《おこ》らないでくれよ、エミリー。一月《ひとつき》前にエリザベスが物置を片づけろとわたしに言ったことを憶えているだろう。あんたがいろいろのものをつめこんでおくボール紙の箱《はこ》を動かしていたら、底が抜《ぬ》けちまったんだよ。何もかも飛びだしちまったんだよ――だから、物置が散らかっちまって。わたしはみんなかき集めた――そしてあんたの本の原稿《げんこう》がその中にあった。わたしはたまたま一ページを見た――それからそこへすわりこんで――エリザベスが一時間あとであがってきてわたしがまだ読んでいるのを見た。わたしは何もかも忘れちまってたんだ。彼女おこったよ。物置は半分も片づいていないし、食事の準備はできてる。だけどわたしは何と言われてもかまわなかった――わたしは考えた。『この本がこんなふうに何もかも忘れさせてしまったのなら、なにかがあるんだ。これをどこかへ送ろう』そしてわたしはウェーアハムよりほかにはどこも送るところを知らなかった。

あの会社のことはいつでも聞いていたから。送りかたもわからなかった——それでクラッカーの箱につめて送ったんだ」

「あなた、それを返してくれるための切手も入れなかったの」エミリーは驚《おどろ》いて言った。

「いいや、そんなことは考えなかった。たぶんそれだからとってくれたんだろう。たぶんほかの会社はあんたが切手を送ったから返したんだよ」

「まさか」エミリーは笑ったけれども泣きだした。

「エミリー、あんたおこっているんじゃあないだろうね」

「いいえ——ただわたしはほんとうにうれしいのよ。何て言っていいのか、どうしていいかわからないほどうれしいのよ。まるで——ウェーアハム社だなんて」

「わたしはそれ以来、毎日郵便に気をつけていた」と、いとこのジミーさんは笑った。「エリザベスはわたしがまったくどうかなったかと思った。もしも小説が返ってきたらわたしはまたもとのとおり物置へ入れておくつもりだった。あんたに知らせないで。だけどあの薄い封筒《ふうとう》を見たとき、わたしは薄い封筒はいいニュースだと前にあんたがいったことを思いだした——かわいい、小さいエミリー、泣くんじゃないよ！」

「わたし泣かずにはいられないのよ——おお、あなたのことをいろんなこと言ってごめんなさいね、小さい十四歳よ。あなたはばかじゃあなかったわ。あなたは賢《かしこ》かったわ、あなたは知ってたのよ」

「少し頭がへんになったようだ」と、いとこのジミーさんは独り言を言った。「無理もないさ。あれほど幾度も送り返されたあとだもの。だけどもう少したてば、しっかりするだろう」

第二十一章

1

テディとイルゼは七月の十日間帰ってくることになった。いつでも二人がいっしょに来るのはどういうわけかとエミリーは思った。

それは偶然《ぐうぜん》の一致《いっち》ではない。彼女《かのじょ》はその訪問を恐《おそ》れて、それが済んでしまえばいいと思った。イルゼにまた逢《あ》うのはうれしい——どういうわけかイルゼには決して、よそよそしい気持は持てなかった。どんなに長く留守をしていても、逢った瞬間《しゅんかん》、もとのイルゼを見出《みいだ》した。けれども彼女はテディに逢いたくなかった。テディは彼女を忘れてしまった。出てから一度も手紙を書いてくれない。もうすでに美しい婦人を描《えが》く画家として有名になったテディ。イルゼが手紙に書くには——あまりに有名になり、あまりに成功したので、もはや雑誌の仕事はよすそうである。エミリーはこの手紙を読んだときに一種の安心を覚えた。もはや彼女は雑誌をあけて彼女自身の顔——あるいは魂《たましい》——があるイラストレーションから彼女を見ているのを眼《め》にするのではないかと恐れなくてもよくなった。その絵には「この娘《むすめ》はわたしのものだということをすべての男たちよ知れ」とでも言うかのように「フレデリック・ケント」の署名が隅《すみ》のほうに書いてあった。

エミリーは彼女の顔全体を描いたものよりも眼だけが彼女の絵であるのがきらいだった。彼女の眼をあのように描くことのできるテディは、彼女の魂の中のすべてを知っていることである。この考えはいつも彼女を怒《いか》りと恥《はじ》でいっぱいにした——そして恐ろしい心細さを感じさせた。彼女はテディに彼女をモデルとして使うことをやめてくれと話せなかった。彼女は彼《かれ》のイラストレーションの中でイラストレーションが彼女自身に似ているということを気がついたと認めたくなかった——彼女は絶対にそんなことはしない。そして今、彼は家へ帰ってくる——いつ何時に帰ってくるかわからない。もしどこかへ彼女が行ってしまえるならば——どんな口実をつくってでも——二、三週間の間行ってしまいたい。ミス・ロイアルは彼女にニューヨークへ来いと言ってきた。けれどもイルゼが来るときに行ってしまうのはよくない。

よろしい——エミリーは勇気をふるいおこした。なんというばかだろう！　テディは家へ帰って来るのだ。親への義務として母親に逢いに来るのだ——そして古い友達《ともだち》に逢うのを喜ぶだろう。それに何の変りがあろうか？　彼女はこの自意識を除かなければならない。そうしよう。

彼女は窓をあけてすわっていた。外の夜は、暗い重たい匂《にお》いのある花のようだった。何か待つことのあるような夜——何ごとか起りそうな夜。とても静かだ。もっとも美しい音のない夜——木のかすかなささやき、風のためいき、半分聞え半分感じられる海のうなり。「おお美しいものよ」と、エミリーが情熱をこめてささやいた、そして星に手をあげた。「この歳月《さいげつ》あなたたちがなかったらわたしはどうしたろう」

夜の美しさ——そしてかぐわしさ——そして神秘。彼女の魂はそれでいっぱいだった。そのときには、何にもほかのものがはいる場所はなかった。彼女はかがんで、顔だけを宝石のような空に向ってあげた——喜びに包まれて。それから彼女はそれを聞いた。やわらかな、銀の合図を〈のっぽのジョン〉の茂《しげ》みの中に——二つの高い音とそして一つの長い低い音——かつてはモミの林へ彼女の足を走らせた聞きなれた呼び声であった。

エミリーは彼女の白い顔が、窓のまわりにからまっているつるの枠《わく》の中にはいっている石に変ったかのように、すわっていた。彼がそこにいた。テディがそこにいた——〈のっぽのジョン〉の茂みの中に——彼女を待って——昔《むかし》のとおりに彼女を呼んで。

ほとんど彼女は飛びあがった。ほとんど二階をおりて外の暗さに出そうになった。彼が待っている美しい香《かお》り豊かな夜の影《かげ》。でも——彼はただ彼女の上にもとのとおりの力を持っているかどうかためそうとしているだけなのだろうか？

彼は二年前に一言の別れの言葉も書かずに行ってしまった。マレー家の誇《ほこ》りは彼女をそんなに低くした男のところへ走らせるだろうか。マレー家の誇りはそうはさせない。エミリーの若い顔は薄暗《うすぐら》い光の中で強情《ごうじょう》な決心をした。

行くまい。勝手に呼ぶがいい。

「口笛《くちぶえ》を吹《ふ》いたらわたしが行くっていうのね」ばかにして！　エミリー・バード・スターにはもうそれはきかない。テディ・ケントは、自分は時と同じに定まらず、しかもエミリーは彼の威張《いば》った合図を従順に待っていると思ってはならないのよ。

ふたたび呼び声が来た——二度も来た。彼はそこにいたのだ。彼女の近くにいたのだ。一分間のうちに、もし彼女が望むならば、彼のそばに行けるのだ——彼女の手を彼の手の中に——彼の眼は彼女の眼を見つめて——あるいは——

彼は彼女に別れを告げずに行ってしまったではないか！

エミリーはゆっくりと立ちあがってランプをつけた。窓の近くの机の前にすわり、ペンをとって書きはじめた——あるいは書くようなふりをした。しっかりと彼女は書いた——次の日、彼女がそれを見ると学校時代にならった古い詩の繰返《くりかえ》しであった——そして書きながら彼女は聞き耳をたてた。誘《さそ》いはまた来るだろうか？　もう一度？　来なかった。もはや来ないと知ったとき、灯《ひ》を消して、顔を枕《まくら》に押《お》しつけてそこに横たわった。自尊心がまったく満足した。彼女は彼に勝手気ままに呼びだされるものではないことを見せた。行かなかったことを彼女はほんとうに喜んだ。けれどもそのために疑いもなく彼女の枕はあふれ出る涙《なみだ》でぬれていた。

2

彼は次の晩——イルゼといっしょに——新しい自動車でやって来た。そして握手《あくしゅ》とはなやかさと笑いがみなぎった――おお！　すばらしい笑い声だった。

イルゼは真紅《しんく》のバラで飾《かざ》った、大きな黄色の帽子《ぼうし》で輝《かがや》いてみえた。イルゼでなければ似合わないようなおおげさな帽子だった。何と昔のとりつくろわぬイルゼとはちがったことだろう。けれどいつも同じように愛らしかった。だれでも彼女を好きにならずにはいられなかった。テディもまた愉快《ゆかい》だった。昔の古い人が子供時代の家に帰ってきたときの興味を持っていた。何にでもだれにでも関心を持った。なるほど威張ってはいた！

「イルゼがあなたは本を出すのだと話してくれた。すばらしい。それは何について？　一冊買わなければならない。ブレア・ウォーターは相も変らずだ。いつでもじっとしてとまっているような場所へ、帰ってくるのは楽しいものだ」

エミリーは〈のっぽのジョン〉の茂みの口笛は夢《ゆめ》だったかしらと思った。けれども彼女はプリースト・ポンドへ彼とイルゼといっしょに行った――そして大騒《おおさわ》ぎになった。なぜなら、まだ自動車は珍《めずら》しかったからだ。

彼らの訪問の残りの日は少なかった。イルゼは三週間滞在《たいざい》するつもりだったが、五日しかいられなかった。そして自分の時間の主人のように見えたテディは、やはりそれより長くはいないことを決めた。そして彼らは二人ともエミリーに別れを告げにきて、そしてみんなで月夜のドライブに出かけた――そしておそろしく笑った――イルゼはエミリーを抱《だ》きしめて、昔のとおりだったと言った。そしてテディも同意した。

「もし、ペリーがいたらなあ」と、彼は言った。「ぼくはペリーに会わなかったのは残念だ。

みんなが言うのに、ペリーは燃えかかった家にいるように落着かないそうじゃないか」

ペリーは彼の会社の用事のために沿岸へ出かけていた。エミリーは彼と彼の成功について少し自慢《じまん》した。テディ・ケントは彼だけがのぼっていると、思うべきではないのだ。

「あの人、前より少しお行儀《ぎょうぎ》がよくなった？」とイルゼが訊《き》いた。

「わたしたちのような単純なプリンス・エドワード島の人たちには、彼のお行儀は十分よ」

とエミリーが皮肉に言った。

「そうね、わたしは、あの人が人の前で歯をほじるのを見たことないわ」と、イルゼが言った。「あなた知ってる」――エミリーはすぐ気がついたが、テディに横眼をつかいながらイルゼは言った。「わたしは昔ペリー・ミラーに夢中《むちゅう》だったのよ」

「幸せなペリーだなあ！」と、テディが満足した理解の笑いのようなものを浮かべて言った。

イルゼはエミリーにさようならのキスはしなかったが、たいへんあたたかな握手をした。

そしてテディもそのとおりだった。

エミリーは今度は本気でテディが口笛を吹いたときに行かなかったことを感謝した。もしほんとうに口笛を吹いたのなら。

二人は賑《にぎ》やかに小径《こみち》をドライブしていった。けれども数分間のちに、エミリーがニュー・ムーンにはいろうとしたとき、後ろから急いだ足音が聞えて、彼女は絹糸のような抱擁《ほうよう》に包まれた。

「かわいいエミリー、さようなら、わたしはあなたをいつでも愛しています――だけれど、何もかもがおそろしく変ってしまったのよ——そしてわたしたちは、魔法《まほう》の島をいつでも見ることはできないのよ。わたしは帰ってこなければよかったと思うわ。——けれどもあなたはいつも愛していると言ってちょうだいよ。そうでなければ、堪《た》えられないわ」

「もちろん、わたしはいつでもあなたを愛していることよ、イルゼ」

二人はながいキスをした——ほとんど悲しげに——かすかな冷たい甘《あま》い夜の匂いの中でほとんど悲しげに。

イルゼはテディが警笛《けいてき》を鳴らして待っている小径を下っていった。そして、エミリーは二人の年とった伯母《おば》といとこのジミーさんが待っているニュー・ムーンへ帰っていった。

「テディとイルゼは結婚《けっこん》するのだろうかね」と、ローラ伯母さんが言った。

「もういいかげんでイルゼも落着いたらいいのにね」と、エリザベス伯母さんが言った。

「かわいそうなイルゼ」と、いとこのジミーさんが悲しそうに言った。

3

ある十一月の美しい日に、エミリーはブレア・ウォーターの郵便局からイルゼの手紙と小包を持って家に向った。

彼女は幸福にも似たような興奮に酔《よ》っていた。一日中やわらかい青い空と、遠くの森のかすかなブドウの実のように見える花と、山々の太陽でわけもなく不思議な楽しさでいっぱいだった。エミリーはテディの夢をみて朝、目がさめた——昔の親しい友達のテディ——そして一日中、彼女は不思議に彼が近くにいるような気分がしていた。まるで彼の足音が彼女のそばに聞えるように、そしてシダが金色に深く茂っている輝いた窪地《くぼち》を行くと赤い道のモミでふちどられた角で急に彼に会うような気がした——二人の間に何の変化もないような顔をして笑いながら、長い間はなればなれになっていたのは忘れて。

実のところ、長い間、彼のことはあまり考えなかった。

夏と秋は忙《いそが》しかった——彼女は新しい小説で忙しかった——イルゼの手紙も少なくて短かった。なぜこの突然《とつぜん》の訳のわからない近さだろうか？　イルゼの厚い手紙を受けとったとき、確かにテディのニュースもあるだろうと思った。けれども彼女の興奮をかきたてたのは小包だった。それはウェーアハム出版会社の印があって、エミリーは何がその中にあるかを知っていた。彼女の本——『バラの道徳』。

彼女は近道から家へ帰った。放浪者《ほうろうしゃ》がさまよい、恋人《こいびと》が彼の愛する女性のところに急ぎ、子供らが、そして疲《つか》れた男たちが家に帰ったその小径を行った——ブレア・ウォーターと〈きのうの道〉のそばの牧場まで続いていた道。〈きのうの道〉の灰色の枝《えだ》の茂った淋《さび》しいところへ来ると、エミリーは、その茂みにすわって彼女の小包を開いた。

そこに彼女の本があった。彼女の本！　出版社から来たほやほやの新しいもの。それは誇らしい、すばらしい、胸がドキドキする瞬間だった。アルプスの道にはついに到達《とうたつ》したのだろうか。エミリーは彼女の輝く眼を、深い青い十一月の空に向けて、むこうに重なり合っている陽《ひ》に照らされた青い峰《みね》を眺《なが》めた。いつでも向上の新しい高さがある。だれもほんとうに頂上に達することはできない。けれども、一つの高原に着いてこのような眺望《ちょうぼう》を得たときの瞬間は何といいものだろう。長い年月の労苦と努力と失望と落胆《らくたん》のあとに何という報《むく》いだろうか。

けれど、おお！ 彼女の世に出ない『夢を売る人』の運命は！

4

ニュー・ムーンではその午後、ほとんどエミリーのそれと変らぬ興奮が起った。

いとこのジミーさんは恥《は》ずかしげもなく、山の畑を耕すことをやめて家にすわりこんで、本に夢中になった。ローラ伯母さんは泣いた――もちろん――そしてエリザベス伯母さんはそれがほんとうの本のように、製本されているのに驚《おどろ》いた、と感嘆《かんたん》して言った。たぶんエリザベス伯母さんはそれが紙表紙になると思っていたらしい。けれども彼女は、その午後はふとんを作るのにつまらない間違《まちが》いをしたし、いとこのジミーさんになぜ野良《のら》仕事をしないかも訊かなかった。そしてあとで、ある訪問者が来たときには、自動車が来るまではエミリーの机の上にあった『バラの道徳』が不思議にも客間のテーブルに置いてあった。

エリザベス伯母さんは、何にもそれについて言わなかったし、訪問者たちも気がつかなかった。彼らが帰ったときに、エリザベス伯母さんは腹だたしそうに、ジョン・アンガスは例によってばかだし、またもし彼女がいとこのマーガレットだったら、二十年も若い服装《ふくそう》はしないだろうと言った。

った。

「年とった羊が、子羊のように飾っている」と、エリザベス伯母さんはばかにしたように言った。

もし二人が『バラの道徳』について何か言ったなら、エリザベス伯母さんはたぶん、ジョン・アンガスはいつでも気のいい愉快な人間であり、いとこのマーガレットが年より若いのは不思議だと言ったであろう。

5

この興奮の中でもエミリーは――まったくイルゼの手紙のことを忘れたわけではなかったけれども、それを読むのはもう少し落着いてからにしようと思った。たそがれどきに部屋に帰って、薄れていく光の中にすわった。風は日没《にちぼつ》に変って夕方は寒かった。ジミーさんがいう〝雪の刃《やいば》〟が突然に降りだして枯れた汚《きた》ない庭と世界を白くした。けれども嵐《あらし》の雲は過ぎ去って空は白い山と黒いモミの上に黄色く晴れた。

イルゼがいつも使っていた香水《こうすい》が彼女の手紙をあけると匂ってきた。エミリーは何となくそれがきらいだった。しかし、エミリーの好みはほかのいろいろなことと同じように香料についても、イルゼとはちがっていたのだ。イルゼは異国的な東洋の煽情《せんじよう》的な匂いが好きだった。エミリーは死ぬまで、あの匂いを冷たく寒くならずにかぐことはできないだろう。

「ちょうど一千回わたしはあなたに書こうとしました」と、イルゼが書いた。「けれども用事の渦巻《うずまき》の中にいるときには、ほんとうにやりたいことのためには機会《おり》のないものね。この数カ月わたしは犬に追われている猫《ねこ》のように仕事に追われていました。息をつくために休んでも、犬はわたしをつかまえたでしょう。けれども今夜はわたしは書かずにはいられません。わたしはあなたに話したいことがあるの。そしてあなたの手紙がきょう来ました――だから今夜は書きます。犬に食われてもかまわないわ。

わたしはあなたが丈夫でご機嫌《きげん》のいいのを喜んでいます。エミリー、ときどきわたしはあなたが羨《うらや》ましいのよ――静かで、平和で、ひまのあるニュー・ムーン――あなたの仕事への満足と集中――あなたの目的への専心。もしあなたの眼が正しければあなたの全身は光でいっぱいでしょう。これは聖書だかシェイクスピアだかにあったわね！　けれどもどこにあったとしてもそれはほんとうね。わたしはあなたがあるとき、わたしの旅行の機会が羨ましいと言ったのを憶《おぼ》えています。かわいいエミリー、一つの場所から、他の場所へ飛びまわっているのは旅行ではありません。もしあなたが、あなたのばかなイルゼのように、自分の目的や野心を、蝶々《ちょうちょう》のように何十回となくとりかえていたら、あなたは幸福ではありません。あなたはいつでもわたしに考えさせます――いつでも、考えさせます。わたしたちの子供の日を――それから『彼女の魂は星のように離《はな》れていた』というだれかの言葉を思わせます。

さて、人は自分のほんとうに求めているものが得られないときには何でも立派に見えるものに飛びつかずにはいられません。

わたしがペリー・ミラーに夢中なことをあなたがばかだと思っていることを知っています。わたしは、あなたにはどうしてもわからないと思いました。あなたにはわかりません。あなたはほんとうにだれかを好きになったことがありますか、エミリー？　だからあなたはわたしをばかだと思うのです。確かにわたしはばかだったでしょう。けれどもわたしはこれからセンスを持とうとしています。わたしはテディ・ケントと結婚します——そら、これ言ってしまったわ！」

6

エミリーは下へ置いた——あるいは手紙を落した。彼女は苦痛も、驚《おどろ》きも感じなかった。わたしが聞いたところでは、人は弾丸《だんがん》が心臓にあたったときには苦痛も驚きも感じないそうである。ついに来るべきものが来た、知っていた——いつでも、すくなくともミセス・チドローのダンスパーティーのときから知っていた。けれどもそれが実際に起ったとき、彼女は死の休息よりも死の苦しみのすべてを味わったような気がした。彼女の前の薄暗い鏡の中に、自分の顔を見た。鏡の中のエミリーはこんなふうに見えたことがあるだろうか、けれども部屋はいつもと同じだ。同じだということが腹だたしい。

数分の後に——それとも数年の後だったのか——エミリーは手紙を拾って読みつづけた。

「もちろん、わたしはテディを恋してはいません。ただ、彼はわたしにとっては習慣のような人間になってしまいました。わたしは彼なしには何にもできません——彼なしに暮《くら》すかそれとも結婚するよりほかにありません。彼はわたしの躊躇《ちゅうちょ》をもうがまんしません。それに、彼はたいへんに有名になろうとしています。わたしは有名な男の妻になるのが好きなのです。

また彼は収入も持つでしょう。わたしはそれほど、金が好きではないのよ、エミリー。わたしは先週百万長者に『ノー』と、言いました。いい男だったのよ――だけども気のいいいたちのような顔をしていたの――もしそんなものがあるとすれば！　そしてわたしが結婚しないと言ったら泣きました。不愉快で堪《たま》らなかったわ。

そう、それは大体野心からね。それから一種の生活に対する倦怠《けんたい》から来ているのね、この二、三年わたしにはそれが来ているのよ。何もかもうるさいの。だけどわたしはテディを好きです――いつでも好きだったわ。彼は思いやりのある人物です――それからわたしたちの冗談《じょうだん》を好きなのも似ています。彼は決してわたしを退屈《たいくつ》がらせません。わたしは退屈がらせる人はきらいです。もちろん彼は男としてはハンサムすぎます――彼はいつでも器量好みの人に追いかけられるでしょう。けれどもわたしがそれほど彼を好きでないから嫉妬《しっと》のためには苦しまないでしょう。わたしの胸が若かった人生の春には、わたしはだれにも油を燃やすことができました――ペリー・ミラーが羊のような眼《め》をそそいだあなたを除いては――わたしは数年の間、このことを考え、そしてこの数週間これが来ることを知っていました。けれどもわたしはテディを避けてきました。わたしは彼にそのことを言わせようとしませんでした。わたしが彼に言わせる勇気をなんとかかき集めたのかどうかわかりませんが、運命が手を出しました。二週間前のある夕方、わたしたちは出かけました。そして恐《おそ》ろしい雷雨《らいう》になりました。帰るのにたいへんだったのよ――あの山道には雨宿りするところはありませんでした――雨は急流のように流れてきました。雷《かみなり》が鳴って、稲妻《いなずま》が光りました。それはがまんができませんでした。そしてわたしたちはがまんもしませんでした。わたしたちはその中を走ってきました。それから、始まったときのように急にやみました。そしてわたしの神経はめちゃめちゃでした――おかしいわね！　今はわたしの神経はちゃんとしています――わたしは怖《こわ》がった、ばかなベビーのように泣きはじめました。そしてテディの腕《うで》はわたしを抱きしめ、わたしは彼と結婚しなければいけないと言いました。わたしは彼と結婚して世話をさせてくれなければならないと言いました。わたしはそうすると言ったと思います。なぜなら彼はわたしたちが婚約したと思っているようでしたから。彼はわたしにサファイアの指輪をくれました――ヨーロッパのどこかで買ったサファイアです。殺人事件が結びついている歴史的な宝石です。

わたしは世話されるのは悪くはないと思います。ちゃんと世話されることはわたしは今まで経験したことがないのよ。パパはわたしがママのことを知るまではかまわなかったのよ。そしてそれからあとはわたしをただスポイルしたのね、だけれどほんとうの世話はしてくれませんでした。

わたしたちは来年の六月結婚します。パパは喜ぶでしょうとわたしは思います。テディはいつでもいい話し相手でしたから。それに彼はわたしが夫に仕える人間ではないことを少し心配しかけてるらしいです。パパは若いようなふうをしているけれどもなかなか古いのよ。

そしてもちろんあなたは花嫁の付添い人《ブライドズメイド》になってちょうだいよ。おおエミリー、わたしはどんなにあなたに今夜逢《あ》いたいでしょう。あなたと話して――昔《むかし》のように――〈歓喜の山〉

の上をいっしょに歩き、船に乗り、森のわきを歩き、赤いケシの咲《さ》く海のそばの庭を歩きたいのよ――わたしたちの歩き慣れた場所、わたしは――ほんとうに望んでいると思うのよ――わたしはもう一度やんちゃな素足《すあし》のイルゼ・バーンリでありたいと思うのよ。人生はまだ楽しいのよ――楽しくないとは言いません。たいへん楽しい――あるときはたいへん楽しいのよ。けれども最初の心配のない楽しみは――それは二度とは帰らないのね、エミリー、長い歳月《さいげつ》の友よ、あなたは、もしできたら時計を巻き返したいと思わないこと？」

7

エミリーは手紙を三度読み返した。それから星でいっぱいの空がばかにしているような世界を眺《なが》めながらそこにすわった。軒下《のきした》の風は幽霊《ゆうれい》のような声でいっぱいだった。イルゼの手紙の中のそここが、小さな針を持った毒へビのように、彼女の意識の中に戻《もど》ってきては、よじれて消えた。

「あなたの目的への専心」――「あなたはだれのことも考えたことはないでしょう」――「もちろんあなたはわたしの花嫁の付添い人《ブライドズメイド》になってちょうだいよ」――「わたしはテディを好きです」――「わたしの躊躇」「娘《むすめ》というものがほんとうにテディ・ケントの申入れに躊躇できるだろうか」エミリーはかすかな笑いを聞いた。笑ったのは彼女自身の中のなにかだろうか――それとも一日中、彼女につきまとったテディの亡霊《ぼうれい》だろうか――またはいつまでも残っていた古い小さな望みが、死んでしまう前に笑ったのだろうか。

そしてその時間にたぶんイルゼとテディはいっしょにいただろう。

「もしあの晩わたしが行っていたなら——昨年の夏——彼が呼んだときに——何かちがっていただろうか」というのが、気がちがったように、幾度《いくど》も幾度も彼女の心に浮《うか》んだ問いであった。

「わたしはイルゼを憎《にく》みたいわ、そしたら楽になるでしょう」と彼女は考えた。「もしも、イルゼがテディを愛しているのなら、わたしはあの人を憎めると思うわ。どういうわけかイルゼが愛していないから、それほどつらくない。わたしはあの人を憎めると思うわ。もっとつらいはずなのに。イルゼがテディを愛していると思ったときよりもテディが彼女を愛していると思うのはがまんがしやすいのは妙《みょう》なことだわ」

彼女はおそろしく疲れてきた。生れてからはじめて死というものが、友達《ともだち》のように思われた。床についたときは随分《ずいぶん》おそかった。朝近くなって少し眠《ねむ》ったけれども、明け方にぼんやり眼がさめた。いったいわたしは何を聞いたのかしら？

彼女は思い出した。起きあがって服を着かえた——これからの歳月、毎朝起きて服を着なければならないのだ。

鏡の中のエミリーに向って言った。

「わたしはわたしの人生のうま酒を地面の上にこぼしたわ——どういうわけだか。そしてもうもらえないでしょう。だから、わたしは一生のどが乾《かわ》いていなければならない。もしも、もしもあの晩、テディが呼んだときに行ったならばちがっていたかしら、それだけが知りたいわ！」

彼女はディーンの皮肉な、同情したような眼が見えるような気がした。突然に彼女は笑いだした。

「はっきり言うわ。イルゼならこう言うわ――何ていうへまをしたことだろう！」

第二十二章

1

事情がどうであろうと、生活はいつものとおりつづいていった。毎日の仕事は人の幸、不幸にかかわらずすすんでいく。あんまり悪くもない時間もあった。エミリーは自分の力を苦痛といっしょにはかってふたたび打勝った。マレー家の自尊心とスター家のがまんをもって、イルゼに、何の非の打ちどころもない返事を書いた。これだけだったら！　もしみんながイルゼとテディのことをあんなに話さなかったら！

婚約《こんやく》はモントリオールの新聞に発表され、次には島の新聞に出た。

「そう、二人は婚約した。まあみなさんのお世話になるだろうよ」と、バーンリ医師は言ったが、その満足は隠《かく》しきれなかった。

「きみら二人がいっしょになるなんていう話もあったね」と、彼《かれ》は気軽に言った。エミリーは世の中というものは予期しないことが起るものだと返事した。

「とにかく、われわれは結婚式らしい結婚式をやろうよ」と、ドクターが宣言した。「この界隈《かいわい》で結婚式はなかったものな。みんな結婚式なんてどんなふうにやるんだか忘れちまっただろうよ。ひとつ、大いに盛《さか》んなところを見せてやろう。イルゼがね、あんたが花嫁の付添《ブライドズメ》い人《イド》になってくれるって書いてきたよ。何やかやと世話を頼《たの》みますよ。家政婦ばかりに信頼《しんらい》してはいられんからな」

「もちろんわたしにできることは何でもします」と、エミリーは自発的に言った。だれも彼《かの》女《じょ》の感じたことに気がついてはならない——たとえ死んでも隠さなければならない。彼女は花嫁の付添い人《ブライドズメイド》にさえもなるだろう。

もしそのことがなかったら彼女は冬を気持よく過せただろうと思った。なぜなら『バラの道徳』は最初から成功だった。初版は十日のうちになくなった——二週間の間に三版を重ねた——八週間に五版。おおげさな評判が、どこにも聞えた。はじめてウォレス伯父さんは彼女に尊敬の念を向け、アディー伯母《おば》さんはアンドルーが、あんまり早くあきらめたのを内々惜《お》しんだ。デリー・ポンドの年とったいとこのシャーロットは数版を重ねたことを聞いて、エミリーはその本をみんないっしょにして見なければならないのでは、たいへん忙《いそが》しいだろうと言った。シュルーズベリーの人たちは自分たちが本の中にはいっていると思っておこった。どの家族も彼らがアップルゲイト家だと思った。

「あなたはニューヨークに来なくってよかったのよ」とミス・ロイアルが書いてきた。「あなたはここでは決して『バラの道徳』は書けません。都会には野バラは咲《さ》きませんもの。そしてあなたの小説は野バラのようです。かわいくて、美しくて、そして意外なことばかり起って、そしてときどき機知のイバラと諷刺《ふうし》があります。それは力とやさしさと理解を持っています。ただの話ではありません。ある魔術《まじゅつ》がひそんでいます。バード・スター、あなたはどこから人間性のそんな理解を得たのですか――あなたのような子供が」

ディーンもまた書いてきた。「よい創作だ、エミリー。人物は自然でそして人間的、そして愉快《ゆかい》だ。本全体にみなぎっている青春の気がわたしは好きだ」

2

「わたしは新刊紹介《レビュー》から何か学びたいと思っていたのよ。でもそれは互《たが》いに矛盾《むじゅん》し合っているわ」と、エミリーが言った。「一人の紹介者《しょうかいしゃ》が本のいちばんいいところだと賞《ほ》めると、他の人はそれはいちばん悪いところだと言う。この二つを聞いてよ――『ミス・スターは彼女の人物を本当《リアル》にはできない』。そして『この著者の人物はほんとうの生活から映されたと思う。その人物はあまりに自然であって空想の仕事とは思えない』」

「みんなはダグラス・コーシーをこの本の中に見るだろうとわたしが言っただろう」と、エリザベス伯母さんが言った。

「『退屈《たいくつ》な本だ』――『たいへん楽しい本だ』――『きわめて平凡《へいぼん》なフィクションだ』そして『どのページもできあがった芸術家が現われている』――『安っぽい弱々しいロマンスだ』そして『本には古典的な味がある』――『稀《まれ》にみる文学的才能にみちた独得の小説』そして『ばかばかしい値打のないおもしろくもない話』――『この世にはないような事件』そして『長く生きるべき運命を持っている本』いったいどれを信じたらいいのでしょう」

ローラ伯母さんが言った。「わたしはいいことだけ信じるね」

エミリーはためいきをついた。

「わたしはその反対よ。わたしはよくないことがほんとうだと信じずにはいられない。それで、いいことはただお世辞に書いたように思われる。だけどもほんとうは、わたしは本のことについて何を言われても平気よ。ただわたしは自分の女主人公を批評されるときだけ腹がたつの。ペギーの批評を読んだわ、『驚《おど》くほどばかな娘《むすめ》』――『女主人公はあまりに彼女の使命について高い意識を持ちすぎている』」

「わたしは彼女はあだっぽい女だと思った」と、いとこのジミーさんが言った。

「『やせた、かわいらしい女主人公』――『女主人公はやや退屈だ』――『奇妙《きみよう》だ、あまりに奇妙だ』」

「わたしはあんたに、彼女に緑の眼《め》を持たせてはいけないと言ったじゃないか」と、いとこのジミーさんが言った。「女主人公はいつでもブルーの眼を持つべきなんだ」

「あら、これを聞いてちょうだい」エミリーが元気に言った。「『ペーグ・アップルゲイトは堪《たま》らなく愉快だ』――『ペーグはすばらしい性格を持っている』――『人の心をひく主人公だ』――『ペーグはわたしたちが夢中《むちゅう》になるほど愉快だ』――『文学の中で永久に生きる娘たちの一人』。ジミーさん、緑の眼はどうなったの？」

いとこのジミーさんは首を振《ふ》った。彼は負けなかった。

「ここに批評があるわ」と、エミリーが元気よく言った。「『もし本気になって読めばこの本には心理的な深い意味がある』」

「わたしは二言以外には、他の言葉はみんな意味がわかるけれど、いっしょにしてみても何のことだかわからんね」と、いとこのジミーさんが言った。

「『逃《に》げていくような気分的なチャームの下にすばらしい性格の強さが隠されている』」

「それもよくわからない」と、いとこのジミーさんが言った。「だけれど賞めているようだね」

「『伝統的な普通《ふつう》の本』」

「『伝統的』とはどういう意味なんだい？」と、文学上の作風もいっこう知らないエリザベス伯母さんは訊《き》いた。

「『美しく書いていて、輝《かがや》くようなユーモアに富んでいる。スター女史は文学における本当の芸術家だ』」

「おお、ここには少しものわかった批評家がいるよ」と、いとこのジミーさんが言った。

「『この本が与《あた》える印象はもっとつまらない本になったかもしれないということだ』」

「この批評家は気のきいたことを言おうとしているんだよ」と、エリザベス伯母さんが言った。実のところ彼女自身でも同じようなことを言ったということに気がついていないのだ。

「『この本には自発性が欠けている。これは甘《あま》ったるくてメロドラマのようで、そして新鮮《しんせん》だ』」

いとこのジミーさんが同情するように言った。「わたしは井戸に落っこったことがある。だからこんなことが書いてあっても何のことだかわけがわからないのかな？」

「『ここにはあなたが共感の持てるものがある――たぶん』『スター女史はアップルゲイトの果樹園を、その物語の緑の眼をした女主人公と同じように発明したのだろう。プリンス・エドワード島には果樹園はない。果樹園は広い砂の浜《はま》から吹《ふ》く風でみんな亡《ほろ》びてしまう』」

「エミリー、そこをもう一度読んでくれないか」

エミリーはそうした。いとこのジミーさんは髪《かみ》の毛をかきむしってそれからそれを振った。

「よくこんなばからしいことを言わせておくものだなあ」

「『この物語はチャーミングに語られている。人物は上手に描《えが》かれており、会話も自然で、説明の部分は驚くほど効果的だ。静かなユーモアはまったく愉快だ』」

「この言葉がおまえを威張《いば》らせないようにしてほしいね」と、エリザベス伯母さんが戒《いまし》めた。

「もし、そうするにしても、ここにそれを止めるものがあります。『この弱々しい感傷的な、わざとらしい物語――もし、それが物語といわれるならば――ただ、くだらないこまかいことでいっぱいだ。関係のない挿話《そうわ》と、くだらない会話のつながりだ。その中に長い瞑想《めいそう》と自己反省がまざっている』」

「こんなことを書いた人は自分で書いていることがわかっているのかしら」と、ローラ伯母さんが言った。

「『物語の舞台《ぶたい》はニューファンドランドの沿岸の離《はな》れた土地プリンス・エドワード島におかれている』」

「アメリカ人は地理というものを習わないのかなあ」と、いとこのジミーさんがどなった。

「『読者を悪くしない物語』」

「これこそほんとうのいい批評だ」と、エリザベス伯母さんが言った。

いとこのジミーさんはうれしそうな顔をした。それにはちがいない。けれども——もちろんかわいい、小さいエミリーの本は読者を悪くするはずはないけれども——

「『この種の本を批評するのはあたかも蝶々《ちょうちょう》の羽を破いたり、バラの匂《にお》いの秘密を知るために、その花弁をむしったりするのと同じようなものだ』」

「あんまり高尚《こうしょう》すぎる」と、エリザベス伯母さんが言った。

「『著者が詩的な空想だと想像している甘ったるい感傷』」

「この男を一つなぐってやりたいな」と、いとこのジミーさんがしみじみと言った。

「『害のない楽な読物』」

「どういうわけかわからないけれど、わたしはこの批評はきらいだね」と、ローラ伯母さんが言った。

「『この物語はあなたの唇《くちびる》と心にやさしい笑いを浮《うか》ばせるだろう』」

「さあこれは普通の英語だ。わたしにもよくわかる」と、いとこのジミーさんはご機嫌《きげん》だった。

「『われわれはこれを読みはじめたがとてもこんな素朴《そぼく》な退屈な本を読みおわれなかった』」

「いや、わたしの言えることは、『バラの道徳』は読めば読むほど好きになるということだ。もうきのうで四度読んだ。昼ご飯を忘れるくらいおもしろかったね」と、いとこのジミーさんが言った。

エミリーは微笑《びしょう》した。ニュー・ムーンの人々に賞《ほ》められるほうが世界に賞められるよりいいことだった。エリザベス伯母さんが最後の判決をくだすような調子で言ってくれたことのほうが、どの批評家の言葉よりありがたかった。

「わたしはあんな嘘《うそ》の塊《かたまり》のようなことが、あの本の中でみるようにほんとうに思えるとは今まで信じられなかったね」

第二十三章

1

ある一月の夜、エミリーは夕方の訪問からの帰り、よもぎが原をめぐっている近道を帰ろうと決めた。

それはほとんど雪のない冬で足の下の地面はごつごつとしたむきだしで固かった。彼女《かのじょ》はその夜、動きまわっているたった一つの動物のように見えた。ゆっくりと歩いた。花のない牧場と無言の森の魅力《みりょく》を楽しんだ。尖《とが》っているモミの木の間から突然《とつぜん》出てくる月の光を楽しんだ。そしてその日に来たイルゼからの手紙のことを考えまいとしていた――例によって、イルゼの派手なつじつまのあわない手紙の中には、一つの事実だけがはっきりとしていた。結婚《けっこん》の日がきまった――六月の十五日。

「わたしはあなたの花嫁の付添い人《ブライドズメイド》の服には象牙色《ぞうげいろ》のタフタの上にブルーの紗《しゃ》を着てもらいたいのよ。そのうえであなたの真っ黒な絹のような髪《かみ》の毛がどんなに光るでしょう。わたしの〝結婚衣裳《いしょう》〟は、象牙色のベルベットよ。スコットランドの大おばさん、エディスが彼女のバラ色のヴェールを贈《おく》ってくれ、そしてもう一人の大おばさんのテレサが、おじさんが土産《みやげ》にコンスタンチノープルから持って帰ってきた歴史的な銀の東洋的な刺繍《ししゅう》がしてある裳裾《もすそ》を贈ってくれることになっています。わたしはそれを絹のチュールで包みます。何てすばらしいでしょう。あの年とったおばさんたちはうちの父が、わたしのことと、わたしの結婚を手紙で知らせるまでは知らなかったらしいわ。父のほうがわたしよりもずっとずっと夢中《むちゅう》よ。

テディとわたしはヨーロッパの片隅《かたすみ》の古い宿屋でわたしたちのハネムーンをしようと思っているの――だれも行きたがらない場所――そういうところばかりでね、バランブロソだの、その他の場所でミルトン（訳注 イギリスの詩人。一六〇八―七四）のあの詩がいつでもわたしを誘《さそ》うのよ――『バランブロソ』の小川のほとりに散り敷く秋の木の葉。その行《ぎょう》のほかのおそろしいところをとってしまうとそれだけならほんとうにうれしい絵だわ。

わたしは最後の支度《したく》のために、五月にうちへ帰ってきます、そしてテディはお母さんとしばらくいっしょに過すために六月一日に来るでしょう。エミリー、彼のお母さんはこの結婚のことをどう考えていますか？ あなた何か考えがある？ わたしはテディからは何にも聞けません。だからたぶんこのことをいやがっているだろうと思います。あの人はいつでもわたしをきらいだったのよ。けれどもあの人はだれをでもきらうのね――ただしあなただけは特別にきらっていたわ。わたしはわたしの姑《しゅうとめ》についてはあんまり幸せでもないわ。わたしは、あの人はだれの上にもわるいことを願っている人だと思います。けれどもそのかわり、テディはいいのよ。彼《かれ》はまったくいいのです。わたしはテディがどんなに気持よくなれるかということを知りませんでした。それで毎日彼を好きになります。正直にいってあんなに立派なチャーミングな男にどうしてわたしは夢中になれないのでしょう。でもそうならないほうが幸せよ。もし、わたしが夢中だったら、喧嘩《けんか》するたびに心が破れてしまうわ。わたしたちはいつでも喧嘩しています――あなたはわたしを昔《むかし》から知っているでしょう。わたしたちはいつでも喧嘩するでしょう。わたしたちはすばらしいときをいつでも喧嘩で害《そこな》ってしまいます。もっとも、生活はつまらなくはないわね」

エミリーは身震《みぶる》いした。彼女自身の生活は、そのとき、たいへんに荒《すさ》んでむなしかった。ああ！　結婚式が終ってしまったら何ていいだろう――彼女が、花嫁《はなよめ》になるべき結婚式で、花嫁の付添い人《ブライドズメイド》になろうとしている結婚式――そして人々がそれについて語ることをやめるときがきたら。〝象牙色のタフタの上にブルー〟、彼女にとっては麻布《あさぬの》と灰をかぶることだ。

2

「エミリー。エミリー・スター」

エミリーは飛びあがらんばかりだった。彼女は暗闇《くらやみ》の中で顔と顔をつきあわせるまではケント夫人が見えなかった――よもぎが原へのぼっていく横の小径《こみち》のところだった。

彼女は寒い夜でも何も頭にかぶらずに手を伸《の》ばして、そこに立っていた。

「エミリー、わたしはあなたと話がしたいのよ。さっき、日の入りどきにあなたがここを通るのを見たので、それからずっとここであなたを待ってました。中へおはいりなさい」

エミリーは断わりたかった。けれども彼女は、小さい枯葉《かれは》のようにミセス・ケントについて、けわしい岩の出た道をだまって従っていった。なんにも育たない荒《あ》れた庭を通って、いつも同じの小さなみすぼらしい家にはいっていった。人々はテディが評判になっているように、お金をもうけているのなら、彼の母親の家をもう少し何とかしたらいいだろうと言っていた。けれどもエミリーはケント夫人がそれを許さないことを知っていた——何にも変えさせないことを。

彼女はその場所を不思議そうに見まわした。長い年月、ここにはいったことはない。テディとイルゼと彼女が、小さな子供であったとき以来、来たことはなかった。それは少しも変っていなかった。前と同じように、この家は笑い声を忘れているように見えた。だれかがその中で祈《いの》っているようだった。それは祈りの気分を持っていた。そして西のほうの古い柳《やなぎ》の木は幽霊《ゆうれい》のような指で、窓にぱたぱたさわっていた。マントルピースにはテディの最近の写真があった——いい写真だった。何か話そうとしているようだった。——何か勝ち誇《ほこ》った——得意なことを言おうとしているようだった。

「エミリー、ぼくは虹《にじ》の金を捜《さが》しだした。名声と——そして恋《こい》を」

彼女はそれに背中を向けてすわった。ケント夫人は彼女に向き合った——苦々しい口もとしわだらけの顔に長い傷のある小さな衰《おとろ》えたからだで向き合った——かつてはたいへん美しかった顔にちがいない。彼女はエミリーを探《さぐ》るように熱心に見ていた。けれどもエミリーが気がついたことは彼女の眼《め》からは古い憎《にく》しみが消えていたことだ——かつては若くて笑いに輝《かがや》いていたはずだが今は疲れた彼女の眼から。

彼女は前にかがんで、エミリーの腕《うで》に彼女のやせた爪《つめ》のような指でさわった。

「あなたはテディがイルゼ・バーンリと結婚することを知っているだろうね」と、彼女は言った。

「はい」

「あなたはそれについてどんな気がしているの」

エミリーは堪《たま》らなそうに動いた。

「わたしの感情が何の関係がありますか、おばさん？　テディはイルゼを愛しています。イルゼは綺麗《きれい》な、はなやかな、心のあたたかい娘《むすめ》です。わたしは二人が幸せになるだろうと思います」

「あなたは彼をまだ愛していますか？」

エミリーはこんなことを訊《き》かれても口惜《くや》しくないのが不思議だった。ケント夫人は普通《ふつう》の人ではない。そして今、彼女を小さなちょっとした嘘《うそ》で救うことはできる――ほんの何でもない言葉で、「もう愛していません。わたしは好きだと思ったことがありました。ものごとをいろいろに空想するのはわたしのくせですから。けれどももう何でもありません」

なぜこう言えなかったろうか。とにかく言えなかった。テディに対する愛情をどんな言葉でも決して否定することはできなかった。それは尊い真理の権利であるかのように彼女自身の一部分であった。そしてここにたった一人の人がいて、その人の前では彼女自身になれるということは秘密の喜びではなかったろうか、この人の前ではつくろったり、隠《かく》したりしなくてもよいのだった。

「わたしはあなたにはそんなことを訊く権利はないと思います。けれども――わたしは愛しています」

ケント夫人は静かに笑った。

「わたしはあなたをきらいでした。もうきらいではありません。あなたとわたしは今はいっしょです。わたしたちは彼を愛しています。彼はわたしたちを忘れました――わたしたちのことを何とも思いません――あの人のところへ行ってしまったんです」

「テディはあなたのことは考えていますよ、おばさん、いつでもそうです。人間にはただ一つの愛だけではないということはあなたにはおわかりでしょう。そしてわたしはテディがイルゼを愛するからといってあなたがイルゼを憎まないようにお願いします」

「そう、わたしは憎みません。あの娘はあなたより綺麗です。けれどもあの娘には、深さというものがありません。イルゼはあなたができるようにテディを完全に得ることはできません。それはまったくちがっています。けれどもわたしはこのことを知りたいんです――このことのためにあなたは不幸せになりましたか？」

「いいえ。ときどきちょっとの間だけはそうですわ。どうにもならないことを陰気《いんき》に考えるより、仕事がありますから、たいていはそれに気をとられています」ケント夫人は熱心に聞いた。

「そう――そう、そのとおりよ。わたしもそう思いました。マレー家の人たちは分別がありますからね。いつか——いつかこうなったのをあなたは喜ぶでしょう——テディがあなたをかまわなくなったということを——そうなると思わない？」

「たぶん」

「わたしは確かにそう思いますよ。あなたにとってはそのほうがずっといいのよ。あなたは苦しみとつらさから救われたのよ。何でもあまりに愛することは苦しみよ。神様が妬《ねた》むのね。もしあなたがテディと結婚したなら、あの子はあなたの心を破るでしょう——そういうことがしじゅう起るのよ。これがいちばんいいの、これがいちばんいいということが生きていればわかりますよ」

パタ——パタ——と古い柳が音をたてた。

「おばさん、まだこのことを話さなければならないんですか」

「あなたはわたしがあなたとテディを墓地で見たときの晩を憶《おぼ》えていますか」と、ケント夫人が訊いた。エミリーの問いに無関心のように。

「はい」エミリーはそれをたいへんよく憶えていた——それはテディが彼女を頭のおかしいモリソン氏から救って、忘れられないやさしいことを言った、すばらしい晩だった。

「わたしはあの晩、どんなにあなたを憎んだでしょう」ケント夫人は叫《さけ》んだ。「だけど、こんなことは言うべきじゃないわね。わたしは一生涯《しょうがい》、言うべきでないことばかり言ってきました。あるとき、わたしは恐《おそ》ろしいことを言いました——実に恐ろしいことを。わたしは自分で自分の耳からその響《ひび》きを取ることができません。それからあなたはわたしに言ったことを憶えていますか？　わたしはそのためにテディの出ていくのを許したんです。今、あの子がここにいないのは、あなたのせいなんですよ。もしあの子が世間に出ていかなかったら、あなただってあの子を失わなかったかもしれません。あなたはわたしにあんなことを言わなかったらよかったと思ってますか？」

「いいえ。もし何かわたしの言ったことがテディのために世に出る道を作ったとしたら、うれしいですわ――うれしいですわ」

「もう一度繰返《くりかえ》せるなら繰返しますか？」

「はい、もう一度やります」

「あなた、イルゼをひどく憎まないの？　あなたが求めているものを取った人じゃないの。憎むでしょう？　憎むはずです」

「憎みません。もとのとおり愛してます。わたしのものをあの人はなんにも取りません」

「わたしにはわからない――わたしにはわからない」ケント夫人は半分自分に言うようにささやいた。「わたしの愛情とはちがうね。たぶん、それがわたしをいつでも不幸にしたわけかもしれない。もうわたしはあなたを憎んでいませんよ。だけど、かつてはほんとうに憎んだものよ。わたしはテディがわたしよりあなたのことを思ってるのを知ってました。あなたとあの子はいつもわたしのことを話していなかった？――わたしの批評をしていなかった？」

「そんなこと絶対にしたことはありません」

「わたしはそう思わなかった——だれもかれもそれをしていたもの——いつでも」

突然にケント夫人は、やせた、小さな手を強くたたいた。

「なぜあなたはもうテディを愛してないってことを話してくれなかったの？　なぜ、そうしなかったの——嘘でもかまわないわ、なぜ話さなかったの？　それがわたしの聞きたかったことなのよ。あなたの言うことなら信じたものね。マレー一族の者は決して嘘は言わないから」

「そんなこと、どうだっていいじゃありませんか」と、苦しみながらエミリーは言った。

「今ではもうわたしの愛情なんかテディには問題じゃありません。テディはイルゼのものです。もうおばさんはわたしを妬む必要はちっともありませんわ」

「妬んでなんかいません——妬んでなんかいません——そのことじゃありません」と、ケント夫人は奇妙《きみょう》な顔をしてエミリーを見た。「ああ、わたしにこれが言えさえすれば——だけど、もうだめだ——だめだ、もうおそすぎた。もう今となっては何の役にもたたないでしょう。わたしは何を言ってるんだか、自分にもわかりません。ただ——エミリー——あなた、ときどきわたしに逢《あ》いに来てくれませんか？　ここは淋《さび》しいのよ——とても淋しいの——あの子がイルゼのものになってしまった今は、なおさらのことなのよ。テディの写真が先週の水曜日に——いいえ、木曜日に——来ました。ここじゃどの日もどの日も同じようなの、区別ができません。写真はあそこに飾《かざ》ったんだけど、なお、つらくなってしまいました。イルゼのことを考えてる写真ですもの——あの眼は愛してる女のことを考えてる眼ですよ。今じゃあ、もう、わたしなんか何でもないんです。わたしはだれにとっても何でもないんです」

「もしわたしが来るとしたら、あの人のことを話さないでください——あの人たちのことを話さないでください」エミリーは悲しそうに言った。

「話しません。ええ、話しません。とは言っても、それであの人たちのことを忘れるわけにはいかないけれどねえ。あなたはそこにすわり——わたしはここにすわりましょう。——そしてわたしたちはお天気のことを話しながら、あの子のことを考えましょう。おもしろいわねえ！　けれども——あなたがほんとうにあの子のことを忘れたとき——もうあの子のことなんか用事のなくなったときには——わたしに知らせてくださいね——いいでしょう？」

エミリーはうなずいて立ちあがった。もうこれ以上がまんができなかった。「それから、おばさん、何かわたしにできることがあったらいつでもおっしゃってください——」

「わたしは休みたい——休みたい」ケント夫人はもの狂《ぐる》わしげに言った。「あなた、わたしのためにほんとうの休息を捜すことができて？　エミリー、わたしは幽霊なのよ。わたしは何年か前に死んでるのよ。今は暗闇の中を歩いているんです」

エミリーはうしろの戸が閉まるのといっしょに、ケント夫人がおそろしく泣きわめくのを聞いた。ホッと解放された息をつきながら、彼女は切るような風に向って、広々した場所の夜気と影《かげ》と霜《しも》にさえた月の中に出た。ああ、ここなら楽々と呼吸ができる。

第二十四章

1

イルゼは五月に帰ってきた――笑いころげる、はなやかなイルゼが。あまりにはなやかで、あまりに笑いすぎると、エミリーは思った。イルゼは元来が楽しい、苦労知らずの娘《むすめ》だった。けれども今ほど、とめどもなく賑《にぎ》やかで、笑いころげてはいなかった。見たところ、まじめになることはないらしかった。何でもかでも冗談《じょうだん》だった。自分の結婚《けっこん》をさえも茶化していた。エリザベス伯母《おば》さんとローラ伯母さんは驚《おどろ》き呆《あき》れてしまった。間もなく結婚生活の責任を持とうとしている娘はもっと考えぶかくまじめであるべきだ。イルゼはエミリーに、あの人たちはヴィクトリア中期の煩《うる》さ型だと言った。エミリーといっしょになるとしゃべりどおしで、エミリーには口をきかせなかった。手紙の中では昔《むかし》の話をし合いたいと言ったにもかかわらず、そんなことはまったく忘れたらしかった。あるいはこれはイルゼだけが悪いのでもなかったかもしれない。自分の感情を悟《さと》られまいと決心していたエミリーは、その決心のためにかえって無口になった。どんなことがあっても自分のひそかな思いを知られまいと思えば、自然無口になるのだった。イルゼはその理由についてはまったく気がつかなかったけれども、エミリーが無口になったと思った。ただそれはこれらの伯母族に囲まれて静かにニュー・ムーンに住んでいるためだとだけ考えた。

「テディとわたしが旅行から帰って、モントリオールに家を持ったら、エミリー、あなたは毎年冬はわたしたちといっしょに暮《くら》すのよ。ニュー・ムーンは夏はすばらしいけれど、冬になると、まるで生き埋《う》めにされたような所だわ」

エミリーは約束《やくそく》をしなかった。テディのホームに客として自分を想像することはできなかった。毎晩、彼女《かのじょ》は自分に、もうあすは堪《た》えられないと話した。けれどもそのあすが来るとその日は生きられた。それどころか、落着いてイルゼと服装《ふくそう》やそのほかのこまかいことを話し合うことさえできた。ブルーのドレスも現実になり、エミリーはテディが到着《とうちゃく》する前にすでに二度身につけてためした。結婚式は二週間さきに迫《せま》った。

「あなたはそれを着ると、まるで夢《ゆめ》の中の人みたいに見えるわ」と、イルゼが猫《ねこ》のようなしなやかさと気安さでエミリーのベッドの上に腹ばいになって、眺《なが》めながら言った――テディのサファイアの指輪がイルゼの指に暗く輝《かがや》いていた。「わたしのベルベットだのレースの派手派手しさがあんたの前に出ると、ただおおげさでばかばかしく見えるわ。テディはローン・ハルセーを新郎の付添い人《ベストマン》に連れてくるのよ、それを話したかしら？　わたし、すごくうれしいの――有名なハルセーですもの。お母さんの具合がたいへんわるくて来られそうもなかったのよ。それがどうでしょう、突然《とつぜん》によくなっちまったんで来られることになったの。ハルセーの新しい本はすばらしいのよ。モントリオールじゃあ、みんな読んでるわ。実におもしろい、奇抜《きばつ》な人物よ。あなた方二人が恋《こい》することになったらすばらしくない、エミリー？」

エミリーはブルーのドレスを脱《ぬ》ぎながら、かすかな笑《え》みをうかべて言った、「わたしのために縁結《えんむす》びはやめてよ、イルゼ」さらに言葉を続けて、「わたしは立派に一人暮しをとおすのだということを骨の髄《ずい》から感じているのよ。それはオールド・ミスでいなけりゃならないような運命になるのとはまったくちがってるのよ」

「そりゃあね、あの人は口のお化けみたいな顔していてよ、大きな口だわ。もしそうでなかったら、わたし、あの人と結婚したかもしれないわ。ほとんどそう思うわねえ。あの人の恋の仕方っていうのは、いろんなことについて意見を求めるのよ。ちょっといかすじゃない？　だけどね、もしわたしたちが結婚したら、彼《かれ》はもうわたしの意見なんか訊《き》かなくなるだろうと思ったのよ。それじゃあ、つまらないでしょう？　それにね、彼がほんとうにどう考えているのか、だれにもわからないのよ。あなたを崇拝《すうはい》しているようなふりをしながら眼《め》のまわりに小じわがあるなんて考えているかもしれないんですものね。それはそうと、テディはすばらしく綺麗《きれい》じゃない？」

「あの人はいつも品のいい顔してたわね」

「『品のいい顔してた』ですって！」と、イルゼは口真似《くちまね》をした。「エミリー・スター、あなたがもし結婚したら、あなたのだんなさんにはあなたを犬小屋へつないでおいてもらいたいわ。わたしもうじきあなたをエミリーおばさんと呼ぶでしょうよ。まあね、モントリオールではだれも彼のローソク持ちもできないのよ。あの人の顔がわたしは好きなの——あの人自身じゃあないのよ。ときどき退屈《たいくつ》になるわ——実のところ、あの人は退屈しないらしいのよ。わたしたちの婚約ができるまではあの人は決して退屈しなかったのよ。わたしはいつか一度は彼にティーポットをぶっつけるだろうと思うのよ。二人の夫を持てないということは困ったことね、一人は眺めるために、一人は話し相手に。だけれどテディとわたしは似合ってはいるわね、そうじゃあない？　あの人は色が黒くて——わたしは白いのよ、理想的よ。わたしは黒い貴婦人になりたかったのよ——あなたのように——けれどわたしがテディにそう言ったら、ただ笑って古い詩を引用したわ、

『もしも昔の伶人《れいじん》がほんとうのことを言ったなら、
海の魔女《まじょ》は真っ黒の髪《かみ》の毛を持っていた。
けれども地上では芸術が生れてから、
天使を白く描《えが》いた』

テディがわたしを天使と呼んだのはこのときがはじめてでしょうよ。なぜなら何もかも言ってしまえばわたしは——戸が閉まっていてローラ伯母さんには聞えないわね？——わたしは天使よりも魔女のほうになりたいのよ。あなたはどう？」

「さあ、わたしたちは招待状を調べて忘れた人がないようにしましょうよ」これがエミリーの答えだった。

「わたしたちみたいに氏族《クラン》に属するのは恐《おそ》ろしいことじゃあない？」と、イルゼがすねたように言った。「なんていうたくさんの年寄りから贈物《おくりもの》をもらうんでしょう。わたしはいつか

一度ひとりも親戚《しんせき》のいないところへ行きたいわ。まあ何もかも済んでしまうといいのね、あなたペリーには出したでしょうね？」

「ええ」

「来るかしら？ 来てもらいたいわ、あんな人に気をとられるなんて何ていうばかだったんでしょう。わたしは――いろいろさまざまなことを、望んだのよ。あの人があなたをあんなに好きだということを知っていながらね。けれどもわたしはチドローの舞踏会《ぶとうかい》以来、何にも望まなくなったのよ。あなた憶《おぼ》えている、エミリー？」

エミリーは確かに憶えていた。

「あのときまではわたしは少しは望みを持っていたのよ――彼にあなたが得られないとわかったときには――わたしはその反動で彼の心を摑《つか》めるだろうと――古い言いぐさね。わたしはあの人がチドローのところへ来ていると思ったの――招かれてはいたのよ。それでわたしはペリーが来るかどうか訊《き》いたの、テディはわたしの眼をじっと見つめて言ったわ。『ペリーは来ないだろう。彼はあした法廷へ出る支度《したく》をしている。ペリーのゴールは野心だ。彼は恋のためには時間を持っていない』

わたしはテディがわたしに用心させようとしたことを知ってるわ。――そしてわたしは望みをかけているのはばからしいとわかったの。だから、きっぱりあきらめたの。万事《ばんじ》都合よくいったのよ。ものごとというものは具合よくいくものね、ありがたいものよ。何もかも神様のせいにするのは都合がいいわね」

エミリーはブルーのドレスを戸棚にかけて、いつものグリーンのスポーツ・スーツにすっかりこんだが、何もかも機械的にしていて、イルゼの言葉など耳にはいらなかった。何年か前のあの晩、テディが確かにイルゼに“love”という言葉を言っていると口つきで見たのは、これを言っていたのか。それをもっとちがった意味にとったばかりに、あんなにテディにつらくあたったのだ。けれど、もうかまわない。疑いもなく彼はイルゼの乙女《おとめ》心をペリーから自分のほうへ引きよせたかったからそう言ったのだ。彼女はイルゼがとうとうあくびして家へ帰ったときにほっと安心した。

イルゼの気軽なとめどもないおしゃべりはやや彼女の神経に障《さわ》った――もちろん、そう思うことを恥《は》じてはいたが――。けれども、この長い間の苦しみで彼女の神経はすり減らされていた。もうあと二週間――そしてありがたいことにすべてが終る。

2

彼女は夕方、よもぎが原へケント夫人に本を返しに行った。あの最初の夕方以来、よもぎが原へたびたび行った。そして奇妙《きみよう》な友情がケント夫人と彼女の間に生れた。お互《たが》いに本の貸し借りをしたり、いろいろなことを話し合ったりした。ただ二人にとっていちばん関心のあることだけにはふれなかった。エミリーが読んでいた本は『南アフリカの農業』という古い本であった。エミリーがそれを読みたいと言ったのでケント夫人は二階にあがって持ってきた――夫人の白い顔は、もう少し白くなり、そして顔の上の傷は赤くなっていた。

「ここにあなたのほしがっている本がありますよ」と言った。「二階の箱《はこ》の中にありました」

エミリーは夜、寝《ね》る前に読み終った。このごろ彼女はよく眠《ねむ》れなかった。それで夜は長かった。本はかび臭《くさ》い匂《にお》いがした。ケント夫人が言った箱は長い間あけられなかったのだろう。そしてその中にエミリーはスタンプの貼《は》ってない薄《うす》い手紙で「ミセス・デヴィッド・ケント様」と書いてあるのを発見した。

その手紙について不思議なことは、見たところ開封《かいふう》されてないことだった。手紙というものは、最初に開ける時に封が破られなかった場合、何か重いものの下に置かれると、こんな具合にまた封がされてしまうことがある。たいしたことではないだろう。けれどももちろん本を返しに行ったときにそのことを言った。

「あの本の中に手紙があったのをご存じですか、おばさん」

「手紙、あなた手紙とおっしゃいましたか」

「はい。あなたにあてた手紙です」

エミリーはケント夫人の前に手紙を出した。夫人の顔はその手紙を見て青くなった――

「あなたはそれをあの本の中で見つけたのですか？――」彼女はささやいた。「もう二十五年以上も開かれなかったあの本の中で？　あなたご存じですか――この手紙を書いた人を？　わたしの――夫が書いたのです――そしてわたしは読んだことがありません。そのことを知りませんでした――わたしは一度も読みませんでした」

の前に。エミリーは何かの悲劇の前にいるのを感じた——たぶんケント夫人の生涯《しょうがい》の秘密の苦しみ

「わたしは帰ります。ですからそれを一人でお読みください」と、彼女は静かに言って、そして手紙を手に持ったケント夫人を暗い部屋に残して出ていった。夫人はまるでヘビでも持っているような手つきをした。

3

「わたしはどうしてもあなたに話さなければならないことがありますので、あなたを迎《むか》えにやりました」と、ケント夫人が言った。

寒い晩の強い光の中で、窓のそばのひじかけ椅子《いす》にしっかりと小さな彼女はすわっていた。六月だったが寒かった。空は曇《くも》っていて秋のようだった。エミリーは角《かど》の道を歩いて寒さに震《ふる》えながら家にいたかったと思った。けれどもケント夫人は急いでいた。ほとんど命令的だった。何で彼女を求めるのだろう。確かに、テディと関係のあることではない。けれども、何がケント夫人をしてこのように彼女を呼ばせたのだろうか。

夫人を見た瞬間《しゅんかん》エミリーは不思議な変化に気がついた——何ともいいようのない変化だ。彼女はいつものとおり弱々しく哀《あわ》れだった。彼女の眼の中に一種の負けん気が見えた。けれどもエミリーがケント夫人を知って以来、はじめて不幸な女の前に来たと感じなかった。そこには平和があった——不思議な悲しい長い間、知られなかった平和があった。苦しめられ

た魂《たましい》は——ついに——苦しみから離《はな》れた。

「わたしは死んでいました——そして地獄《じごく》にいました。けれども今、わたしは生きかえりました」とケント夫人が言った。「それをしてくれたのはあなたです——あなたがあの手紙を捜《さが》しました。だからわたしはあなたに話さなければならないことがあるのです。それはわたしを憎《にく》ませるでしょう。そして今はそれはつらいことです。けれども話さなければなりません」

エミリーはケント夫人の話すことが何であろうとそれを聞くのがいやになった。それは——確かに——何かテディと関係のあることにちがいない。そして彼女は何にも聞きたくなかった——何にも——今はテディについては聞きたくなかった。二週間のうちにイルゼの夫になるテディについては。

「そんなことをお話しにならないほうが——いいとお思いになりませんか？」

「話さなければなりません。わたしは悪いことをしました。そしてそれを告白しなければなりません。元へ戻すことはできません。もう元へ戻すにはおそすぎるでしょう——けれども話さなければなりません。でも最初に、ほかのことを話さなければなりません。わたしが話したことのないこと——夜になるとときどき苦しさのあまり叫《さけ》びだしたほどわたしを悩《なや》ましたこと、それを話さなければなりません。あなた、ああ、あなたは決してわたしを許してくれないでしょう。けれども少しはわたしを哀れに思ってくれるでしょう」

「わたしはいつでもあなたをお気の毒に思いました、おばさん」

「そうですね、ほんとうにそうです。けれどもこれはわからなかったでしょう。エミリー、わたしは娘のころはこんなではありませんでした。わたしは——ほかの人たちと同じでした。そしてわたし綺麗でした——ほんとうに綺麗でした。デヴィッド・ケントが来て、そしてわたしに彼を愛させたときにはわたしは綺麗でした。そして彼はわたしを愛しました——そのときには——そしていつでも愛してくれました。彼はこの手紙の中でそう言っています」

彼女は手紙をふところから出して、荒々《あらあら》しくそれにキスした。

「わたしはあなたにこれを見せるわけにはいきません。わたしの眼以外のものはこれを見ることはできません。けれども何が書いてあるか話してあげましょう。ああ、あなたにはわかりません——わたしがどんなに彼を愛したかあなたにはわかりません。エミリー、あなたはテディを愛していると思っています。けれども愛してはいません——あなたはわたしがテディの父親を愛したほどにあの子を愛することはできません」

エミリーはこの点についてはちがった意見を持っていたけれども何も言わなかった。

「彼はわたしと結婚してモルトンへ連れていきました。そこには彼の身内が住んでいました。最初わたしたちはほんとうに幸福でした——あんまり幸福で、神が妬《ねた》んだのでしょう。身内の者たちはわたしを好きではありませんでした——最初からその人たちは、デヴィッドが自分より身分の下の者と結婚したと思いました。わたしを彼に不似合いの妻と思ったのです。それでいつでもわたしたちの間を邪魔《じゃま》しました。ああ、わたしは知っていました。わたしはあの人たちがどうしようと思っていたか知っていました。彼の母親はわたしを憎みました。

決してアイリーンとわたしを呼んだことがありません——ただ、『あなた』とか『デヴィッドの家内』としか言いませんでした。わたしはいつでも母がわたしをじっと見ているので母をきらいました。何も言わずに、何もせずにただ見ていました。ただ見ていました。わたしは仲間はずれでした。わたしにはあの人たちの冗談がわかりませんでした。みんなわたしを笑っているのだと思いました。デヴィッドに手紙を書いてもわたしのことをその中に書きません。身内の中のある人たちは気味が悪いほどわたしに丁寧《ていねい》にするかと思えば、ある人たちはいつでもあげ足をとっています。あるとき、彼の姉妹の一人がわたしに作法の本を送ってくれました。何かしらが、いつでもわたしを痛めつけていました——それでもわたしは打ちかえすことはできませんでした。わたしをいじめるものをいじめかえすことはできませんでした。デヴィッドは姉妹たちのほうにつきました——彼はわたしには隠《かく》して、秘密を彼らと共有していたのです。けれどもそんなことがあってもわたしは幸福でした——最後にわたしはランプを落して、服に火がついて、このように火傷《やけど》をしました。それから後はわたしはデヴィッドがわたしを愛しているとは思えませんでした。それほどみにくくなったのです。わたしは神経過敏《かびん》になっていつでも彼と喧嘩《けんか》をしないではいられませんでした。けれどもデヴィッドは忍耐《にんたい》を持ちました。幾度《いくど》も幾度もわたしを許してくれました。ただわたしはこの傷を持っていては彼は愛してくれないと思いました。わたしは子供ができましたが、それを話すのを延ばしていました。わたしは彼がわたしよりも子供のほうを愛するのではないかと恐れたのです。そしてそれから——わたしは恐ろしいことをしました。わたしはこれをあなたに話すのがいやです。デヴィッドは犬を飼っていました――わたしは犬がきらいでしたがデヴィッドは好きでした――わたしはその犬に毒を飲ませました。どうしてそうしたのか自分にもわかりません。わたしは火傷をするまではそんなふうではなかったのです。たぶん子供ができていたからだったのでしょう」

ケント夫人は急に話をやめて、そんな話をすることの気恥《きは》ずかしさから咳《せき》をしはじめた。

「若い娘《むすめ》にこんな話をするべきではありませんね」と心配そうに言った。

「わたしはもうずっと前から赤ちゃんはバーンリ医師《せんせい》の黒い鞄《かばん》から来るのじゃないと知っていました」と、エミリーがまじめに言った。

「それで」と、ケント夫人はもう一度熱情的なアイリーン・ケントに変った――「デヴィッドはわたしのしたことを発見しました。あのひとの顔！　わたしたちはひどい喧嘩をしました。それはちょうどあのひとがウィニペグへ商用で出かける前でした。わたしは――わたしは彼の言ったことでひどく腹をたてて、どなったのよ――エミリー――二度とあなたの顔は見たくないと。そのとおり、二度と見ませんでした。神様はわたしの言葉を守ってくださったのです。夫はウィニペグで肺炎で死にました。わたしは死の通知が来るまで、病気のことは知りませんでした。看護婦は彼が以前憎からず思った女で、彼女の方は彼を愛していたんです。この女は、わたしが家にいて夫のことを口惜《くや》しがっているあいだに、彼の看病をし、仕えてくれました。これでわたしは神を恨《うら》み、決して赦《ゆる》せないと思ったんです。看護婦が彼の所持品を荷造りして家へ送ってくれました――あの本もその中にあったんです。ウィニペグで買ったんでしょうね。わたしは荷物をあけませんでした——さわる気になれなかったんです。あの手紙は死が近くなったときに書いてあの本の中へ入れたんでしょうね——そして看護婦にそれがあそこにはいっていると話さないうちに死んだんですね。あるいはあの女は知っていても話さなかったのかもしれないわ。そしてこの年月ずうっとあそこにあったんです、エミリー——この長い年月、わたしがずうっとデヴィッドはおこって、わたしを赦さないままで死んだと思っていた間中、ずうっとあそこにあったんです。わたしは毎晩彼の夢《ゆめ》をみました——いつでもわたしから顔をそむけて。ああ、エミリー、それを二十七年間つづけました——二十七年間よ。考えてごらんなさい。十分報《むく》いは受けてます。それがゆうべこの手紙をあけて読んだんです、エミリー——鉛筆《えんぴつ》の走り書きの短い手紙よ——かわいそうに、鉛筆を手に持つのがやっとらしかったの。わたしのことを愛するかわいい妻よと呼んで、自分を赦してくれと言ってるの——わたしが彼を赦すんでしょうか——あの最後の日にあんなに荒っぽく腹をたてたことを赦してくれと言うのよ——そして彼はわたしのしたことは赦してくれました——そしてそんなことを気にしないよう、それから二度と彼の顔を見たくないとわたしが言ったことなんかちっとも気にかけないでいいと言いました——ほんとうにそんなことを思ったのでないことはよくわかっていると言いました——最後になっていろいろの事情がはっきりわかったと言うのです——いつでもわたしを愛していた、これから後も永久に愛すると言うのです——そして——まだほかのことでだれにも話せないことが——あんまりうれしくて、あんまりすばらしいことなの。ああ、エミリー、あなたにわかるかしら、彼がわたしに腹をたてずに、わたしを愛して死んでいったということがどんなにありがたいことか？　でも、わたしにはあのときにはわからなかったんです。だから夫が死んで以来、わたしは少しへんだったと思います。あっちの親類の者たちはみんなわたしを気が狂っていると思っていたらしいの。テディが生れたときにあの人たちと別れてここへ来たんです。そうすればあの子がみんなからわたしの悪口を聞きませんものね。わたしは一セントもあの人たちからはもらいませんでした。夫の生命保険が取れましたからね——それで生活しました。テディはわたしの全部でした——そこへあなたが来たのです——わたしはあなたがあの子を取ると思いました。あの子があなたを好きなことはいつでも知っていました。そうです、あなたを愛していました。あの子がよそへ行っていた間、わたしはあなたの浮気《うわき》のことを全部知らせました。二年前に——あなた憶《おぼ》えているでしょう、あの子が急にモントリオールへ行くことになったのを——あのときあなたはいませんでした——あの子はあなたに別れの言葉を言えなかったの。それで手紙を書いていきました」

エミリーは低い否定の声を出した。

「いいえ、あの子は書きました。わたしはその手紙が机の上にのっていたのを、あの子が外出したあとで見たんです。わたしはそれを読んだんです。それから燃やしてしまったんです。だけど何て書いてあったか、それは憶えています。忘れられるものですか！　その中には、自分は出かける前にどんなにあなたを愛しているか話していくつもりだった——もしあなたが少しでも思っていてくれるなら手紙を書いて知らせてほしい。けれどももし何とも思わないならば絶対に書かないでくれ、こういう手紙でした。ああ、わたしはあなたを憎みました。わたしはその手紙の封は蒸気であたためて開いて中身を読んで、口惜しまぎれに焼いてしまいましたが、中にいくつかの詩の抜《ぬ》き書きがあったので、それだけを封筒の中へ入れてもとのとおり封をしておきました。あの子は知らないからそれを出しましたよ。わたしはちっとも悪いことをしたと思わなかったんです——決して気の毒なことをしたとは思わなかったんです、イルゼと結婚《けっこん》すると言ってきたときでもあなたにかわいそうなことをしたとは思いませんでした。けれども昨晩——あなたが手紙を持ってきてくだすったとき——そして赦しと平和がその中に書いてあったので——ああ、わたしは恐《おそ》ろしいことをしたのに気がつきました。わたしはあなたの生涯を滅《ほろ》ぼしました——たぶんテディの生涯もでしょう。わたしを赦してくれるでしょうか、エミリー？」

4

ケント夫人の物語でかきたてられた激情《げきじょう》の渦巻《うずまき》のさ中で、エミリーはただ一つのことを烈《はげ》しく意識していた。彼女の人生から、苦しさと——屈辱《くつじょく》と——恥《はじ》は消えてしまった。テディは彼女を愛していたのだ。すくなくともそのときは、その意識の甘《あま》さが他のすべての感情を消してしまった。

怒《いか》りも——恨みも——彼女の魂の中に場所を捜すことはできなかった。まるで新しい生きもののような気がした。彼女はゆっくりと真実をこめて言った。

「大丈夫《だいじょうぶ》――大丈夫。わたしにはわかります」

ケント夫人は突然《とつぜん》に両手を振《ふ》った。

「エミリー、もうおそすぎるかしら？　おそすぎるかしら？　まだ結婚していないのよ――わたしはテディはあなたを愛したように彼女を愛していないことを知っています。もしあなたが話せば――もしわたしがあの子に話せば――」

「いいえ、いいえ、いいえ」と、エミリーは熱情をこめて叫んだ。「もうおそすぎます。彼は決して知ってはいけません――あなたは決して話してはいけません。彼は今はイルゼを愛しているのです。わたしはそれを確かに知っています――そして彼にこれを話すことは何もいいことはなくて悪い結果ばかりになります、おばさん――わたしに約束《やくそく》してください。もしあなたがわたしに何か負い目があるとお感じになるなら、決して話さないという約束をしてください」

「だけれどあなたは――あなたは不幸になるでしょう――」

「わたしは不幸にはなりません――今は。あなたにはこのことがどんな変化をわたしにもたらしたかおわかりになりません。すべてのものから痛みが去りました。わたしは幸福な忙《いそが》しい有益な生活をして古い夢へのあこがれはなくなるでしょう。傷はもう治るでしょう」

「わたしは恐ろしいことをしました」と、ケント夫人はささやいた。「わたしは今わかりました――やっとわかりました」

「たぶんそうでした。けれども、もうわたしはそれを考えていません。ただ、わたしの自尊心が帰ってきました」

「マレー家の誇《ほこ》りです」と、ケント夫人が彼女を見つめながらささやいた。「結局、エミリー・スター、あなたにとっては誇りのほうが愛より強い熱情のようですね」

「たぶん」と、エミリーは笑いながら言った。

5

彼女は家に着いたとき、煮《に》えくりかえるような感情に捉《とら》われていたために、いつ思い出しても恥《は》ずかしいようなことをしてしまった。ペリー・ミラーがニュー・ムーンの庭で待っていた。もう長い間逢《あ》わなかったから、ほかのときなら彼に逢うのを喜んだであろう。もはや彼女と結婚する望みをすべて捨てたペリーの友情は非常に楽しいものだった。この数年の間に彼は非常に進歩した――男らしくなりユーモアに富み、以前のように自慢《じまん》をしなくなった。社交的な儀礼《ぎれい》をも覚え、あまりにたくさんのことに手を出すこともやめた。かなり忙しいのでニュー・ムーンにもたびたびは来なかったが、エミリーは彼が来るときにはいつも喜んで迎えた――ただ今夜だけは別だった。彼女は一人でいたかった。すべてを考え直して彼女の感情を整理したかった――彼女のとりかえした自尊心を喜びたかった。庭のケシのお嬢さんたちの間を散歩したかった。ペリーと話をすることはほとんどできなかった。彼に帰ってもらいたくて夢中《むちゅう》だった。そしてペリーはそのことにちっとも気がつかなかった。長い間彼女に逢わなかったので――話がたくさんあった――ことにイルゼの結婚式のことを話したがった。彼はそれについていろいろのことを訊《き》いたのでしまいにはエミリーは自分の言っていることがわからなくなった。彼は付添《つきそ》いに頼《たの》まれなかったことを少し気にしていた。二人の古い友達《ともだち》として——彼には権利があると思った。

「ぼくはテディがあんなふうにぼくをほうりだすとは思わなかったよ。たぶんテディはストーブパイプタウンを付添いにするには、自分はあんまりえらすぎると思ったんだろうね」

そのときエミリーは恐ろしいことをした——自分が何を言っているか気がつかないうちに、テディのことでこんなことを言われたので無意識に言葉が出た。

「あんたばかね!! テディじゃないじゃありませんか！ あんたはイルゼがあんたを新郎《しんろう》の付添いにすると思って？ ——だってあの人はあんたを新郎に長い間ほしがっていたじゃありませんか」

そう言った瞬間、彼女は恥ずかしさと後悔《こうかい》で青くなった。何をしてしまったのだろう。友情を裏切って——信頼《しんらい》を踏みにじって——恥ずべき許しがたいことであった。彼女が、ニュー・ムーンのエミリー・バード・スターがこれをしたのだろうか。

ペリーは日時計のそばに彼女を見つめて立っていたが、驚きで声が出なかった。

「エミリー、あんたそんなことを本気じゃあないだろう。イルゼはそんなふうにぼくのことを考えなかっただろう？」

エミリーはいったん出した言葉は返ってこないし、彼女のしたしくじりはうそで繕《つくろ》うことはできないということを情けなくも感じていた。

「それがそうだったのよ――あるときはね。もちろん、もうずっと前にそんなことは忘れてしまったわ」

「ぼくを！　あの人はいつでもぼくをばかにしていたよ。何かしらでぼくをいじめて――ぼくには絶対あの人を喜ばせることができなかった――あんた憶えているだろう」

「おお、わたし憶えててよ」とエミリーはものうそうに言った。

「あの人はあなたをあんまり好きで、自分の標準よりあなたが下がるのを見たくなかったのよ。もしあの人が――あなたを好きでなかったら、どんな言葉をあなたが使ってもかまわなかったでしょうし、どんなにあなたが無作法でも気にかけなかったでしょう。ペリー、わたしはこのことを話すはずではなかったわ。一生涯《しょうがい》これを恥ずかしいと思うでしょう。あなたは決して知っているそぶりを見せてはいけないわ」

「もちろんさ。どちらにしても、彼女はもうずっと前に忘れちまったんだよ」

「そうよ。だけれど、あの人が、あなたを自分の結婚式に花婿《はなむこ》の付添いとして起《た》たせたくないのはあたりまえでしょ。テディはそんな男じゃあないのよ。ところでペリー、あなた帰ってくれない？　わたしはとても疲《つか》れているの――そしてこれから二週間いろいろな仕事があるのよ」

「あなたはもう寝《ね》るべきだよ」と、ペリーが言った。「あなたを起しておくなんて申し訳ないことだ。だけれどここへ来ると昔《むかし》のような気がして帰りたくなくなるんだ。ぼくたちは子供だったたね。それが今やイルゼとテディは結婚するんだもの。われわれも少しずつ年をとっていくね」

「この次はあなたが落着いた結婚した人になるのよ、ペリー」と、エミリーが笑いながら言った。「いろいろの噂《うわさ》を聞いているわ」

「あなたについてじゃあないだろう。もうそれはあきらめちまった。ぼくがまだあなたを慕《した》っているわけではないけれど――ただあなたのあとではだれも魅力《みりょく》がないんだよ。ぼくは努めてみた。ぼくは独身男で死ぬ運命だね、それは楽なことだというよ。けれどもぼくは少し野心があるから人生を投げだしてはいないんだ。じゃあさようなら、結婚式に会おう、午後だったね」

「はい」エミリーは自分がそんなに静かに話せるのに驚《おど》いた。「三時、それから食事よ――そのあと、シュルーズベリーに自動車で行って夕方の船に乗るんですって。ペリー、ペリー、わたしはあなたにイルゼのことを話さなければよかったわ、悪かったわね――悪かったわ――よく学校でそう言ったわね。わたしは自分にこんなことができるとは思わなかったわ」

「さあ、そんなことを気にしないんだ。ぼくはイルゼがぼくのことをそんなふうに考えたということを知るのは二本の尻尾《しっぽ》を持っている犬のような気がするよ。きみはぼくがそれをお世辞だと思うくらいのセンスを持っていると考えないかい。ぼくはきみたち二人がどんなに大切だったか、そしてぼくをきみが友達にしてくれたことをどんなに感謝しているか知っているかい。ぼくはストーブパイプタウンについて何も考えていなかったし、われわれの間のちがいを何とも思わなかったんだ。けれどそれがわからないほどばかではなかった。だから少しのぼったよ――もっとのぼるつもりだ――けれどもきみとイルゼはそのように生れついている。そしてきみは決してある種の女の子たちのようにそのちがいをぼくに感じさせなかった。汚《きた》ないローダ・スチュアートのことも忘れない。だから今、イルゼがあるときに何とかわたしを思ってくれたと知っても、大丈夫だと思ってくれ。ぼくがそれを知っているとあの人に思わせるわけがないじゃあないか、ストーブパイプタウンのそのくらいの悪いくせは捨ててしまったよ――まあ食べるときにどのフォークを先にするかちょっと考えるけれどね――エミリー、あんたはきみの伯母《おば》さんのルースがきみにキスしたぼくを取り押《おさ》えたことを憶えているかい」（訳注『エミリはのぼる』参照）

「ええ憶えているわ」

「きみにたった一度キスしたんだね」と、ペリーが無感情で言った。「たいして驚きもしなかっただろう。あのばあさんが寝巻でローソクを持って立っていたときには驚いたがね」

ペリーは笑いながら帰り、エミリーは彼女の部屋に戻《もど》った。

「鏡の中のエミリー」と、彼女はほとんど晴れやかに言った。「今度はあなたの眼《め》をしっかり見られるわ。もう恥ずかしくないのよ。彼はわたしを愛してくれたのよ」

彼女はちょっとの間微笑《びしょう》しながらそこに立った。それから微笑は消えた。

「ああ、もしわたしがあの手紙をもらっていたら！」と、情けなさそうにささやいた。

第二十五章

1

結婚式《けっこんしき》までにたった二週間。エミリーは朝起きるごとに家庭内のこと社交界のことで仕事はいっぱいあっても、二週間がどんなに長いかを知った。

どこでも結婚式の話でもちきりだった。エミリーは歯を噛《か》みしめて、すべてのことをやってのけた。イルゼはここにいた——あそこにもいた——そこにもあそこにもいた。何もしないで——おしゃべりだけして——。

「落着きはらっている」と、バーンリ医師《せんせい》はうなった。

「イルゼはのみのように忙《いそが》しい」と、エリザベス伯母《おば》さんがこぼした。「あの娘《こ》がもし静かにすわっていたら、人はあの娘が死んでしまった、とびっくりするだろうよ」

「わたしは船酔《ふなよ》いのために四十九種の薬をそろえたわ」と、イルゼが言った。「もしケイト・ミッチェルおばさんが来れば五十種になるのよ。親切な親類を持つってことはすばらしいことじゃない、エミリー？」

彼女たちは部屋に二人きりでいた。夕方だった。テディを待っていた。イルゼは六、七着の服をひっかけてみてはそれを脱《ぬ》ぎすてた。

「エミリー、わたしは何を着ましょうか？　あんた決めてちょうだい」

「わたしじゃあだめよ。それに――あなたが何を着たって、たいしてちがわないでしょ？」

「ほんと、ほんとにそうよ。テディは何を着ようとかまわないのよ。わたしはそれに気がついてそれについて話してくれる男が好きだわ。わたしはわたしが絹を着ているほうがギンガムを着ているより好きだという男がいいわ」

エミリーは窓から庭を見た。月光はその胸に静かにケシの花の群れを抱《いだ》いている銀の海だった。「わたしはね、テディは――あなたのドレスのことは考えないで――ただあなたのことだけを考えるって言ったのよ」

「エミリー、あんたどうしてテディとわたしが夢中《むちゅう》で愛し合っているように言うの？　あんたの古いヴィクトリア朝の思想がそれを言わせるの？」

「後生《ごしょう》だからヴィクトリア女王はやめてちょうだい！」エミリーは珍《めずら》しくマレー一族らしくもない強さで叫《さけ》んだ。「わたし、それには飽《あ》き飽きしたのよ。あなたはすべての上品な、簡素な、自然な感情をヴィクトリア王朝式と言うのよ。世間が全部今ではヴィクトリア朝のことをばかにしているようよ。何もわけもわからずばかにしてるのよ。けれどわたしはまともの、上品なことが好きなのよ、それがヴィクトリア式だって何だってかまわないわ」

「エミリー、エミリー、エリザベス伯母さんは夢中で男と女が愛し合うのがまともで上品なことだと思うかしら？」

二人の娘《むすめ》は吹《ふ》きだして、これで緊張《きんちょう》はほぐれた。

「あんた、帰るんじゃないでしょう、エミリー？」

「帰るわよ。わたしが恋人《こいびと》たちの付添《つきそ》いをしてると思うの？」

「そら、また始まった。あんた、わたしが一晩中ずっとあの気の強いテディと過したいと思うの？ わたしたちは何かしらで喧嘩《けんか》してるのよ。もちろん、喧嘩は結構よ。退屈《たいくつ》しのぎにはなるわね。一週間に一度は喧嘩をすることにしたの。わたしの喧嘩好きは知ってるでしょう？ あんたとわたしはずいぶん喧嘩したわね。このごろはあんた、全然だめよ。テディでさえもこのごろは本気では喧嘩してくれないの。ペリーは——喧嘩ができたわね。あの人とわたしだったら、すばらしい喧嘩ができたわ。わたしたちの喧嘩は豪勢《ごうせい》だったにちがいないわ。くだらないとか——喧嘩っぱやいとか言って片づけてしまわないのよ。そしてその喧嘩の中でわたしたちはどんなに愛し合ったでしょう！ なつかしいわ！」

「あなたまだペリー・ミラーのことが忘れられないの？」と、エミリーが攻《せ》めたてた。

「いいえ、あんたは赤ちゃんね。そうかといって、テディにも夢中じゃないのよ。つまるところ、わたしたちのはどっちも古手《ふるて》の恋なのよ。冷たいスープをあったためたのよ。心配しなくたっていいわ。わたしは彼のためになるわ。わたしがあの人を天使に近いと思わないほうが、何でもあの人のためによくしてあげられるわ。男っていうものは自分は完全だと思うものなのよ、だからそれに同意しちゃいけないの。そうすると、男はそれでいい気になってしまうのよ。みんながね、わたしがテディをつかまえたのは幸せだと騒《さわ》ぎたてると、ちょっと癪《しゃく》にさわるのよ。アイダ・ミッチェルおばさんが来てさ——『イルゼ、おまえはすばらしい男を捜《さが》し当てたよ』と言うじゃありませんか——ストーブパイプタウンで掃除女《そうじおんな》をしているブリジット・ムーニイがやって来て——『まあ、お嬢《じょう》さん、あなたは豪勢な旦那《だんな》さんを捜しなさいましたよ』ですってさ——。テディはかなり立派よ。ことに自分一人が男ではないことがわかってからはね。そのことはどっかで覚えたのね。わたしはそれをどんな女の子があの人に教えたのか知りたいわ。ああ一人いたわ。それについてちょっと話したことがあるのよ——あんまり十分ではないけれど。その人は随分《ずいぶん》あの人にひどくしたらしいわ——そしてそのうちにあの人のことを、かなり考えているように思わせてから、追いはらったのね。あの人がその女の子を愛しているという手紙にさえ返事をよこさなかったのよ。わたしはその娘を憎《にく》むわ——妙《みょう》ね」

「その娘を憎まないでちょうだい」と、エミリーがものうげに言った。「たぶん、その人は自分のしていることがわからなかったんでしょう」

「わたしはテディをそんなふうに扱《あつ》かったことで憎むのよ。それはテディのためにはなったでしょうがね。ねえエミリー、どうしてわたしはその人を憎むのでしょう？　あなたの有名な心理的解剖《かいぼう》の技術を使ってその不思議を解いてちょうだい」

「あなたはその人を憎んでるのよ——なぜなら——よく人の言う言葉だけれど——あなたはおあまりをちょうだいしているからなのよ」

「まあひどい！　でもそうでしょうね。どんなことでも掘《ほ》り下げてみると随分みにくいものね。わたしはその人がテディを苦しめたからおこっているのだと自分の感情を気高いもののように思っていたのよ。結局は、ヴィクトリア時代の人は賢《かしこ》かったのね。みにくいことというものは隠《かく》さなければならないわ。さあそれじゃあ帰りたければお帰りなさい。で、わたしは祝福を受けようとしている人のような顔をしていましょう」

2

ローン・ハルセーはテディといっしょに来た——大きな口をしているが、エミリーが大好きだったえらいハルセーが来た。

何でも見て、ことにフレデリック・ケントの結婚を大きな冗談《じょうだん》のように考えている、人をばかにしたような眼《め》をした生き生きした男だった。

どういうものか、この態度はエミリーにいろいろなことを少しやさしく受けとらせるようにした。彼女《かのじょ》はみんながいっしょに過した夕方、たいへんに派手やかでおもしろかった。彼女はテディの前ではだまっていることをたいへん恐《おそ》れた。「あなたが愛していながら信じない人の前で、決してだまっていてはいけない」と、カーペンター先生がかつて言ったことがあった。「沈黙《ちんもく》は心を表わす」

テディはたいへん親密そうだった。けれども彼の眼《め》はいつでもエミリーを避《さ》けた。一度彼らがバーンリ家の柳《やなぎ》にふちどられた草の生《お》い茂《しげ》った小径《こみち》を歩いていたときに、イルゼが各々《おのおの》の好きな星を捜そうと言いだした。

「わたしは天狼星《シリウス》よ。ローンは？」

「さそり座のアンタレス——南の赤い星」と、ハルセーが言った。

「オリオンのベラトリックス」と、エミリーが急いで言った。彼女は前にベラトリックスのことを考えたことはなかったけれども、テディの前では一分間も躊躇《ちゅうちょ》はできなかった。

「ぼくは何にも特別に好きなのはない——ぼくが大きらいな星が一つある。琴座《ことざ》のヴェガだ」と、テディが静かに言った。

ハルセーもイルゼもわけは知らなかったけれどテディの声には何とも不快さがこもっていた。それきり星の話は出なかった。けれどもエミリーはその星が一つずつ一つずつ消えていくのを明け方までたった一人で眺《なが》めていた。

3

結婚式の三晩前に、ブレア・ウォーターとデリー・ポンドはイルゼが夜のおそい時間にペリー・ミラーと新しい車でドライブしていたのを見たというので、大騒《おおさわ》ぎをした。イルゼは平気でそれを認めたのでエミリーは彼女をとがめた。

「もちろんわたしドライブしたのよ。テディと実に退屈な、つまらない夕方を過したのよ。喧嘩ではじめたの。わたしたちは小犬のことで喧嘩をはじめたの。テディが、わたしは犬のほうをテディより気にかけていると言ったのよ。わたしはもちろんそうだと言ったの、そしたら信じなかったけれどもおこったの。テディは、男はみんなそうだけど、わたしがテディを死にそうに好きだと信じているのね。

『生涯《しょうがい》に一度も猫《ねこ》を追いかけたことのない犬だね』と、彼は皮肉を言った。それからわたしたちは両方ともずっとおこっていたのよ。十一時にわたしにキスをしないで帰ってしまったわ。わたしは最後に何かばかな美しいことをしようと決心したの、それで丘《おか》を下りて美しい淋《さび》しい道を一人で歩いていたの。そこへペリーが自動車でやって来たの。それで気を変えてペリーといっしょに月光のドライブをやったのよ。わたしはまだ結婚はしていないのよ。わたしをそんなふうに見ないでちょうだいよ。わたしたち一時まで外にいてとてもお行儀《ぎょうぎ》よくしていたのよ。わたしは一度だけちょっと考えたわ——もしわたしが急に『いとしいペリー、わたしがほんとうに好きだったのはあなた一人よ。どうしてわたしたちは結婚できないの？』と言ったらどうなっていたかしら？　わたしは八十になってそう言うかしら？」

「あなたはもうすっかりペリーをあきらめたと言ったじゃありませんか」

「だけどあなた、それを信じた？　エミリー、あなたはバーンリ家の人に生れなかったのを感謝なさいよ」

エミリーはマレー家に生れても別によくはなかったと悲しく考えた。もしもマレーの自尊心がなかったなら彼女はテディが呼んだ晩に行っただろう——そして彼女はあしたの花嫁《はなよめ》になっていただろう——イルゼではなく。

あしたった。あしたっだった——彼女がテディの近くに立って、他の女性に一生涯の愛情を誓《ちか》うのを聞くのはあしただった。用意はすべてできた。

「ほんとうの昔《むかし》ながらの結婚のごちそう——あんた方近代人のあれだのこれだのといういろ

いろなものを入れない本物を」と、言っていたバーンリ医師さえも満足させた結婚のごちそう。「花嫁と花婿《はなむこ》はたぶんあまり食べないだろう。けれどもほかの者たちは胃袋《いぶくろ》を持ってい
る。そしてこれは何年間に一度の久しぶりの結婚式だ。一つの点ではわれわれは天国にいる
ように楽だ——自分が結婚するのでもなく、結婚のためにだれも家から出しているのでもな
い。わたしは大盤振舞《おおばんぶるま》いがほしい。ローラ伯母さんに結婚式に大きな声で泣かないようにと
言っておいておくれ」と、バーンリ医師は言った。

そこでエリザベスとローラ伯母さんはバーンリ家で二十年にはじめての大掃除を上から下
までやるのを監督《かんとく》した。バーンリ医師は、何から何まで完全にそろったことを神に感謝した。
けれどもだれも彼がすることには注意しなかった。

エリザベスとローラはサテンのドレスを作った。彼らが新しいサテンのドレスを作るため
の口実は今までになかなかなかった。

エリザベス伯母さんはウェディングケーキをつくり、ハムや鶏肉《とりにく》のことを注意した。
ローラはクリームや、ゼリーやサラダのめんどうを見、エミリーは夢心地《ゆめごこち》でそれらをバー
ンリ家へ運んでいった——結婚式の前に——前に——眼がさめるのではないかと思いなが
ら——

「わたしはこの騒ぎが終ったら安心する！」と、いとこのジミーさんがうなった。「エミリ
ーは死ぬほど働いている——あの人の眼を見てごらん！」

4

「今夜わたしといっしょにいてちょうだい、エミリー」と、イルゼが頼《たの》んだ。「わたしはあなたを一晩中寝《ね》かせないほどはしゃべらないわ。それから泣きもしないわ、約束《やくそく》するわ。わたしはローソクのようにもみつぶされても満足だわ。ジーン・アスキューはミリー・ハイスロップの花嫁の付添い人《ブライドズメイド》で、結婚式の前の晩をミリーといっしょに過して一晩中泣いたんですって。随分涙《なみだ》があるのね。ミリーは結婚するので泣いたのよ――そしてジーンは結婚しないので泣いたんでしょうね。わたしたちはそういう種類じゃないわね。わたしたちは泣くよりも闘《たたか》うほうじゃない？　あしたミセス・ケントが来るかしら？　わたしは来るとは思わないのよ。テディはお母さんが結婚のことを何にも言わないと言ってたわ。ただ、お母さんはひどく変ったらしいわね――やさしくなって――落着いてほかの人のようになったのね。エミリー、あしたの今時分にはわたしはイルゼ・ケントになるのよ」

　もちろんエミリーはそれを知っていた。彼女たちは何にもそれ以上話さなかった。けれども二時間あとで、眠《ねむ》れないエミリーがイルゼはぐっすり眠っていると思ったとき、イルゼは突然《とつぜん》起きあがって暗闇《くらやみ》の中でエミリーの手を探《さぐ》った。

「エミリー――結婚しないで眠りについて――そして結婚して眼がさめるのだったら――なんていいでしょう」

5

明け方だった。イルゼの結婚式当日の明け方。エミリーが寝床《ねどこ》から脱《ぬ》けだして窓へ行ったときには、イルゼは眠っていた。明け方だ！　ブレア・ウォーターのそば、静かな夢のような丘に一群《ひとむれ》の松《まつ》の木。空気は妖精《ようせい》の音楽でふるえていた。風は丘をふるわせていた。港の上に踊《おど》る波。東の空は花が咲《さ》いたようだった。港の燈台《とうだい》は空に向って真珠色《しんじゅいろ》に立っていた。むこうには泡《あわ》の花を持った海の青い野原と、その後のよもぎが原の山をかすめる金色の靄《もや》、テディは——眼をさまして——待ちつつ——彼の心の願いを与《あた》える日を歓迎《かんげい》していた。

エミリーの魂《たましい》はこの日が早く終ればいいということ以外にはすべての望みも願いも消えていた。

彼女は考えた。「何ごとも必ずやって来るということは慰《なぐさ》めだわ」

「エミリー、エミリー——」

エミリーは窓のところからふりむいた。

「いいお天気よ。イルゼ、太陽はあなたの上に照るでしょう、イルゼ——どうしたの？　イルゼ——あなた泣いているじゃないの」

「わたしは——どうしてもがまんできないの！」と、イルゼが言った。「結局、逃《のが》れられない正当な悪事のように見えるわ。ミリーのこと笑ったけれど許してもらわなけりゃあ。けれど——わたしはひどく恐ろしいのよ。なんとも言えない感じよ。あんた、わたしがもしこのを出しやしないかと思うことなのよ。ほかに何が怖《こわ》いもんですか？」

「ああ！」――イルゼはベッドから飛びだした――「わたしの心配はね、牧師さんの前で舌

「あなた何を恐れているの？」と、エミリーが少し気を短くして言った。

床《ゆか》の上に寝てどなったら何とかなると思う？」

6

何という朝だろう！　それはいつでもエミリーにとってうなされた夜の記《き》憶《おく》のように残った。客はどんどん来はじめた――エミリーは顔の上に笑いが凍《こお》ってしまったかと思うまで彼らを歓迎した。限りなく結婚祝いが贈《おく》られてきて、それをほどいて片づけなければならなかった。イルゼは支《し》度《たく》をする前にそれを見にきた。

「あのお茶のセットを贈ってくれたのはだれ？」と、彼女は訊《き》いた。

「ペリーよ」と、エミリーが言った。彼女は彼を助けてそれを見たてた。古風なバラのデザインのセットであった。ペリーの力強い黒い筆跡《ひっせき》のカードがついていた。

「イルゼへ、昔の友達《ともだち》の最上の祝福と共に」

イルゼは一つずつ一つずつ取りあげて、それを床に投げつけて割った。驚《おどろ》いたエミリーがとめる暇《ひま》もなかった。

「イルゼ、あなた気がちがったの？」

「そら！　なんて威勢《いせい》のいい音でしょう！　こわれたのを掃《は》いてちょうだい、エミリー。床

の上に寝ころんでどなるのと同じくらいいい気持よ。それよりいいかもしれない。もうこれでちゃんと式ができるわ」

エミリーはちょうどいいタイミングでそれを始末した。

クラリンダ・ミッチェル夫人が薄《うす》いヴェールのモスリンと桜色《さくらいろ》のスカーフをかけてはいってきた。明るい、にこにこした気のいい義理のいとこである。何にでも興味を持っている。

「だれがこれをくれたの？──あれはだれから贈ってきたの？　すばらしいお嫁さんになるでしょうね」クラリンダ夫人はしゃべった。「そしてテディ・ケントはすばらしい男よ。まったく理想的な結婚《けっこん》ね。そうじゃあない？　小説で読むようなのね。わたしはこういう結婚式が好きよ。わたしは自分の青春を失ってもこういう若々しいことに興味がなくならないことを感謝してますわ。まだわたしは感情が随分豊かよ、そしてそれを表わすのを何とも思わないわ。それからね、イルゼの結婚式のストッキングはほんとうに十四ドルもかかったの？」

イサベラ・ハイスロップおばさん、すなわちミッチェル家の出であったが、彼女の高価なカットグラスがいとこのアナベルの編んだ人形のわきに並《なら》べてあったので機嫌《きげん》が悪かった。あまりいい予言をしなかった。

「すべてがよくいくように望みますよ。けれども何だか困ったことが起りそうな感じがするわ。予測とでも言うんでしょうかね、あなた前兆《しるし》というものを信じますか。外で大きな黒猫がわたしたちの前をよぎりましたよ。それから小径《こみち》のところでわたしたちが曲ったところで、古い選挙のポスターの破れが落ちてましたよ。黒い字で『青い滅亡《めつぼう》』と書いたのがわたしたちの眼にはいりましたよ」

「それはあなたにとっては悪い知らせかしれないけれど、イルゼにとってはそうではないでしょう」

イサベラおばさんは首を振った。彼女は慰められなかった。

「こんなぜいたくな結婚衣裳《いしょう》はプリンス・エドワード島では見られなかったと人が言っているじゃありませんか。こんなぜいたくなことが許されると思いますか、スターさん？」

「お金がかかっているのはスコットランドのイルゼの大おばさんたちからの祝い物ですよ、ミセス・ミッチェル。それにたいていわたしたちは一生に一度しか結婚しませんもの」

そこでエミリーはイサベラおばさんが三度結婚したことを思い出した。そして黒猫の魔術《まじゅつ》に何かあるのではないかと思った。イサベラおばさんは知らん顔をして行ってしまった。あとで、

「あのスターの女の子は本を出してからは、がまんができないほど不愉快《ふゆかい》になった。だれにでも失礼なことを言ってかまわないと思っているらしい」と、言っているのが聞えた。

エミリーは自分の自由を喜ぶ前に、その他たくさんのミッチェルの親類たちに会わなければならなかった。一人のおばは他のおばのボヘミアのガラスの花瓶《かびん》一対《つい》の贈物に賛成しなかった。

「ジェーンはあんまり考えのないほうでしたよ。ばかばかしい選び方ね。子供たちが必ずそ

れを割りますよ」

「どの子供たち?」

「もちろん二人の子供たちよ」

「ミス・スターはそれを本に書きますよ、マチルダ」と、彼女の夫が注意した。それから彼は一人笑いをしてエミリーにささやいた。

「なぜあなたはきょう花嫁ではないのですか、どうしてイルゼが割りこんできたの、ええ?」

7

エミリーは二階からイルゼの着付けのために呼ばれたのでほっとした。ここでもおばさんやいとこたちが出はいりしていろいろなことを言っていた。

「エミリー、あなたは、わたしたちが劇でだれが花嫁になるかということで喧嘩《けんか》をした最初の夏を憶《おぼ》えている? わたしは今も花嫁ごっこをしているような気がするわ。これはほんとうらしくないのよ」

エミリーもまたこれが本当ではないような気がした。けれどもやがて——やがてすべてが終って彼女は自分一人になるだろう。そして着付けを済ましたイルゼは美しい花嫁でこんな大騒ぎをした結婚式にふさわしかった。どんなにテディが彼女を愛するだろう!

「まるでクイーンのようね」ローラ伯母さんが崇拝《すうはい》するように言った。

エミリーはすばやくブルーのドレスを着て、真珠とバラの花のついた花嫁のヴェールの下の処女の額にキスをした。

「かわいいイルゼ、わたしがあなたに永久に幸福を祈《いの》りますと言ったからといって、わたしを手のつけられないヴィクトリア式と考えないでちょうだいね」

イルゼは彼女の手を握《にぎ》った。けれども少し声をたてて笑った。

「ローラ伯母さんがわたしが似ているといったのがヴィクトリア女王でないといいわ」と、彼女はささやいた。そして「わたしはジャニー・ミルバーンおばさんがわたしのために祈っているという恐ろしい疑いを持っているのよ。わたしにキスをしに来たときにそれがわかったわ。人がわたしのために祈っているとわかると、わたしは怒《いか》り狂《くる》ってしまうのよ。さて、エミリー、わたしの最後の頼みを聞いてちょうだい。みんなをこの部屋から出してちょうだい。だれもみんな。わたしはたった一人になりたいの、ほんとうにたった一人に数分間」

どうやらエミリーはそれに成功した。おばさんたちいとこたちは階下へおりていった。バーンリ医師《せんせい》は廊下《ろうか》でじれったそうに待っていた。

「あんたはすぐ用意ができるかね？　テディとハルセーが客間へ行く合図を待っているよ」

「イルゼはちょっとの間、たった一人でいたいんです。アイダおばさん、よくいらっしゃいました」

階段を息をきらしてあがってくる太った夫人に言った。

「何かおさしつかえができたのかと思いましたよ」

「さしつかえがあったのよ」と、アイダおばさんが息をきって答えた。これはほんとうはまたいとこだった。息をきらせていたが、彼女は幸福だった。彼女はいつでもニュースを最初に話すことが好きだった――ことに不愉快なニュースを。

「それに、お医者さんは来られません――わたしはタクシーをつかまえて来たのよ。あのかわいそうなペリー・ミラーが――知っているでしょう、あの人? 利口な若い男、あのミラーが一時間ほど前に自動車事故で死んでしまったのよ」

エミリーは叫《さけ》び声をおさえた。イルゼのいる部屋の戸を狂おしげに眺《なが》めた。それは少しあいていた。バーンリ医師は言っていた。

「ペリー・ミラーが死んだ? 何ということだ!」

「そう殺されたんですね、もう今ごろは死んでいるでしょう。こわれた車の下から引き出したときには意識はありませんでした。シャーロットタウン病院へ連れていってビルに電話をかけました。もちろん、何もかもほうって来ました。イルゼがお医者さまと結婚しないのは幸せですよ、式の前に外套《がいとう》を脱《ぬ》ぐ時間がありますか」エミリーはペリーのための悲しみを隠《かく》して彼女を空部屋へ案内して、バーンリ医師のところへ帰ってきた。

「このことをイルゼに知らせてはいけない。結婚式がめちゃめちゃになる――あの娘《こ》とペリーは古い友達だ。それから少しあの娘を急がせてくれないか、時間が過ぎているから」と、彼は必要もないのに言った。

エミリーは夢《ゆめ》の中で歩く気持で、廊下を歩いてイルゼの戸をたたいた。答えがなかった。

戸をあけた。床の上にむなしく花嫁のヴェールと、マレー家でもバーンリ家でも払ったことがないほど高価な、テディの贈った蘭《らん》の花束《はなたば》が捨ててあった。けれどもイルゼはどこにもいなかった。窓があいていて、台所のほうに向う窓があいていた。

「どうしたんだい」と、バーンリ医師がエミリーのあとから叫んだ。「イルゼはどこだ？」

「行ってしまいました」と、エミリーが呆《ほう》けたように言った。

「行ったって――どこへ行ったんだ」

「ペリー・ミラーのところへ」エミリーはよく知っていた。アイダおばさんの言葉を彼女は聞いたのだ。そして――

「ばか！」と、バーンリ医師が言った。

8

数分間のうちに、家は驚愕《きょうがく》に変った。驚いた結婚式の客たちはいろいろなことを聞いて大《おお》騒《さわ》ぎだった。バーンリ医師はとりのぼせた。婦人客の前でもかまわずに無作法なことを重ねた。

エリザベス伯母さんでさえも、動けなかった。こんな前例はない。ジュリエット・マレーは確かに駆落《かけお》ちはした。けれども彼女は結婚はした。氏族《クラン》の中にこのようなことをした花嫁は一人もなかった。エミリーだけがある程度の考えと行動が持てた。彼女は若いロープ・ミッチェルからイルゼがどんなふうにして行ってしまったか聞いた。彼が庭に彼の車をパークさせていると、そのときに――

「ぼくはイルゼが裳裾《もすそ》を肩《かた》のまわりに巻きつけてあの窓から飛ぶのをみた。屋根のところにひっかかったけれど、猫《ねこ》のように地面に飛びおりた――小径へ出てケン・ミッチェルの庭からまるで悪魔に追いかけられているようにどっかへ行ってしまった。ぼくはあの人は気が狂ったのかと思った」

「そうなのよ、ある意味ではね。ローブ、あんたはあの人を捜《さが》しに行かなきゃあならないのよ。ちょっと待って、わたしはバーンリ医師《せんせい》をあなたと行くように連れてくるわ。わたしはここにいてあとの始末をしなければならないから。ああシャーロットタウンまでは十四マイルだけなのよ。一時間のうちに往復できるわ。あなたはどうしてもイルゼを連れてこなければいけません――わたしはお客様たちに待つように頼むから――」

「どうにもなりゃしないよ、エミリー」と、ローブが予言した。

9

このような一時間でも過ぎ去る。けれどもバーンリ医師とローブは二人きりで帰ってきた。イルゼは帰ってこない――それだけだ。ペリー・ミラーは死ななかった――けがもたいしたものではなかった――けれどもイルゼは帰ってこない。彼女はペリー・ミラーと結婚するので他のだれとも結婚しないと言った。

バーンリ医師は二階の部屋で涙ぐんでいる婦人たちの真ん中にいた。エリザベス伯母さん、ローラ伯母さんと、ルース伯母さんと、エミリー。

「もしもあの娘《こ》の母親が生きていたらこんなことにはならなかったろう」と、バーンリがぼんやり言った。「わしは彼女《あれ》がミラーを好きだとは気がつかなかった。だれかにアイダ・ミッチェルの首を絞《し》めてもらいたいと思う、ああ——泣け、そうだ泣け——」と、ものすごくローラ伯母さんに言った。「泣いてどうなるんだ、泣いてどうなるんだ。だれかがケントに話さなくてはならない。わしが話さなくてはならないだろう。そしてあそこに来ているばか者たちに食べさせなければならない。あの人たちが来たのはそのためなんだから。エミリー、きみが世界中でたった一人考えを持っている人らしい。みんなの世話をしてくれ、いい娘《こ》だから」

エミリーはヒステリックな娘《むすめ》ではなかった。けれども彼女の生涯《しょうがい》で二度目にできるだけ大きな声で叫びたくなった。こうなると叫ぶことよりほかに救いはないと思った。けれども彼女は客たちをテーブルにつけた。興奮がおさまって、ただでは帰されないということがわかって落着いた。けれども結婚式の祝宴《しゅくえん》は成功とはいえなかった。

空腹の人たちでさえも、こんな事情のもとでは腹いっぱい食べるのは、すべきことではないとわかっていた。

結婚式に行くのはごちそうだけのためで、式があろうがなかろうが気にとめなかった年とったトム・ミッチェルおじさん以外にはだれもおもしろくはなかった。花嫁は来ても来なくてもごちそうは必要だ。だからトムおじさんはどんどん食べた。ときどき首をかしげて、

「女連はどうしましたかな」と、訊《き》くためにちょっと休んだ。

いとこのイサベラは生命《いのち》の予言をはじめたが、だれも聞かなかった。客はたいていだまっていた。下手なことを言うのを恐《おそ》れたからだ。オリヴァー伯父さんはこれより賑《にぎ》やかな葬式《そうしき》のごちそうをたくさん知っていると言った。給仕女たちはせかせかしていていろいろな間違《まちが》いをしでかした。新しい牧師夫人のミセス・デルウェントは泣かんばかりだった——いや実際、涙が眼《め》にいっぱいだった。彼女は派手な結婚の謝礼を勘定《かんじょう》に入れていたのかもしれない。それがなくなったことは新しい帽子《ぼうし》が買えないことになる。ゼリーを回しながら、エミリーは彼女を見て笑いたくなった——叫びたいというヒステリックな願いの代りだった。けれどもそんな願いの影《かげ》は彼女の冷たい白い顔の上には表われなかった。シュルーズベリーの人々は彼女はいつものとおり冷淡《れいたん》で、「人を小ばかにしているようだ」と言った。「あの娘が、ほんとうに感じることがあるのだろうか？」

そしてそのすべての下で彼女はたった一つのことを意識していた。

「テディはどこにいたろうか、何と感じたのだろうか——何を考えているだろうか——何をしているだろうか？」彼女は彼を傷つけ、はずかしめたことでイルゼを憎《にく》んだ。彼女にはこのあとどうなるかわからなかった。これは時の動きを止めてしまうような出来事だった。

10

「何という日だったろう！」夕方、家へ帰る時にローラ伯母さんが泣いた。「何という恥ずかしいことだろう！　何というみっともないことだろう！」

「アラン・バーンリは自分を責めるよりほかないよ」と、エリザベス伯母さんが言った。「イルゼをしたい放題にさせといたんだもの。あの娘《こ》は自制ということを教えられたことがない。あのときまで、自分の気の向き次第《しだい》に自分が好きなように何でもしてきた。責任というものは絶対に感じないのだから」

「でもペリー・ミラーを愛していたのなら」と、ローラが弁護した。

「それじゃあ、なぜテディ・ケントと結婚の約束《やくそく》をしたんだい。そしてこのような振舞《ふるま》いをするとしたら、イルゼのために何の弁護もできないよ、バーンリ家の者がストーブパイプタウンへ婿捜《むこさが》しに行くとはよくよくだね！」

「だれかが、あの贈物《おくりもの》を返すことを考えなければ」と、ローラが悲しんだ。「贈物の置いてある部屋を見たよ。こんなときにねえ」

エミリーはやっと彼女の部屋で一人になった――あまりにも驚き打たれ疲《つか》れて何を感じることもできなかった。大きな丸い縞《しま》のボールが彼女のベッドの上にころがりこんできてピンクの口をあけた。

「ああ、ダフィ」と、エミリーが言った。「じっとしているのはおまえだけだよ」

彼女は明け方に、とろとろしただけで寝苦《ねぐる》しい夜を過した。それから彼女は新しい世界に眼ざめ、すべてのことに合わせていかなければならなかった。けれども彼女は合わせることにはあまりに疲れはてていた。

第二十六章

1

それから二日のちに、イルゼは平然として、エミリーの部屋へはいってきた。彼女《かのじょ》はバラ色の頰《ほお》をして意気揚々《ようよう》としていた。エミリーは彼女をまじまじと見つめた。

「地震《じしん》は終ったでしょう？　何が残って？」

「イルゼ！　あなたよくも、よくも！——」

イルゼはハンドバッグからノートを出して、何か見ているふりをした。

「わたしはあんたが言うだろうと思っていることを書きつけておいたのよ。そのとおり言ったわね。この次には『あんた、恥《は》ずかしくないの？』でしょう？　ところが、恥ずかしくないのよ」と、ふてぶてしく言った。

「そうよ、あなたはちっとも恥じてはいないわね。だから、わたしも訊《き》かないのよ」

「わたしは恥ずかしくないの——そして済まないとも思わないの。そしてわたしは恥《はじ》しらずに幸福なの。ただ、わたしはパーティーをめちゃめちゃにしてしまったでしょうね。メス猫《ねこ》どもが一世一代の話の種を持ったことでしょうよ。今度という今度は爪《つめ》いっぱいに摑《つか》んだでしょうよ」

「テディがどんな気持だったと思うの？」エミリーはきびしく訊《たず》ねた。

「ディーンよりいやな気持だったと言うの？　ガラスの家の諺《ことわざ》があるわね」

　エミリーは赤くなった。

「そうね——わたしはディーンにつらくしたわ——でもわたしは——」

「結婚式《けっこんしき》の祭壇《さいだん》では肘鉄砲《ひじでっぽう》は食わさなかったって言うんでしょう。そのとおりよ。だけど、わたしはペリーが死んだと聞いたときには、テディのことなんか考えなかったのよ。まったく気が狂ったみたいだったの。たった一つの思いは、ペリーが死ぬ前にもうひとめ逢《あ》いたいということだけだったのよ。逢わなけりゃいられなかったの。そして病院へ着いてみると、マーク・トウェインが言ったとおり、『彼《かれ》の死の報告はたいへんに誇張《こちょう》されて』いたのよ。怪我《けが》だってひどくはなかったの——ベッドの上にすわっていたの、顔は傷だらけで包帯をまかれていたけれど——すごい顔していたわ。それからどういうことになったか、聞きたいこと、エミリー？」

　イルゼはエミリーの足もとにすわって——エミリーの好奇心《こうきしん》をそそるように見あげた。

「ハニー、もうきまってしまったことに不賛成をしてみたって何の役にたつの？　不賛成だと言ったって何にも変りゃしないのよ。二階へこっそり上がってくるとき、居間にローラ伯母《おば》さんがしょんぼりすわっているのを見たけれど、一晩のうちに魂《たましい》が抜《ぬ》けてしまったような様子をしていたわ。だけど、あんたはマレー家にはないものを持ってるわ。あんたならわかってくれるはずよ。あんたの同情をテディの上にむだづかいするのやめなさいよ。あの人はわたしを愛してはいないのよ――それはわかっていたわ。あの人の自尊心が傷つけられただけよ。さあ――わたしに代ってこのサファイアを返してちょうだい」イルゼはエミリーの顔の中に何かいやな表情を見た。「ディーンのエメラルドの仲間入りね」

「テディは中一日おいてモントリオールへ発《た》ったわ――あのあとで――」

「なかった結婚式のあとでね」と、イルゼがつづけた。「あんた、あの人に逢った、エミリー？」

「いいえ」

「まあね、あの人アフリカへ行って大きな獲物《えもの》を撃《う》てば、すぐこんなことは忘れて元気になるわ。エミリー、わたし、ペリーと結婚するのよ――来年。もうすっかりきまってるの。彼のところへ着くと、首を抱《だ》いてキスしたのよ。わたしネジがゆるんじゃって、涙《なみだ》が流れて流れて床《ゆか》へどんどん落ちるのよ。看護婦はわたしをパーシイ博士の私立救護院から出てきた者だと思ったらしいわ。とにかく、わたし、看護婦は部屋の外へ出してしまったのよ。そしてペリーを愛してるって言ったの、どんなことが起ってもテディ・ケントとは決して結婚しないって話したの――それからペリーが自分と結婚してくれと言ったの――それともわたしが、わたしと結婚しなけりゃいやだと言ったのかしら――それとも、わたしたち、どっちも何にも言わなかったのかしら――わたしたちにはわかってしまったの。正直に言って、どっちだか憶《おぼ》えていないわ――どっちでもいいわ。エミリー、もしわたしが死んでも、ペリーが来てわたしを見れば、わたしは生き返るわ。もちろん、彼がいつでもあんたを追いかけていたことは知っててよ――だけど、彼はあんたを愛してはいなかったんだから、わたしをきっと愛してくれるわ。わたしたちはいっしょになるように生れついてるのよ」

「ペリーは決してほんとうにわたしを愛してはいなかったのよ」と、エミリーが言った。「わたしをひどく好きだったの、それだけなのよ。愛するということと、好きとのちがいを知らなかったの――そのときは」彼女はイルゼのかがやいた顔を見た――そしてこのわがまな、かわいらしい友人のための、昔《むかし》からの愛情はエミリーの眼《め》にも唇《くちびる》にもあふれてきた。

「最愛のイルゼ、幸せでね――いつでも、いつまでも」

「何とありがたい、ヴィクトリア王朝式のご挨拶《あいさつ》なの!」と、イルゼは満足そうに言った。「ねえ、エミリー、わたしこれで静かになれるのよ。この何週間というもの、一分間でも静かにしていたら破裂《はれつ》しそうだったの。ジャニーおばさんがわたしのためにお祈《いの》りしてたってかまわないわ。そのほうがうれしいくらいに思うのよ」

「お父さんは何ておっしゃってるの?」

「ああ、お父さん」イルゼは肩《かた》をすぼめた。「まだ先祖代々の癇癪《かんしゃく》をなくさないわ。わたしに口をきかないのよ。でも直るわよ。わたしのしたことについてはお父さんだってわたしと同じように悪いのよ。あんた知ってるでしょう、わたしは何をするにもだれにも相談したことはないでしょう? やりたいことをさっさとやってしまったのね。お父さんはいけないって言ったことはないのよ。最初はわたしを憎《にく》んだからだったの――それからはそのつぐないをしたいためにね」

「あなた、ときどきはペリーの意見を訊《き》いて何かしなけりゃいけないことよ」

「ええ、わたし、ちっともそれはいやじゃないわ。わたしがどんなに従順な妻になるか、あんた、きっと驚《おどろ》くことよ。もちろん、わたしは出かけるのよ——仕事に帰るの。一年たてば世間は忘れてしまうでしょう——そしてペリーとわたしはどこかで静かに結婚するの。バラのついたヴェールも東洋風の裳裾《もすそ》も氏族《クラン》の結婚式もなしよ。まあ、あぶないところだったわ！　もう十分おそかったら、テディと結婚していたのよ。考えてもごらんなさい、アイダおばさんが到着《とうちゃく》したときに、どんなスキャンダルをわたしが巻き起すかをさ。なぜかって言えば、わたしは式を済ましていてもいなくても、同じことをするんですからね」

2

その夏はエミリーにとっては苦しい夏だった。彼女の苦しみは日々の生活にみちみちていたが、その苦しみが去ると、今度は毎日が空虚《くうきょ》なのに気がついた。それからどこへ行っても苦しみがあった。だれもかれも例の結婚式の話でもちきりだった。怪《あや》しんだり、想像をたくましくしたりした。けれどもイルゼの風変りな行いについてもやっと口さがない噂《うわさ》やおしゃべりも収まり、人々はほかの話題を捜《さが》した。エミリーは独りになった。

独り？　そのとおりだった。愛——友情は永久に去った。野心のほかには何にも残らなかった。エミリーは決心して仕事にかかった。生活はふたたびもとの静かな道に返った。一年また一年と、時は彼女の戸口の前を通った。春のスミレの匂《にお》う谷——夏の花——秋に歌うモミの木——冬の夜の銀河の淡《あわ》いほのお——静かな新月の四月の空——月光に向う黒いロンバルディ杉《すぎ》の妖精《ようせい》のような美しさ——十月のたそがれどきに淋《さび》しく落ち散る木の葉——果樹園の月の光。

ああ人生にはまだ美があった——いつでもあるだろう。人間の情熱のあらゆる汚点《しみ》のむこうに不滅《ふめつ》の美が。彼女はインスピレーションと努力の光栄ある時間を持った。けれどもかつては彼女の魂を喜ばせた美だけが、今はまったくの喜びではなかった。ニュー・ムーンは他の場所に起った変化でも変らなかった。ケント夫人はテディと住むために行ってしまった。古いよもぎが原は夏の家のためにハリファックス市の人に売られた。ペリーはある秋モントリオールへ行って、彼といっしょにイルゼを連れて帰った。そしてシャーロットタウンで幸福に暮《くら》していた。そこをエミリーはたびたび訪問した。いつでもイルゼが彼女のためにしかけておいた結婚のワナには落ちこまなかった。エミリーは結婚しないだろうというのは、氏族《クラン》中に認められていた。

「もう一人ニュー・ムーンにはオールドミスができるんだ」とウォレス伯父さんが、それとなく言った。

「そしてエミリーが選ぶことができた男たちのことを考えるとねえ」と、エリザベス伯母さんが痛ましく言った。「ミスター・ウォレス——アイルマー・ヴィンセント——アンドルー——」

ながら言った。

「でもエミリーが、その人たちを――愛さなかったなら」と、ローラ伯母さんが、つかえ
「ローラ、あんたはそんな遠まわしに言わなくてもいいよ」

今でも行商にまわってくる年とったケリーは――そして世の終りまでまわって来るでしょうと、イルゼが言った――その人はエミリーを結婚することでからかうのをやめた。ただ、ときどき遠まわしに残念そうに言っていた。もはや承知しているようなうなずきもウィンクも見せなかった。そのかわり、彼はいつでも今はどんな本の仕事をしているかと訊いた。そして白髪頭《しらがあたま》を曲げて考えこんで帰っていった。「男たちは何を考えているんだろう？　さあ急いで、わたしの小馬よ、急げ急げ」

ある男たちはまたエミリーのことを考えているらしかった。

若い、元気な男やもめのアンドルーは、エミリーが指一つ動かせば来ただろうが、エミリーは決して指をあげなかった。シュルーズベリーのグラハム・ミッチェルも確かに気があった。エミリーは彼の片一方の眼がへんなのでいやだった。すくなくともそれがマレー家の人々の想像だった。彼らはこんなにいい縁組《えんぐみ》に見向きもしない理由としてこれのほかには考えられなかった。シュルーズベリーの人たちは彼女が次の小説のことを考えて「材料を得るために彼を引っぱっていた」と、言った。

有名な大金持のクロンダイクは彼女を冬中追いかけた。けれども春になって、失望してひき下がった。

「あの娘は本を出してからはだれも自分にはふさわしくないと思っている」と、ブレア・ウォーターの人たちは言った。

エリザベス伯母さんはクロンダイクを惜《お》しがらなかった――彼はただデリー・ポンドのバターウォース家の一人だった。そしてバターウォース家が何だろう。エリザベス伯母さんはバターウォースなどという家は今はないと考えていた。世間ではまだあると思ってるかもしれない。けれどもマレー一族はまた、もっとよく知っている。けれども彼女にはなぜエミリーがムールスビー商会のムールスビーをとらなかったか、がわからなかった。

エミリーの説明はムールスビー氏はかつてパーキンスの乳児のための雑誌に写真が出たことが忘れられないからいやだと言うのだった。けれども、エリザベス伯母さんはとうとう、若い世代の人の心はわからないと言った。

3

テディについては、エミリーはときどき新聞で、隆々《りゅうりゅう》と名声の道をのぼっていくということを読むよりほかには何も聞かなかった。

彼は肖像《しょうぞう》画家として国際的な名声を持ちはじめていた。雑誌のイラストレーターとしての日はもう過ぎて、エミリーはもはや自分の顔と向き合うことはなかった。――または彼女の微笑《びしょう》――または彼女自身の眼――がときどきあけるページから彼女をのぞくこともなくなった。

ある冬、ケント夫人は死んだ。彼女の死の前に彼女は短い手紙をエミリーに送った。これがケント夫人からの最初で最後の言葉だった。

「わたしは死のうとしている。わたしが死んだときに、エミリーよ、テディに手紙のことを話してください。わたしは幾度《いくど》も話そうとしました。けれどもできませんでした。わたしは自分の息子《むすこ》にあんなことをしたとは話せませんでした。わたしの代りに話してください」

エミリーはその手紙をしまいながら、淋しそうに笑った。テディに話すにはおそすぎた。彼は彼女を想《おも》うことはずっと前にやめた。そして彼女は——彼を永久に愛するだろう。そして彼が知らなくても、そのような愛は見えない祝福のように彼を一生つつむだろう。理解されなくてもかすかに感じられて彼をすべての害と悪から守るだろう。

4

その同じ冬、デリー・ポンドのバターウォースが、〈失望の家〉を買ったとか、買おうとしているとかいう噂《うわさ》がたった。彼はそれを買って、ほかへ持っていって改築して大きくするつもりらしいと言われた。これができあがると、彼はデリー・ポンドで「ジョディ・ブリッジのメイベル」として知られている、ある太った世帯のきりもりの上手な婦人を迎《むか》え入れるのだということだった。エミリーはこの知らせを苦痛をもって聞いた。彼女は肌寒《はだざむ》い春のその夕方、モミの木の林を越《こ》えて、小さな幽霊《ゆうれい》のようなその家へ行った。ディーンがそれを売ったとは思えなかった。その家は小山に属しているように見えた。小山を動かさずにそれを動かすことはできなかった。

あるとき、エミリーは大きなながめ玉だけを残して他の彼女のものをその家から出すことをローラ伯母さんに相談した――。彼女はその玉を見るに堪《た》えなかった。扉《とびら》のすき間からはいってくる光の中でその光を反射させながら、それはまだそこに下がっているにちがいない。今は彼女とディーンが別れたときと同じようになっているだろう。噂ではディーンはそこから何も出さないということだ。そこに入れたものは全部あるという話だ。

小さな家は寒いにちがいない。その中に火が燃えたのはもうずっとずっと以前のことだった。何とほうりだされてあることだろう――いかに淋《さび》しく――いかに心の破れるように見えることだろうか、窓には光がない――道には草が生《お》い茂《しげ》っている。長く開かれない戸のまわりに、かたい雑草が伸《の》びている。

エミリーは家を抱きしめたいような気がして両腕《りょううで》を伸ばした。猫のダフィが彼女のかかとをこすって訴《うった》えるように泣いた。猫はしめっぽい、冷たい足がきらいだった――今では年をとっているこの猫は、ニュー・ムーンの炉辺のほうが好きだった。エミリーはその猫を抱きあげて、倒《たお》れかかっている門の杭《くい》の上に置いた。

「ダフィ」と、彼女は言った。「あの家に古い暖炉があるのよ――その中には消えた灰が残っているのよ――猫がすわって子供が夢《ゆめ》みるはずの暖炉があるのよ。そしてそのことはもう決して起らないのよ、ダフィ。なぜならばメイベル・ジョディは火をどんどん焚《た》くのがきらいなのよ。汚《きた》ないケベックの炉のほうがずっと暖かくて経済的だと言うのよ。おまえはどう

感なように生れついていたらいいと思う？」

――どう？――ダフィ、おまえとわたしが分別のある生き物で、ケベックの炉の有利さに敏

第二十七章

1

それはある六月の夕暮《ゆうぐれ》の空気を伝って、はっきりと、突然《とつぜん》に来た。古い、古い呼び声――二つの高い音と一つの長く静かに低い音。窓際《まどぎわ》で夢《ゆめ》みていたエミリー・スターはそれを聞いて立ちあがった。彼女《かのじょ》の顔は急に真っ青になった。まだ夢みているのだ――それにちがいない！　テディ・ケントは数千マイルを離《はな》れ東洋にいる――それだけはモントリオールの新聞消息欄《しょうそくらん》で知っていた。そう、彼女はそれを夢みていたのだ――空想していたのだ。

それはふたたび来た。そしてエミリーはテディが〈のっぽのジョン〉の茂《しげ》みで待っているのを知った。長い歳月《さいげつ》を越《こ》えて彼女を呼んでいた。

彼女はのろのろと出て行った――外へ――庭を横切って、もちろんテディはそこにいた――モミの木の下に。三本のロンバルディ杉《すぎ》が今でも立っている、あの古い世界の庭に、彼《かれ》が来るのはもっとも自然なことだった。歳月のへだてを乗り越えるのは何でもなかった。何

の溝《みぞ》もなかった。手を出して何にも古風な挨拶《あいさつ》なしに彼女を彼は引き寄せた。そして二人の間には、歳月もないように――記憶《きおく》もないように話した。

「ぼくを愛することができないとは言わないでくれ。できるんだ――そうしなけりゃいけないんだ――ねえ、エミリー」――彼の眼《め》は一瞬間《しゅんかん》、彼女の月の光のような、明るい眼に合った――「きみは愛している！」

2

「小さなことが、人の理解を妨《さまた》げるのは恐《おそ》ろしいことです」と、エミリーはしばらくたって言った。

「ぼくは今まできみを愛していると言おうとしつづけてきたんだ。ぼくが、きみに待っていてくれと言ったあの晩を憶《おぼ》えているかい。きみは夜の風は悪いと言って家の中へはいってしまった。ぼくはそれは逃《に》げる言葉だと思った。夜の風なんか何とも思わないことは知っていた。それが数年間ぼくをとめていたのだ。きみとアイルマー・ヴィンセントのことを聞いたときに――お袋《ふくろ》があんたは婚約したと手紙に書いてよこした――実に驚《おどろ》いたね。そのときはじめて結局はきみはぼくのものではないと思った。そしてその冬きみは病気だった――ぼくは気が狂《くる》いそうだった。きみにあうことのできないフランスで。そしてディーン・プリーストがきみといつもいっしょにいてきみが治ったら、あの男と結婚《けっこん》するだろうという手紙をもらったとき、それからほんとうにきみが結婚をすると聞いたとき。ああ、もうその話はやめよう。だけど、きみが——きみが——ぼくをフラビアン号の死から救ってくれたとき、ぼくは、もうきみはぼくに属している人だとわかったんだ。きみにそれがわかっていようといまいと、それは問題じゃなかったんだ。それからまたブレア・ウォーターでためしてみたんだ——そしてきみはまた情け容赦《ようしゃ》もなくぼくをしりぞけた。まるでぼくの手がヘビででもあるかのように、ぼくを振《ふ》りきったね。きみはいつでもぼくのことを考えていたと言うじゃないか——なかったの？　きみはいつでもぼくのことを考えていたと言うじゃないか——」

「わたし、手紙、いただかなかったわ」

「もらわなかったって？　だって出したんだもの——」

「そう、知ってってよ。じゃあ、お話ししてしまうわ——お話ししなけりゃいけないと、お母さんからも言われていたんだけれど——」ここで、エミリーは手短かにすべてを話した。

「ぼくの母さんが——そんなことをしたのか？」

「お母さんのこと、悪く思わないでちょうだい、テディ。ほかの婦人たちとはちがっていた方じゃない？　あなたのお父さんとの争い——知ってらっしゃる？」

「うん、それはすっかり話してくれた——モントリオールのぼくのところへ来たときにね。だけど、これは——エミリー」

「わたしたち、もう忘れましょうよ——そして赦《ゆる》してあげましょう。あんなに気をめいらせて、毎日不愉快《ふゆかい》じゃ、ご自分が何をしてらっしゃるのかもわからなかったのよ。そしてわたしは——わたしはあなたがあの最後の晩呼んでくだすったとき——誇《ほこ》りを持ちすぎたのよ

——出ていくだけの謙遜《けんそん》さがなかったのよ。わたし、行きたかったわ——だけど、わたし、あなたがふざけていらっしゃるのだと思ったのよ——」

「ぼくはあのときに希望を捨てたんだ——とうとう。あんまりばかにされてると思ったんだ。きみは窓のところにすわっていたよ、氷のような冬の冷たい星のように輝《かがや》いてね——きみにはぼくの呼ぶのが聞えているのはわかっていたよ——きみがぼくの呼んだのに答えなかったのははじめてだ。ぼくはきみを忘れようとした——それよりほかに道はなかったんだ。それはできないことなんだが、できたと思った——ただ琴座《ことざ》の星を見たときだけは、だめだったよ。ぼくは淋《さび》しかった。イルゼはいい仲間だった。それに、たぶんイルゼとならきみのことが話せると思ったらしい——きみの愛している友人の夫として、きみの生涯《しょうがい》に小さな場所を占《し》めることができると思ったんだ。イルゼはたいしてぼくのことを考えていないことはわかっていた——ぼくは単なる代理だったんだ。だけどぼくらは二人でどうやらやっていかれると考えたんだ、そして力を合わせてこの世の淋しさを追いはらうことができるとね。ところが——」ここでテディは笑いだした——「彼女が小説の筋書どおり、祭壇《さいだん》の前でぼくを捨てたときぼくは腹をたてた。人をばかにしたもの——かなり異彩《いさい》を放ちだしてきたこのぼくをばかにするとは何ごとだとね。しばらくの間というもの、あらゆる婦人を憎《にく》んだね！　それに実際、心を傷つけられたんだ。ぼくはイルゼを好きになっていたんだ——ほんとうに愛しはじめていたんだ——ある意味でね」

「ある意味でね」エミリーは何の嫉妬《しっと》も感じなかった。

3

「イルゼの残りものをもらうことになるんだよ」と、エリザベス伯母《おば》さんが言った。

エミリーはエリザベス伯母さんに例によって彼女の星のような光る眼を向けた。

「イルゼの残りものですって。まあ、いつもテディはわたしのもので、わたしはテディのものだったんですわ。心も魂《たましい》もからだも」と、エミリーが言った。

エリザベス伯母さんは身震《みぶる》いした。人間はこういう気持にはなるものであろう——たぶん——けれども明らさまに口に出して言うのは無作法なことである。

「あいかわらず、ずるいね」と、ルース伯母さんが言った。

「あの娘《こ》はまた気が変らないうちに、今すぐ結婚しちまったほうがいいよ」と、アディー伯母さんが言った。

「前のキスをよく拭《ふ》きたがる」と、ウォレス伯父さんが言った。

とにかく、氏族《クラン》中がエミリーの結婚を喜んだ。彼女が落着くのを見るのは、彼女の恋《こい》の噂《うわさ》がなくなることだ。自分たちのよく知っている「男の子《ボーイ》」と結ばれたことはうれしかった。何の悪い癖《くせ》も、悪い前歴も持たない人との結びつきは結構である。しかも彼は画家の仕事で、着々成功を収めつつあるのだ。人々はそのようにはっきりは言わなかったが、行商人のケリーが代って言った。

「ああ、これこそはいいことだよ」

4

ニュー・ムーンで、静かな結婚式があげられるちょっと前に、ディーンは手紙をよこした。厚い手紙に書類がはいっていた――〈失望の家〉の贈与《ぞうよ》と内容いっさいの目録であった。

「ぼくからの結婚祝いとしてこれを受けてもらいたい、スターよ。あの家は二度と失望させてはいけない。それに住んでもらいたいんだ。きみたち夫婦の夏の家として使いたまえ。そしていつの日にか、ぼくはきみをその中に見るために出かけていくよ。そしてときおりきみたちの友情の家にぼくの片隅《かたすみ》を要求するよ」

「なんて――いい人――でしょう、ディーンは――もうちっとも痛みを感じていないのが何よりうれしいわ」

彼女はブレア・ウォーターの谷に向って〈明日の道〉が開いているところに立っていた。うしろにはこっちへ急ぐテディの熱心な足音が聞えた。彼女の前には、夕日に向った黒い小山の上に、もはやふたたび失望させられぬ小さい灰色の家が立っていた。

解説

滑《なめ》川《かわ》道《みち》夫《お》

1

この『エミリーの求めるもの』をもって、エミリー・ブックス全三巻が完結した。同時に訳者村岡花子の最後の訳業として記念されるものとなった。いや、彼女《かのじょ》のすべての文学的労作の最終を飾《かざ》る業績となってしまった。

エミリー・ブックスの第一部『可愛《かわい》いエミリー』Emily of New Moon（ニュー・ムーン農園のエミリー）が訳出されたのは、昭和三十九年三月で、第二部『エミリーはのぼる』* Emily Climbs は、昭和四十二年一月に出版された。第三部は本巻『エミリーの求めるもの』Emily's Quest である。三部作の完訳に四カ年の歳月《さいげつ》が費やされている。第一部と第二部の間には、眼疾《がんしつ》治療のための入院生活があり、第二部と第三部の間にはアメリカ、カナダへの旅行があった。その間、全国の読者から多くの催促《さいそく》のたよりを受けて「すまない、すまない」と言いつづけて、眼病をおしての苦役《くえき》的な訳業を続け、本巻の原稿《げんこう》を新潮社に渡《わた》した。その月に生涯《しょうがい》を閉じられた。三部作エミリー・ブックスを完成され、読者への責任を果されたことは、せめてもの慰《なぐさ》めとしなければなるまい。わたしは、原作者ルーシイ・モンゴメリ（Lucy Maud Montgomery 1874〜1942）が、最後の作品『続アヴォンリーの記録』Further Chronicles of Avonlea の原稿を出版社に託《たく》した日、一九四二年四月二十四日にこの世を去ったことを思い浮《う》かべざるを得ない。

＊

2

この三部作は、ちょうど『赤毛のアン』にはじまるシリーズがそうであったように、少女エミリーの成長物語である。夢《ゆめ》の多い文学少女エミリーは、母の生家であるニュー・ムーン農園にひきとられ、美しい自然と、愛すべき人間関係のなかで、苦心の創作を続けるが、生活の波瀾《はらん》はさらに続いていく。本巻にはエミリーの思春期の成長過程を経て、結婚《けっこん》に至る起《き》伏《ふく》する心情があざやかに描《えが》かれている。

エミリーが自分で書いた「十四歳の彼女から二十四歳の彼女へ」という手紙を、十年後の誕生日《たんじょうび》に開封《かいふう》する場面（第二十章）がある。

「小さなばかな、夢の多い、幸福な、無知の十四歳よ。将来には何かえらい、すばらしい、そして美しいことが待っているようにいつも考えていた」

と、心の成長の距離《きょり》をふりかえるのである。ここに象徴《しょうちょう》的に示されている心の成長は、モンゴメリ自身の自伝的心情を語るものであろう。アン・シリーズも同様に作者の自伝的成長過程を投影《とうえい》させているが、このエミリーの方がよりよく考えかた・感じかたの成長をたくみに浮沈《ふちん》させている。結婚を前にしたエミリーの心理の襞《ひだ》のある動きが、きめこまかに造形されている。「エミリーはルーシイ・モンゴメリの心臓の鼓動《こどう》を伝えているように感じられる」(注1)と訳者が述べている。

エミリーが結婚期を前にして「求めるもの」は、なんであったろうか。それは、もちろんモンゴメリが、あの美しいプリンス・エドワード島の風光のなかで、作家として認められようとしてひたむきに努力した過程と無関係ではないだろう。そして、旧時代の周囲の人びとが保守的にエミリーを同化させようとするのに対して、新時代の呼吸をしているエミリーが、ひきもどされまいとするたたかいの過程のなかに、愛情と共にみずからの生きかたを追求する。人生の真実を探究しようとする生きかたに彼女の夢多い青春のすがたの投影があった。

この三部作は、一九一四～二九年に書かれた七冊のなかにはいっている作品である。

3

訳者は、この『エミリーの求めるもの』にいたるまで、モンゴメリの主要作品のほとんどを日本に紹介《しょうかい》した。モンゴメリは、二十一冊の家庭小説と一冊の詩集を残したが、訳者は、昭和二十八年(1953)に『赤毛のアン』Anne of Green Gables (1908) を本邦《ほんぽう》初訳して以来、アンの子供たちの生活を内容にするものに至るまで十巻のアン・ブックスを訳出した。(『赤毛のアン』*、『アンの青春』*、『アンの愛情』*、『アンの友達《ともだち》』*、『アンの幸福』*、『アンの夢の家』*、『炉辺荘《イングルサイド》のアン』*、『アンをめぐる人々』*、『虹《にじ》の谷のアン』*、『アンの娘《むすめ》リラ』*)、さらに『丘《おか》の家のジェーン』＊、『果樹園のセレナーデ』＊、『パットお嬢《じょう》さん』＊に続き、この三部作を加えると、二十一巻中の十六巻を訳出したことになる。わずかに『黄金道』、『語る少女』、『青い城』、『マリゴールドの魔術《まじゅつ》』と『銀の森のパット』を余すのみである。

　これをもってしても、村岡花子は、戦後の人生を、モンゴメリにかけたといってもいいだろう。なぜ、彼女はかくまでモンゴメリにうちこんだのであろうか。それを解明するためには、訳者の経歴にふれなければならない。

　村岡花子（1893〜1968＝明治二十六年六月二十一日〜昭和四十三年十月二十五日）は、甲府市に安中逸平、てつの長女として生れた。弟妹六名と育ち、幼少のころ甲府メソジスト教会にて小林泰牧師により小児《しょうに》洗礼を受けて以来生涯キリスト教に人生指針をもとめ、誠実なその実践者《じっせんしゃ》として生きぬいた。東京城南小学校、東洋英和女学院、同高等科を卒業後、山梨英和女学院英語講師として五カ年間勤務した。その後婦人矯風会《きょうふうかい》幹事、教文館編集部員を経験し、大正七年（二十四歳）村岡敬三氏と結婚した。

　長男道雄くん（七歳）を疫痢《えきり》で昇天させたときのふかい悲しみを浄化《じょうか》することのできたのもキリスト教の信仰《しんこう》であったろう。のちに自宅の一部に「道雄文庫」を開設して、子供たちに開放し、読書生活の向上を図《はか》り、家庭文庫運動を推進したことにもつながる。また、「よい本をすすめる委員会」の有力なメンバーとして活動し、「日本読書指導研究会」にも積極的に参加し、指導的地位に立ったことも「道雄文庫」と関連なしには考えられない。

　英語の会話も翻訳《ほんやく》も練達されていて美しかった。東洋英和女学院時代から、寮《りょう》の屋根の上で英文の小説を読みあさった文学少女であった。昭和二年には、小山いと子・滝沢文子らの仲間と共に同人雑誌『火の鳥』を創刊して文学修業《しゅぎょう》にのりだした。この年、最初の翻訳『王子と乞食《こじき》』（マーク・トウェイン作　平凡社刊）(注2)が名声を博した。この訳と『喜びの本』（E・ポーター作　中央公論社刊）(注3)によって翻訳家の地位を確かなものにした。また、前田晁《あきら》・徳永寿美子夫妻を通じて「童話作家協会」の会員として、童話の創作にも力をいれた。

昭和六年から十年間にわたってJOAK（NHK）の「こどもの新聞」の放送を担当して全国の子供たちに親しまれた。太平洋戦争に突入《とつにゅう》してからは、軍部の干渉《かんしょう》が強まって退任した。独特な「さようなら」というイントネーションが、忘れがたい親近感をあたえた。

戦後は、翻訳に主力を注いだ。『ハックルベリイ・フィンの冒険《ぼうけん》』＊（マーク・トウェイン）『クリスマス・カロル』＊（ディケンズ）『母の肖像《しょうぞう》』＊（パール・バック）『昔《むかし》かたぎの少女』（オルコット）『ハイジの子どもたち』（トリッテン）『ケレー家の人びと』（ウィギン）『パレアナの青春』（E・ポーター）『スウ姉さん』（E・ポーター）『リンバロストの少女』（G・ポーター）『そばかす』（G・ポーター）『ハイジ』（シュピリ）『秘密の花園《はなぞの》』（バーネット）『べにはこべ』（オルツィ）『フェビアの初恋《はつこい》』(注4)（ブローティ）『ナンシーの舞踏会《ぶとうかい》』（ウィギン）『バレエシューズ』（ストレトフィールド）などが、モンゴメリのほかに訳出されたものである。

これらの多くは、少女を主人公にして、その成長過程を追求する家庭文学的色調の濃《こ》いものである。そこに訳者の選択《せんたく》の好みがうかがわれる。訳文は「正しく美しい日本語」の表現をめざしたもので、少女期思春期の心理の動きをのみこんだあたたかさが流れている。このほか童話集・伝記・随筆《ずいひつ》・評論と文業は多彩《たさい》であった。

昭和三十四年には長女みどりさんが、大阪大学助教授の佐野光男氏と結婚、村岡姓《せい》を名乗ることになった。同三十八年には、夫敬三氏が永眠《えいみん》された。その翌年出版された『可愛いエミリー』(昭和三十九年三月 新潮文庫)の「解説」の最後には「東京、大森の夫亡《な》き淋《さび》しい家で」と記《しる》されている。深い空虚《くうきょ》を実感のまま記したものであったろう。

昭和四十二年七月、最初で最後となった渡米《とべい》を実現した。カナダを訪問したのは当然だが、その際、名誉《めいよ》市民に推《お》すという話を固辞して、その秋帰国した。渡米中も、余暇《よか》をみつけて、本巻の翻訳の筆をすすめていた。彼女は来日した外人と、自由に達者に話し合ったり、通訳をしていたから、われわれ友人なかまでは何十回も海外の生活経験をもっているものと信じていた。ところがこの渡米が最初でしかも最後のものとなったのにみな驚《おどろ》いて、確かな語学力にいっそうの尊敬をもった。

通訳で思い出すのは、ヘレン・ケラー女史が第二回目に来日した折、彼女は通訳をしたことがある。そのとき、ヘレン・ケラー女史が、

「三重苦の私を、日本のみなさまが心からご歓待してくださるので感謝にたえません。しかし、あなたがたの国、日本にはわたし以上に不幸な人たちがいるのに、なぜその人たちにもっとあたたかい手をさしのべてくださらないのでしょうか」

と訴《うった》えた。そのことばを感動的に通訳した彼女は、子供たちに機会あるたびに伝えていたのである。それは、彼女のキリスト教的ヒューマニズムのひとつの表われであった。

昭和四十三年十月二十五日夜九時三十分、突如《とつじょ》、脳血栓《のうけつせん》が起って、輝《かがや》かしい生涯をとじられた。享年《きょうねん》七十五歳であった。

以上のように、生涯をふりかえってみると、東洋英和女学院および高等科時代の勉学が彼女の将来を決定づける影響《えいきょう》をもったように思われる。東洋英和女学院は、日本人とカナダの婦人宣教師たちの協力によって創立された。

「……英語をカナダ人の教師から学びました。西洋人との私の接触《せっしょく》は学生時代から現在に至るまで主としてカナダ人を中心としてつづいて来ております。カナダ系の作家の作品を紹介したいという私の念願は、今日までに多くのカナダの人々から受けたあたたかい友情への感謝からも出発しております。我《わ》が国出版界の貧困《ひんこん》の一つが健康な家庭文学の乏《とぼ》しさにある現在、若い世代の永遠の寵児《ちょうじ》ともいうべき『赤毛のアン』(注5)を世に送ることの出来るのに無上の喜びを感じながら、この訳業を麻布《あざぶ》の丘の母校に……」

にようかがえるように、カナダへの親近感が根底にあったのである。

また、モンゴメリ女史への親近感は、文学少女、宗教的清純さ、作家修業といったいくつかの共通性のほかに、アンやエミリーに生き生きと投影している性格的な共鳴があったにちがいない。「もし生前私が逢《あ》うことがあったとしたら、私たちはきっと親友になれただろう」(注6)と述べていることからも、それは想察できよう。また、モンゴメリが、著名作家となり、キプリングやマーク・トウェインから賞讃《しょうさん》されても、依然《いぜん》として村にとどまり、郵便局の仕事を手伝い、台所しごとを続けていた誠実さに共感していたからでもあったろう。

モンゴメリと一体となっている村岡花子のこの訳業は永く読み継《つ》がれるにちがいない。

（一九六九年一月八日）

（注1）『エミリーはのぼる』の「解説」四九六ページ、新潮文庫。
（注2）『王子と乞食』Mark Twain (1881) 島崎藤村・前田晁・楠山正雄《くすやままさお》監修《かんしゅう》『世界家庭文学大系・第二巻』（昭和二年十月　平凡社刊）。
（注3）『喜びの本』E. Porter "Glad Book"（パレアナの本）（昭和十四年十二月　中央公論社刊）。
（注4）訳書の主要なものは「新潮文庫」新潮社、「フラワー・ブックス」朋文堂、「若草文庫」三笠書房、「マスコット文庫」講談社に収められている。
（注5）『続赤毛のアン』の「あとがき」二二五ページ、若草文庫ポケットサイズ（昭和三十一年十一月三笠書房刊）。
（注6）『可愛いエミリー』の「解説」五四六ページ、新潮文庫。

（編集部注　*印は新潮文庫に収録されています）

モンゴメリ
村岡花子訳
可愛いエミリー
「勇気を持って生きなさい。世の中は愛でいっぱいだ」。父の遺した言葉を胸に、作家になることを夢みて生きる、みなしごエミリー。

モンゴメリ
村岡花子訳
赤毛のアン
―赤毛のアン・シリーズ1―
大きな眼にソバカスだらけの顔、おしゃべりが大好きな赤毛のアンが、夢のように美しいグリン・ゲイブルスで過した少女時代の物語。

P・オースター
柴田元幸訳
孤独の発明
父が遺した夥しい写真に導かれ、私は曖昧な記憶を探り始めた。見えない父の実像を求めて……。父子関係をめぐる著者の原点的作品。

P・オースター
柴田元幸訳
ムーン・パレス
日本翻訳大賞受賞
世界との絆を失った僕は、人生から転落しはじめた……。奇想天外な物語が躍動し、月のイメージが深い余韻を残す絶品の青春小説。

P・オースター
柴田元幸訳
写字室の旅／闇の中の男
私の記憶は誰の記憶なのだろうか。闇の中から現れる物語が伝える真実。円熟の極みの中編二作を合本し、新たな物語が起動する。

P・オースター
柴田元幸訳
冬の日誌／内面からの報告書
人生の冬にさしかかった著者が、身体と精神の古層を掘り起こし、自らに、あるいは読者に語りかけるように綴った幻想的な回想録。

M・ラフ
浜野アキオ訳

魂に秩序を

〝26歳で生まれたぼく〟は、はたして自分を虐待していた継父を殺したのだろうか？　多重人格障害を題材に描かれた物語の万華鏡！

C・マッカラーズ
村上春樹訳

心は孤独な狩人

アメリカ南部の町のカフェに聾啞の男が現れた——。暗く長い夜、重い沈黙、そして小さな希望。マッカラーズのデビュー作を新訳。

D・R・ポロック
熊谷千寿訳

悪魔はいつもそこに

狂信的だった亡父の記憶に苦しむ青年の運命は、邪《よこしま》な者たちに歪められ、暴力の連鎖へ巻き込まれていく……文学ノワールの完成形！

S・ボルトン
川副智子訳

身代りの女

母娘3人を死に至らしめた優等生6人。ひとり罪をかぶったメーガンが、20年後、5人の前に現れる……。予測不能のサスペンス。

R・トーマス
松本剛史訳

愚者の街（上・下）

腐敗した街をさらに腐敗させろ——突拍子もない都市再興計画を引き受けた元諜報員。手練手管の騙し合いを描いた巨匠の最高傑作！

R・トーマス
松本剛史訳

狂った宴

楽園を舞台にした放埒な選挙戦は、美女に酒に金にと制御不能な様相を呈していく……。政治的カオスが過熱する悪党どもの騙し合い。

カフカ
高橋義孝訳
変身
朝、目をさますと巨大な毒虫に変っている自分を発見した男――第一次大戦後のドイツの精神的危機、新しきものの待望を託した傑作。

カフカ
頭木弘樹編
決定版カフカ短編集
特殊な拷問器具に固執する士官を描く「流刑地にて」ほか、人間存在の不条理を描いた15編。20世紀を代表する作家の決定版短編集。

カフカ
頭木弘樹編訳
カフカ断片集
―海辺の貝殻のようにうつろで、ひと足でふみつぶされそうだ―
断片こそカフカ！　ノートやメモに記した短く、未完成な、小説のかけら。そこに詰まった絶望的でユーモラスなカフカの言葉たち。

カフカ
頭木弘樹編訳
絶望名人カフカの人生論
ネガティブな言葉ばかりですが、思わず笑ってしまったり、逆に勇気付けられたり。今までにはない巨人カフカの元気がでる名言集。

バーネット
畔柳和代訳
小公女
最愛の父親が亡くなり、裕福な暮らしから一転、召使いとしてこき使われる身となった少女。永遠の名作を、いきいきとした新訳で。

バーネット
畔柳和代訳
秘密の花園
両親を亡くし、心を閉ざした少女メアリ。ヨークシャの大自然と新しい仲間たちとで起こした美しい奇蹟が彼女の人生を変える。

アンデルセン
矢崎源九郎訳

絵のない絵本

世界のすみずみを照らす月を案内役に、空想の翼に乗って遥かな国に思いを馳せ、明るいユーモアをまじえて人々の生活を語る名作。

アンデルセン
山室　静訳

おやゆび姫
―アンデルセン童話集（Ⅱ）―

孤独と絶望の淵から〝童話〟に人生の真実を結晶させて、人々の心の琴線にふれる多くの作品を発表したアンデルセンの童話15編収録。

アンデルセン
天沼春樹訳

アンデルセン傑作集
マッチ売りの少女／人魚姫

あまりの寒さにマッチをともして暖を取ろうとする少女。親から子へと世界中で愛される名作の中からヒロインが活躍する15編を厳選。

S・キング
山田順子訳

スタンド・バイ・ミー
―恐怖の四季　秋冬編―

死体を探しに森に入った四人の少年たちの、苦難と恐怖に満ちた二日間の体験を描いた感動編「スタンド・バイ・ミー」。他1編収録。

S・キング
浅倉久志訳

ゴールデンボーイ
―恐怖の四季　春夏編―

ナチ戦犯の老人が昔犯した罪に心を奪われた少年は、その詳細を聞くうちに、しだいに明るさを失い、悪夢に悩まされるようになった。

ヴェルヌ
波多野完治訳

十五少年漂流記

嵐にもまれて見知らぬ岸辺に漂着した十五人の少年たち。生きるためにあらゆる知恵と勇気と好奇心を発揮する冒険の日々が始まった。

サガン
朝吹登水子訳

悲しみよ こんにちは

陽光きらめく南仏の海岸を舞台に繰りひろげられる愛の悲劇を通して、青春特有の残酷さをみごとに捉えたサガン18歳のデビュー作。

フィツジェラルド
野崎 孝訳

グレート・ギャツビー

豪奢な邸宅、週末ごとの盛大なパーティ……絢爛たる栄光に包まれながら、失われた愛を求めてひたむきに生きた謎の男の悲劇的生涯。

サガン
朝吹登水子訳

ブラームスはお好き

美貌の夫と安楽な生活を捨て、人生に何かを求めようとした三十九歳のポール。孤独から逃れようとする男女の複雑な心模様を描く。

サリンジャー
野崎 孝訳

ナイン・ストーリーズ

はかない理想と暴虐な現実との間にはさまれて、抜き差しならなくなった人々の姿を描き、鋭い感覚と豊かなイメージで造る九つの物語。

サリンジャー
野崎 孝訳

フラニーとゾーイー

グラース家の兄ゾーイーと、妹のフラニーの心の動きを通して、しゃれた会話の中に、若者の繊細な感覚、青春の懊悩と焦燥を捉える。

サリンジャー
野崎 孝
井上謙治訳

大工よ、屋根の梁を高く上げよ
シーモア—序章—

個性的なグラース家七人兄妹の精神的支柱である長兄、シーモアの結婚の経緯と自殺の真因を、弟バディが愛と崇拝をこめて語る傑作。

ディケンズ
村岡花子訳

クリスマス・カロル

貧しいけれど心の暖かい人々、孤独で寂しい自分の未来……亡霊たちに見せられた光景が、ケチで冷酷なスクルージの心を変えさせた。

デュ・モーリア
大久保康雄訳

レベッカ（上・下）

英国の名家に後妻として迎えられた"わたし"を待ち受けていた先妻レベッカの霊気――古城に恐怖と戦慄の漂うミステリー・ロマン。

H・ジェイムズ
西川正身訳

デイジー・ミラー

全てに開放的なヤンキー娘デイジーと、その行動にとまどう青年との淡い恋を軸に、新旧二つの大陸に横たわる文化の相違を写し出す。

H・ジェイムズ
蕗沢忠枝訳

ねじの回転

城に住む二人の孤児に取りついている亡霊は、若い女性の家庭教師しか見ることができない。たった一人で、その悪霊と闘う彼女は……。

J・バリー
本多顕彰訳

ピーター・パン

生れて七日目に窓から飛び出して公園に帰ってきたピーター・パンは、大人にならない不思議な子供……幻想と夢がいっぱいの物語。

R・バック
五木寛之訳

かもめのジョナサン

飛ぶ歓びと、愛と自由の真の意味を知るために、輝く蒼穹の果てまで飛んでゆくかもめのジョナサン。夢と幻想のあふれる現代の寓話。

ルナール
岸田国士訳
博物誌
澄みきった大気のなかで味わう大自然との交感――真実を探究しようとする鋭い眼差と、動植物への深い愛情から生み出された65編。

J・ロンドン
白石佑光訳
白い牙
四分の一だけ犬の血をひいて、北国の荒野に生れた一匹のオオカミと人間の交流を描写し、人間社会への痛烈な諷刺をこめた動物文学。

ワイルド
西村孝次訳
幸福な王子
死の悲しみにまさる愛の美しさを高らかに謳いあげた名作「幸福な王子」。大きな人間愛にあふれ、著者独特の諷刺をきかせた作品集。

M・ルブラン
堀口大學訳
8 1 3
―ルパン傑作集(I)―
殺人現場に残されたレッテル〃813〃とは？恐るべき冷酷さで、次々と手がかりを消していく謎の人物と、ルパンとの息づまる死闘。

C・ドイル
延原謙訳
緋色の研究
名探偵とワトスンの最初の出会いののち、空家でアメリカ人の死体が発見され、続いて第二の殺人事件が……。ホームズ初登場の長編。

C・ドイル
延原謙訳
バスカヴィル家の犬
爛々と光る眼、火を吐く口、全身が青い炎で包まれているという魔の犬――恐怖に彩られた伝説の謎を追うホームズ物語中の最高傑作。

Title：EMILY'S QUEST
Author：Lucy Maud Montgomery

エミリーの求《もと》めるもの

新潮文庫　モ－4－15

昭和四十四年四月二十五日　発　行
平成十五年三月二十五日　三十七刷改版
令和六年十月三十日　四十刷

訳者　村《むら》岡《おか》花《はな》子《こ》

発行者　佐藤隆信

発行所　株式会社 新潮社

郵便番号　一六二―八七一一
東京都新宿区矢来町七一
電話　編集部(〇三)三二六六―五四四〇
　　　読者係(〇三)三二六六―五一一一
https://www.shinchosha.co.jp

価格はカバーに表示してあります。

乱丁・落丁本は、ご面倒ですが小社読者係宛ご送付ください。送料小社負担にてお取替えいたします。

印刷・株式会社三秀舎　製本・株式会社植木製本所

ISBN978-4-10-211315-8 C0197